SUSANNE ZIEGERT

Tod vor Helgoland

TÖDLICHE ÜBERFAHRT Kommissarin Rike von Menkendorf will auf Helgoland eine Auszeit beim Vogelschutzverein antreten, da fällt ihr unverhofft ein Fall vor die Füße. Eine Passagierin stürzt vor ihren Augen von der Helgoland-Fähre in die Nordsee. Ein Schatten entfernt sich. Gemeinsam mit ihrem Studienfreund Harry Kruss von der Wasserschutzpolizei ermittelt die Hamburgerin auf der Insel, wo es jede Menge Verdächtige gibt. War es der in Scheidung lebende Ehemann, der sie ins Wasser bugsierte? Ging es um Rache, da die Frau als Elternsprecherin Jugendliche mobbte? Feinde hatte die Vermisste viele, vor allem als Maklerin und Investorin mit umstrittenen Bauplänen. Als weitere Menschen vom Schiff verschwinden, suchen die Ermittler verzweifelt nach einem Zusammenhang. Geht es um die verdächtigen Vorgänge auf dem Schiff? Haben sie es mit einem Serientäter zu tun?

Susanne Ziegert wurde im Erzgebirge geboren. Zwei Tage vor dem Mauerfall floh sie in den Westen, um endlich Paris zu sehen. Sie studierte in Aix-en-Provence, arbeitete mehrere Jahre in Brüssel. Nach dem Volontariat in Berlin arbeitete sie für überregionale Zeitungen wie Die Welt und die Neue Zürcher Zeitung am Sonntag. Seit 2019 lebt die Autorin mit ihrem Ehemann sowie Pferden und Eseln in einem 230 Jahre alten Bauernhof im Landkreis Cuxhaven. Neben ihrer schriftstellerischen Arbeit ist sie als Journalistin und Dolmetscherin für Französisch tätig. Land und Menschen im Norden inspirieren sie zu ihren Büchern.

SUSANNE ZIEGERT

Tod vor Helgoland

KRIMINALROMAN

Die automatisierte Analyse des Werkes, um daraus Informationen insbesondere über Muster, Trends und Korrelationen gemäß § 44b UrhG (»Text und Data Mining«) zu gewinnen, ist untersagt.

Bei Fragen zur Produktsicherheit gemäß der Verordnung über die allgemeine Produktsicherheit (GPSR) wenden Sie sich bitte an den Verlag.

Immer informiert

Spannung pur – mit unserem Newsletter informieren wir Sie regelmäßig über Wissenswertes aus unserer Bücherwelt.

Gefällt mir!

Facebook: @Gmeiner.Verlag
Instagram: @gmeinerverlag

Besuchen Sie uns im Internet:
www.gmeiner-verlag.de

© 2022 – Gmeiner-Verlag GmbH
Im Ehnried 5, 88605 Meßkirch
Telefon 0 75 75 / 20 95 - 0
info@gmeiner-verlag.de
Alle Rechte vorbehalten
3. Auflage 2025

Lektorat: Claudia Senghaas, Kirchardt
Satz: Mirjam Hecht
Umschlaggestaltung: U.O.R.G. Lutz Eberle, Stuttgart
unter Verwendung eines Fotos von: © v zaitsev / istockphoto
Druck: Custom Printing Warschau
Printed in Poland
ISBN 978-3-8392-0202-9

Personen und Handlung sind frei erfunden.
Ähnlichkeiten mit lebenden oder toten Personen
sind rein zufällig und nicht beabsichtigt.

PROLOG

Graue Pflastersteine, der Wind fegte Zigarettenstummel über das Trottoir. Im Schmutz zappelte ein bräunlicher Körper. Das Knäuel lebte, lag in einer roten Lache. Blut? Er sah den Kopf, die panischen Augen. Ein kleiner Vogel, der ein paar Krümel von einem Teller gepickt hatte. Er flatterte mit einem Flügel, der andere lag bewegungslos und verdreht auf der Erde, nach den Schlägen mit einem Stock. Er war durch den brutalen Angriff zu Boden gegangen, wie überreifes Fallobst. Der Winzling wollte fliehen, doch er war gefangen. Ein Schatten fiel auf den Körper.

Ein schmutziger weißer Turnschuh mit einem Riss an der Seite näherte sich dem Bündel. Er bewegte sich ungebremst auf den Spatz zu, bedrohlich schnell, gleich würde er ihn erwischen, zermalmen. In dem Moment wachte er auf, schrie gellend, fuhr schweißgebadet aus den Kissen hoch. Die Nacht war gelaufen, an Schlaf nicht mehr zu denken. Der Schrei hatte ihn geweckt. Ein verzweifeltes heiseres Nein. War es seine Stimme, die ihn aus dem Traum riss? Es klang wie der panische Hilferuf eines verängstigten Mädchens. Hatte sie geschrien? War es sein Schuh, der das kleine Wesen zu vernichten drohte? Schnell sprang er aus dem Bett und ging unter die Dusche und ließ das kalte Wasser über sein Gesicht rinnen. So als könne es den Dreck seiner Vergangenheit von sich waschen.

KAPITEL 1

Rike klammerte sich an das kalte Geländer, bis ihre Handknöchel weiß hervortraten. Das Schiff schaukelte wie eine Nussschale, jedes Wellental ließ ihren Magen verkrampfen. Sie versuchte, sich auf ihre Atmung zu konzentrieren, als ihr von vorne ein Schwall eiskalten Wassers ins Gesicht spritzte. Ihr Blick suchte in der Ferne Halt. Überall grau, der Himmel verdunkelte sich in Fahrtrichtung, die Wellen überschlugen sich, Gischt schäumte.

In dem Moment glitt ein großer Schatten, von oben kommend, an ihr vorüber. Was war das? Sekunden später sah sie, wie ein Körper auf der Wasseroberfläche aufkam und augenblicklich von einem schäumenden Wasserberg mitgerissen wurde.

Sie brauchte einen Moment, bis sie begriff. Da war ein Mensch über Bord gegangen, in die eiskalte See gestürzt! Sie musste das Schiff anhalten.

Sie warf den Rettungsring, der an der Schiffswand befestigt war, nach unten. Dann rannte Friederike von Menkendorf in den Salon zur Bardame.

»Da ist jemand gefallen. Ich muss zum Kapitän!«, brachte sie atemlos hervor.

Die Frau musterte sie skeptisch.

»Sind Sie sicher?«

Vermutlich hielt sie Rike für überdreht. Sie bedauerte, dass sie keinen Ausweis dabeihatte.

»Polizei, es ist ein Mensch gestürzt. Das Schiff muss anhalten«, wiederholte sie. Ihre Stimme war scharf, sie hätte Lust gehabt, die Dame an den Schultern zu packen.

Endlich begriff die Bedienung und rannte durch die Tür nach draußen. Dort, wo Rike sich befunden hatte, hämmerte sie auf einen Knopf. »Person über Bord Alarm-Auslösung«, stand darauf. Ein schriller Ton setzte ein. Der Kapitän meldete sich per Funk.

»Was ist los?«

»Jemand ist gestürzt, ich bringe die Zeugin nach oben«, sagte die Frau.

Sie führte Rike durch die Gänge des Schiffs in die oberste Etage, öffnete dort eine Stahltür, die nicht abgeschlossen war. Vor der Fensterfront und Bildschirmen mit Anzeigen, rechts und links von dem Steuerrad, saßen zwei junge Männer mit blau-weißen Uniformen. Die Frau ging zu einem von ihnen und flüsterte ihm etwas ins Ohr. Der jugendlich aussehende Uniformierte wandte sich daraufhin Rike zu:

»Was ist passiert?«

»Ich müsste dringend den Kapitän sprechen, Mensch über Bord«, schrie sie.

»Der steht vor ihnen. Kornelius Nymann.« Er reichte ihr die Hand zum Gruß.

Einen kurzen Moment war sie verdattert. Der junge Mann sah aus, als käme er direkt von der Schulbank.

»Geht es um einen Angehörigen? Was ist passiert?«

»Ich habe einen Menschen ins Wasser fallen sehen, das Schiff muss anhalten. Keine Ahnung, wer das war.« Sie beschrieb ihm, wo sie gestanden hatte.

»Sind Sie sicher?«, fragte der Mann, der sie prüfend ansah, um ihre Glaubwürdigkeit einzuschätzen.

»Als Polizistin weiß ich, was ich gesehen habe«, sie wurde ungeduldig. Der Schiffskommandeur sah seinen Nachbarn an. »Setz den Notruf an die Seenotretter ab. Wir machen einen Williamson-Turn.«

Er leitete eine harte Kursänderung nach rechts ein und riss dann das Steuer herum, sodass das Schiff nach kurzer Zeit in die Gegenrichtung drehte, danach korrigierte er mit etwas sanfteren Bewegungen. Nach dem die *MS Nordsee* sich stabilisiert hatte, sah er auf. »Das Manöver bringt das Schiff auf den alten Kurs zurück.« Sein Erster Offizier rief unterdessen über Funk »Mayday Mayday Mayday Mann über Bord«.

»Wie lange brauchen sie?«, wollte der Kapitän wissen. »Der Hubschrauber der Bundesmarine ist in einer Viertelstunde bei uns. Der Seenotrettungskreuzer muss aus Helgoland kommen, das dauert bei dem Seegang etwas länger«, sagte Michael Nickau.

Die Maschinen hatten gestoppt. Der Erste Offizier erklärte der Einsatzleitung der Seenotretter die Lage und gab die genauen Koordinaten durch.

Der Kapitän wandte sich an Rike.

»Zeigen Sie mir bitte, was Sie wo zu welchem Zeitpunkt beobachtet haben.«

Nymann ging zu der schweren Stahltür, hielt sie ihr auf und machte ihr mit einem Zeichen deutlich, dass sie vorangehen sollte. Rike hatte sich den Weg zur Brücke gemerkt, stieg die Treppen hinunter und folgte dem Gang entlang zu dem Deck, an dem sie gestanden hatte. Sie sah hinab ins Wasser, doch von der Person war keine Spur mehr zu sehen.

»Wann war das?«, wollte der Kapitän wissen. Rike hatte nicht auf die Uhr gesehen, sie schätzte, dass zehn Minuten seit dem Fall vergangen waren. Er überlegte kurz, dann sprach er in sein Funkgerät.

»Bitte sofort den Seenotrettern die Lage erklären. Das Ereignis ist vor zehn Minuten eingetreten. Genaue Position und Geschwindigkeit bestimmen«, bellte er. Er forderte sein komplettes Personal an, auf der Brücke zu erscheinen.

Sie sollten von dort aus mit Ferngläsern die Wasseroberfläche beobachten. Bevor er zurück auf seinen Posten ging, drehte er sich zu Rike um.

»Sie sind doch Polizistin. Könnten Sie vielleicht herausfinden, wie das geschehen ist?«

Die Matrosen traten zu ihr.

»Wie sah die vermisste Person aus?«, wollte der eine wissen.

»Das ging zu schnell, um Details zu erkennen«, bedauerte Rike. Wie oft hatte sie diese Aussage von Zeugen gehört. Manchmal hätte sie diese gerne geschüttelt. Doch von dem Sturz hatte sie nur einen Schatten gesehen und einen Aufprall. Sie hatte mit den Bewegungen des Schiffs auf den Wellen zu kämpfen. Ihr Magen krampfte angstvoll bei jedem Schaukeln nach oben, denn am schlimmsten war das Fallen ins Bodenlose und der Schlag durch die Gegenbewegung der Wellen. Es war reiner Zufall, dass sie den Sturz überhaupt bemerkt hatte. Wegen der Übelkeit hatte sie ihren Kopf vorhin über den Bordrand gehängt und sich an das untere Treppengeländer geklammert.

Die beiden Matrosen hatten Ringe ins Wasser geworfen. Ein Dröhnen in der Luft kündigte den Hubschrauber an, der von der Insel Helgoland gekommen war, um die Suchaktion zu unterstützen.

»Gibt es einen Plan vom Schiff?«, fragte Rike die Besatzungsmitglieder. Sie wollte die Räume systematisch absuchen. Einer der Männer nickte.

»Im mittleren Treppenhaus gibt es einen Aufsteller mit Broschüren.« Rike orientierte sich in Richtung des Eingangs und fand die Prospekte. Unter ihren Füßen vibrierte der Boden. Erneut spürte sie, wie sich ihr Magen zusammenzog, ihre Hände wirkten wie steife Fremdkörper. Sie fröstelte von dem schneidenden Wind, der auf ihre durchnässte Kleidung traf.

Sie ging zu ihrem Platz im hinteren Salon, um nach Prinz zu sehen. Er lag immer noch unter dem Tisch vor der Glasfront, wo sie ihn zurückgelassen hatte. Wie eine Kugel zusammengerollt, ruhte er auf seiner Kuscheldecke. Er schnarchte leicht und verströmte einen Geruch nach nassem Hund. Als sie sein Fell berührte, öffnete er ein Auge, drehte sich und schlief weiter. Eine Ansage ertönte, er hob den Kopf und schenkte Rike einen vorwurfsvollen Blick.

»Sehr geehrte Fahrgäste, wegen eines Notfalls wird sich unsere Weiterreise leider verzögern. Wir bitten Sie um Verständnis«, sagte der Kapitän über Funk. Die Passagiere neben ihr diskutierten die Lage. Das Paar hatte nur einen Tagesausflug auf die Hochseeinsel geplant, der etwas kürzer ausfallen würde.

Rike sah sich den Plan an. Es gab nur eine Stelle, von der die Person in die Tiefe gefallen sein konnte. Sie ging zurück zur Treppe, an der sie gestanden hatte. Die Stufen führten zum Raucherdeck. Direkt neben dem Absatz war ein Bereich der Bordwand frei zugänglich. Das musste der Ausgangsort sein. Bei diesen Wellen war es sogar möglich, dass jemand von dort fiel. Die Wand war an dieser Stelle relativ hoch. Wahrscheinlicher schien es aber, dass der Passagier selbst gesprungen war oder gestoßen wurde. Niemand hielt sich bei dem heftigen Regen draußen auf. Regentropfen platschten auf leere Sitzreihen im Freien.

Unter einer Bank lugte etwas Schwarzes hervor. Es war eine Handtasche. Rike wühlte in ihren eigenen Sachen, doch da sie privat unterwegs war, hatte sie keine Handschuhe dabei. Sie griff zu einer Plastiktüte, mit der sie die Fundsache näher untersuchte. Sie fand Kosmetika, ein Buch einer amerikanischen Autorin über Erziehungsratschläge für »Tigermoms« und ein Portemonnaie, in dem ein dickes Bündel 50-Euro-Scheine steckte. Der Ausweis lag darin, es handelte sich um die Papiere einer Caroline Maiwald.

Vielleicht hatte die Besitzerin ihre Tasche nur vergessen, doch es war möglich, dass sie zur vermissten Person gehörte. Sie würde den Namen ausrufen lassen, um das festzustellen. Sie sah auf das untere Deck, wo sie sich festgeklammert hatte. Das Ganze hatte den Bruchteil einer Sekunde gedauert. Sie sah sich das Geländer an, konnte keine Auffälligkeiten wie Blut oder Spuren eines Kampfes erkennen. Es war auf jeden Fall so hoch, dass sie einen Unfall ausschloss.

Sie kehrte zur Brücke zurück. In dem Raum herrschte Betriebsamkeit. Der Kapitän sprach über Funk, offenbar mit der Seenotrettung. Vor ihnen tauchte der Rettungskreuzer *Hermann Marwede* aus einem Wellental auf. Der Kapitän gab die genaue Position durch, an der die Suche nach der vermissten Person fortgesetzt werden sollte. Die Bremer Einsatzleitung hatte über den Funkkanal den Notfall erklärt, ein Schiff der Bundespolizei war zur Unglücksstelle unterwegs, der Hubschrauber dröhnte weiterhin über ihnen.

Wegen des Wellengangs war es schwierig, jemanden zu sichten. Sie sah, wie das kleinere Beiboot der Retter durch das Heck zu Wasser gelassen wurde. Drei Seenotretter waren aufgesprungen, sie fuhren auf symmetrischen Bahnen die Position ab.

»Könnten Sie bitte diese Person ausrufen lassen?«, bat sie den Kapitän. Sie zeigte auf die Handtasche, schüttelte den Kopf, als er seine Hand ausstreckte.

»Da wir nichts ausschließen können, müssen wir Fingerabdrücke vermeiden«, erklärte sie. Sie zeigte ihm auf ihrem

Smartphone eine Kopie des Personalausweises. Er machte die Ansage über Bordfunk.

Rikes Mobiltelefon klingelte. »Ich stehe mir am Kai die Beine in den Bauch, das Schiff ist noch nicht mal zu sehen. Wo bleibt ihr eigentlich?« Ihr alter Freund Harry Kruss hatte versprochen, sie abzuholen.

»Seid ihr als Wasserschutzpolizei gar nicht informiert? Eine Person ist über Bord gegangen«, es wunderte Rike, dass die Inselpolizisten nichts von den Ereignissen gehört hatten.

»Ich hatte frei, eigentlich wollte ich heute bei einem gemeinsamen Bier in alten Zeiten schwelgen. Dann gehe ich gleich ins Büro«, seufzte Harry.

Sie befanden sich seit einer Stunde an der Unglücksstelle, die Seenotretter koordinierten den Einsatz. Bislang war die Person nicht gesichtet worden. Da die Wellen die *MS Nordsee* immer stärker schwanken ließen, hatte der Kapitän die Erlaubnis erhalten, die Fahrt fortzusetzen. In einer Stunde würden sie am Kai in Helgoland einlaufen. Der Marinehubschrauber kreiste weiterhin über der betreffenden Zone in der Luft. Das Schiff der Bundespolizei fuhr ebenfalls die Position ab.

Rike saß auf der Brücke neben dem Kapitän. Ihr Magen hatte sich beruhigt. Sie hatte die Vermisstenmeldung an ihren Freund und Kollegen auf Helgoland durchgegeben. Harry wollte die Personalien aller Passagiere prüfen, bevor sie das Schiff verließen.

Die Frau, deren Handtasche sie gefunden hatte, Caroline Maiwald, hatte sich auf ihre Durchsage über den Schiffsfunk nicht gemeldet und war bei einer weiteren Suchaktion auf dem Schiff nicht angetroffen worden. Ein schlaksiger Jugendlicher mit hochgegelten blonden Haaren kam schüchtern in Begleitung der Stewardess, die sie zur Brücke geführt hatte, auf sie zugelaufen.

»Meine Mutter ist weg«, teilte er atemlos mit. Er stellte sich als Eibe Maiwald vor.

»Ist Caroline Maiwald Ihre Mutter?«, fragte Rike. Er nickte stumm. Sie zeigte ihm die Tasche, die er entsetzt anstarrte.

»Die gehört Mama«, der Satz ging in Tränen unter. Er berichtete von der Klassenfahrt, die seine Mutter begleitet hatte. 15 Jugendliche kehrten aus Berlin zurück. In dem Moment hatte Rike ein Bild vor Augen. Als sie im Regen vor dem Ticketschalter warteten, hatte eine Horde Heranwachsender herumgetobt. Eine zierliche Frau mit goldglänzender Jacke hatte Streithähne resolut getrennt und die aufgedrehte Gruppe zur Ruhe gebracht.

Sie versuchte, den Jungen zu trösten, legte ihre Hand auf seine Schulter. Dann begleitete sie ihn zu den anderen Kindern. Diese fläzten in ihren Stühlen, die Köpfe über die Handybildschirme gebeugt. Offenbar hatten sie nichts von dem Verschwinden mitbekommen. Sie musste sie kurz vor der Ankunft informieren. Rike hatte mit Harry beraten, ob sie einen Psychologen stellen konnten. Er wollte mit der Schule Kontakt aufnehmen.

Es hatte zwar niemand so deutlich ausgesprochen, doch die Überlebenschancen für Caroline Maiwald im eiskalten Wasser waren äußerst gering.

Der Kapitän kam auf sie zu und bat sie, ihm zu folgen. Er verließ den Raum und öffnete die Tür zu einem kleinen Besprechungsraum neben der Brücke.

»Sie sind Polizistin, vielleicht können Sie mir helfen.« Sein Blick war fahrig, er hatte ihr einen Stuhl hingeschoben, lief auf und ab.

Rike war neugierig, auch wenn sie auf gar keinen Fall irgendwelche Ermittlungen im Urlaub und außerhalb ihres Bundeslandes führen wollte. »Sie müssen wissen, dass ich nicht im Dienst bin und das nicht meine Zuständigkeit ist«, schränkte sie ein. »Worum geht es?«

Er blieb stehen und sah sich nochmals vor der Tür um, bevor er diese schloss.

»Ich bitte vorab um äußerste Diskretion. Dieses Gespräch hat nie stattgefunden, sonst bin ich meinen Job los«, begann er leise.

Rike nickte. Die Neugier hatte die Oberhand gewonnen. »Auch wenn ich nicht im Dienst bin, ich bin Polizistin!«

Zögernd begann er.

»Ich war so stolz, das war mein erstes Schiff als Kapitän – und es ist ein Flaggschiff unserer Reederei. Aber drei Wochen nach meinem Antritt begann es mit den verschwundenen Personen.«

»So wie heute, meinen Sie? Leute, die über Bord gehen?«

Er schüttelte den Kopf. »Nein, meist merken wir es gar nicht. Die Polizei kommt nach Tagen oder Wochen, hält mir ein Bild vor und fragt, ob diese Person auf dem Schiff war. Es gibt dann immer Buchungen dieser Passagiere, aber niemand hat die Leute gesehen und keiner weiß, was passiert ist.«

»Was sagt die Polizei?«, fragte Rike.

»Sie vermuten, dass die Menschen selbst von Bord springen. Aber das sind so viele! Das kann doch rein statistisch gar nicht sein.« Seine Stimme brach, seinem Gesicht war die Verzweiflung anzusehen.

Rike nickte. »Doch, das ist leider möglich. Hochhäuser, Brücken und Schiffe ziehen das an. Ich bedaure, aber da kann ich nicht helfen.« Sie hatten immer wieder mit dem

Thema zu tun, da ausgeschlossen werden musste, dass es sich um Tod mit Fremdeinwirkung handelte.

»Sie haben das heute miterlebt. Könnten Sie das Schiff eine Zeit lang begleiten und sich umschauen?«

Rike schüttelte den Kopf. »So einen Zufall wird es nicht noch mal geben. Ich habe nicht gesehen, was passiert ist.« Sie dachte an den Sekundenbruchteil, in dem sie den Fall wahrgenommen hatte. Wie das passiert war, konnte sie nicht sagen.

In dem Moment fiel es ihr ein. Da war etwas, sie hatte eine schnelle Bewegung über sich registriert, einen Schatten, etwa zeitgleich mit dem Sturz. War da jemand mit der Frau auf dem Oberdeck gewesen? Doch gleichzeitig wusste sie, wie vage diese Beobachtung war und wie sie selbst im Fall einer Ermittlung darauf reagiert hätte. Dennoch wollte sie dem Kollegen die Wahrnehmung zu Protokoll geben.

KAPITEL 2

Er hatte nichts gesagt, sondern ihr wortlos aus der offenen Haustür hinterhergesehen. Wie an jedem anderen Tag war sie eiligen Schrittes mit ihrer Aktentasche über der Schulter zur Straßenbahn gegangen. An der Haltestelle herrschte das übliche Gedrängel. Während sie wartete, dachte Birgit Leppien schuldbewusst an ihren Mann. Freudestrahlend war Bernd an diesem Morgen mit einem Blumenstrauß an ihr Bett getreten und hatte ihr eine Tasse Kaffee gereicht.

»Willkommen im Unruhestand. Jetzt kommen die besten Jahre deines Lebens. Ich habe schon ein wundervolles Programm für heute gepl...« Weiter war er nicht gekommen. Denn sie war entsetzt nach einem Blick auf die Uhr aufgesprungen, hatte nur gerufen:

»Oh Gott, ich komme zu spät.« Doch wie immer stand sie einige Minuten zu früh an der Haltestelle. Die Bahn traf ein und war schon recht voll. Sie hatte Glück und fand gleich hinter der Tür einen Platz. An diesem Morgen würde sie eine Strecke nehmen, die sie seit Ewigkeiten nicht gefahren war. Nach den Vorfällen hatte sie ihre alte Arbeitsstelle 30 Jahre lang gemieden.

Diesen einen Fall wollte Birgit Leppien abschließen und endlich den Beruf, der ihr Leben war, loslassen. Sie hoffte, dass ihr jemand von den damaligen Kollegen helfen würde. Sie musste den Jungen wiederfinden, erst dann würde sie mit Bernd die von ihm geplanten Tagesausflüge ins Schloss Sanssouci oder die Wellnesstage in der Sauna genießen.

Das gehörte zu den Schattenseiten im Jahr der Wiedervereinigung – Mütter und Väter, die über die Grenze zogen und alles hinter sich ließen. »Den Schlüssel zum alten Leben einfach weggeworfen«, hatte es damals ein Kommissar der Kriminalpolizei beschrieben. Diesen Tag sah sie wie einen Film vor sich. Es war heiß im Büro, sie hatten alle Fenster offen und versuchten, eine Querlüftung herzustellen. Erleichtert nahm sie den Anruf entgegen, nur raus aus dieser Sauna, hatte sie gedacht.

Die Polizei hatte sie in die Marzahner Siedlung in ein Hochhaus gerufen. Der Fahrstuhl funktionierte nicht, und sie mussten bis in den zehnten Stock die Treppe zu Fuß hinaufgehen. Der Schweiß rann ihr in Strömen am Rücken hinab, obwohl sie nur ein leichtes Sommerkleid mit schmalen Trägern anhatte.

Schon ein Stockwerk unter der Wohnung stank es bestialisch. Als sie die Tür öffneten, hatte sie sich ein Tuch vor die Nase halten müssen, um den Geruch auszuhalten. Meterhoch türmte sich der Dreck, menschlicher Kot, Abfälle, zwei verweste Katzen und mittendrin die beiden weinenden Kinder. Keine Spur weit und breit von den Eltern.

»Mama ist rüber in den Westen, die kommt nicht wieder«, hatte der kleine Junge matt gesagt. Er konnte nicht sagen, seit wann sie nichts mehr zu trinken hatten, nachdem die Wasserbetriebe wegen unbezahlter Rechnungen die Lieferung eingestellt hatten. Seine kleine Schwester, die er im Arm hielt, konnte kaum aufstehen. Die beiden kamen nicht aus der abgeschlossenen Wohnung. Als sie es vor Hunger nicht mehr aushielten und das Aquarium ausgetrunken hatten, hatte er aus dem Fenster um Hilfe geschrien. Stundenlang hatte er gerufen, bis ein Nachbar ihn endlich bemerkt und sie alarmiert hatte. Es grenzte an ein Wunder, dass die beiden Kinder lebten. Sie waren gerade rechtzeitig gekommen, um sie zu retten.

Seine kleine Hand schob sich in ihre. »Danke, Tante«, voller Vertrauen hatte er sich in ihre Obhut begeben. Sie hatten den Jungen und seine Schwester aus dem Haus getragen und ins Krankenhaus gebracht. Nachdem sie dort aufgepäppelt worden waren, hatte Birgit Leppien sie in ein Heim eingewiesen. In der Zeit nach der Wende war es schwierig, zwei Kinder unterzubringen, die von der Jugend in einer

Problemfamilie geprägt waren. Das Mädchen hatte es leichter, hörte sie später. Die Kleine war in eine fromme Familie vermittelt worden. Da hatte sie geordnete Verhältnisse, genau das Richtige. Als sie sich zuletzt erkundigt hatte, lebte Kevin Monate später noch in dem Heim.

Ihr eigenes Leben war in dieser Zeit aus den Fugen geraten, und sie hatte die Spur des Kleinen verloren. Was war aus ihm geworden? Das ließ ihr keine Ruhe.

Wie ferngesteuert stand sie von ihrem Sitz am Fenster der Straßenbahn auf, als der Plattenbau in Sicht kam, wo sich ihr Büro befunden hatte. Schnurstracks ging sie in die Diensträume des Jugendamtes in den dritten Stock und bat im Sekretariat um ein Gespräch mit dem Amtsleiter. Auf einem Stuhl im Gang wartete sie.

Sie erkannte ihn sofort, als er aus seinem Büro kam. Alt war er geworden, hatte kaum Haare, und seine langen Gliedmaßen schlotterten in einem Anzug, den sie damals elegant gefunden hätte. Er streckte ihr die Hand entgegen.

»Doktor Regge«, stellte er sich vor, als wäre sie eine Unbekannte. Dann ging er voraus. Sie folgte ihm in einen Besprechungsraum. Nachdem er ihr einen Platz angeboten hatte, sagte sie:

»Wir kennen uns, mein Name ist Birgit Leppien.«

Sie sah an seinem überraschten Gesichtsausdruck, dass er sie erst jetzt erkannte. Hatte sie sich so verändert wie dieser damals dynamische Beamte aus dem Westen, der ihnen vorgesetzt worden war?

»Was führt Sie zu uns?«, fragte er, nachdem er sie länger gemustert hatte.

Sie versuchte, die Bitterkeit über die damalige Hetzjagd zu verdrängen. Doch all die Erinnerungen kamen wieder hoch. Genau in diesem Raum hatte das Tribunal der Kollegen stattgefunden. Auf einmal war sie, die sich bei den Bürgerrechtlern engagiert hatte, zum Stasispitzel erklärt worden, hatte ihre Zugangskarte abgeben müssen und sich mit nichts außer ihrer Handtasche und ihrer Jacke vor dem Haus befunden. Er hatte die Dinge zwar nicht ins Rollen gebracht, jedoch energisch vorangetrieben. Doch das war heute nicht ihr Thema.

»Ich bin auf der Suche nach einem Jungen, der damals nicht vermittelt werden konnte. Es brennt mir auf der Seele, ich muss unbedingt wissen, was aus ihm geworden ist.«

Regge wollte sich über den Stand informieren und ging hinaus. Sie sah sich den Raum an, der sich kaum verändert hatte, die schmutzig weißen Wände, die dringend einen neuen Anstrich gebraucht hätten, Leuchtstoffröhren, die immer an waren. Unter diesem Licht sah jedes Gesicht kalkweiß und krank aus. Auf dem Boden lag wie damals das verschlissene blaue Linoleum. Allein die Fotos von Kindern an der Wand und ein Kalender mit einem Bergpanorama setzten kleine Farbakzente in dem tristen Umfeld. Nebenan hatte sie selbst jahrelang gearbeitet. Sie konnte sich in dem Moment besser in die Menschen versetzen, die auf der anderen Seite der Schreibtische saßen. Das ganze Interieur strahlte Kälte aus, sie sehnte sich zurück an die frische Luft, wollte das Kapitel endlich abschließen.

Sie nahm sich vor, nach dieser Suche loszulassen. Sie würde den Kindern einen Brief schreiben, mit ihnen Kaffee trinken gehen. Dann konnte sie die Seite endgültig umblättern, sich um ihren Mann kümmern und ihr Leben genießen.

Nach einer unendlich lang erscheinenden Zeit kam Doktor Regge wieder in den Raum. Er hatte keine Akte dabei, so wie sie erhofft hatte und setzte sich nicht.

»Sie mussten damals gehen, weil Sie Kollegen ausspioniert hatten, oder, Frau Leppien?«

Sein Blick hatte etwas Inquisitorisches.

»Was wissen Sie schon! Ich habe mit denen geredet, aber nichts Belastendes erzählt, niemanden denunziert.« Es war zum Verzweifeln. Wieder und wieder wurde ihr das Fehlverhalten vorgehalten. Dabei hatte sie nicht einmal eine Straftat begangen. Jahrelang hatte sie geschwiegen, doch jetzt weckte dieses Verhalten ihren Trotz.

»Das war nicht das Einzige. Sie haben diese Mutter drangsaliert, weil sie sich nicht wie eine sozialistische Persönlichkeit verhielt. Erinnern Sie sich noch daran?«, fragte er.

»Daran ist nichts Verwerfliches. Wenn man Kinder hat, muss man eben früh aufstehen und kann nicht feiern gehen und Männerbekanntschaften sammeln. Man muss eine gewisse Ordnung haben und regelmäßig kochen. Das ist einfach so!«

»Es steht uns nicht zu, den Leuten vorzuschreiben, wie sie leben. Solange es den Kindern gut geht. Diese Mutter ist vielleicht nur abgehauen, weil sie Ihren Psychoterror nicht mehr ausgehalten hat.«

»Das ist Ihre Meinung! Ich wurde rehabilitiert, ich bin kurz darauf bei einem anderen Jugendamt eingestellt worden. Ein bisschen Strenge hat noch niemandem geschadet«, entgegnete sie.

»Was ist mit dem Jungen? Geht es ihm gut?«

Er schüttelte den Kopf und bedachte sie mit einem abschätzigen Blick. »Sie kennen die Datenschutzbestimmungen. Im Übrigen geht es ihm bestimmt besser, wenn Sie ihn in Ruhe lassen!« Er ließ sie grußlos sitzen und verließ den Raum.

Sie hatte gehofft, dass er zumindest inoffiziell eine Information weitergeben würde. So hatten sie und ihre Kollegen es gehalten, wenn es um Suchanfragen ging und sie davon überzeugt waren, dass die Daten nicht missbräuchlich verwendet wurden. Sie würde nicht ruhen, bis sie ihn gefunden hatte.

KAPITEL 3

Der Alte hatte ihn nach dem Hauptgang gebeten, in sein Büro zu kommen. Wie immer thronte er an seinem pompösen Eichenschreibtisch unter dem goldgerahmten Porträt des eigenen Vaters. Kornelius fühlte sich vor dem ausladenden Möbelstück wie ein kleiner Junge.

Er schnipste die geringelten Reste vom Spitzen der Bleistifte in ein imaginäres Tor. Vergeblich versuchte er, sich in diesen Momenten auf sich zu besinnen. Er war doch wer! Die Seefahrtsschule hatte er mit guten Noten abgeschlossen und hätte sich die Stelle aussuchen können. Und seine Eltern waren keine Hartz-4-Empfänger, sondern ein respektables Helgoländer Unternehmerpaar. Doch unausgesprochen stand dem Alten die Geringschätzung ins Gesicht geschrieben, offenbar hatte er erwartet, dass sich seine geliebte jüngste Tochter Isabelle mit einem ebenbürtigen Partner verheiratete, der einen ähnlichen finanziellen Hintergrund bot.

Mit finsterem Ausdruck studierte der Senior irgendein Dokument. Nach Minuten sah sein Schwiegervater auf.

»Dieser Vermisstenfall. Du wirst diese Sache diskret behandeln, wir können keine schlechte Presse gebrauchen. Hörst du, Junge?« Sein Zeigefinger pochte stakkatoartig auf den Tisch. Er stellte weder eine Frage, noch hatte er nach seiner Meinung gefragt. Groll stieg in ihm auf. Er war doch Kapitän! Entschlossen ging er in den Nebenraum, holte sich einen Stuhl, rückte diesen zurecht und nahm Platz, bevor er dem Alten Paroli bot.

»Das ist nicht der erste Vorfall, seit ich das Schiff übernommen habe, ich hatte mehr als ein Dutzend polizeiliche Ermittlungen. Wir müssen klären, was dahintersteckt«, widersprach er, obwohl er wusste, dass man dem großen Reeder Hanke Nymann nicht widerspricht. Der Alte warf ihm nur einen verächtlichen Blick zu.

»Wir müssen mit der Polizei zusammenarbeiten«, wiederholte Kornelius. Der Alte hatte die Fäuste geballt und die Lippen zusammengekniffen, die roten Adern im Gesicht waren hervorgetreten. Er schien kurz vor einem seiner Wutausbrüche zu stehen, bei dem Ferngläser oder Flaschen durch die Luft flogen.

»Du tust, was ich dir sage«, er haute die Faust auf den Tisch, dass die darauf befindlichen Fotorahmen umfielen. Dann brüllte er: »Rate mal, warum du mit deinen 29 Jahren Kapitän geworden bist?«

Sein Schwiegervater war aufgestanden und stand keinen Meter vor ihm entfernt. »Enttäusche mich nicht, und erst recht nicht meine Tochter. Sie sieht gar nicht glücklich aus!« Seine Stimme war zu einem Donnergrollen angeschwollen. Er hatte seine Hände in seine Richtung gehoben und nebeneinander beide Fäuste geballt, als wolle er ihn würgen.

Doch er ließ sie sinken, drehte sich wortlos um und ging aus der Tür. Kornelius hörte, wie er die Treppe hinabstieg. Er atmete durch und überlegte. Am liebsten wäre er nach Hause gegangen, doch das würde wieder einen Eklat auslösen. Er fühlte sich wie ein Trottel, als er seinem Schwiegervater in den Wintergarten folgte.

Die Damen plauderten über eine Kunstausstellung, die sie besuchen wollten. Seine Schwiegermutter servierte Schalen mit kunstvoll arrangierten Früchten auf Eis. Sie bedachte die Männer mit einem kurzen Blick. Fragen stellte sie nie und wirkte lieber im Hintergrund. Isa sah sie beide sorgenvoll und fragend an. Er wusste genau, zu wem sie im Fall eines Konflikts halten würde. Der große Papa. Sie sah bewundernd zu ihm auf und tolerierte keinerlei Kritik. Wenn der Patriarch ihn als Kapitän rausschmiss, dann könnte er sich gleich einen Scheidungsanwalt suchen. Nicht, dass er irgendwelche Ansprüche hätte, der Alte hatte ohnehin dafür gesorgt, dass ihr gemeinsam gebautes Haus am anderen Ende des Parks alleine seiner Frau gehörte. Er setzte sich neben sie und versuchte ein gezwungenes Lächeln.

»Alles in Ordnung, Schatz?«, fragte seine Gattin. Und er wusste, dass sie nur eine Antwort hören wollte. Sie war eine Meisterin darin, Probleme zu ignorieren, genau wie ihre Mutter. Also tat er, was von ihm erwartet wurde, und lobte scheinheilig den Nachtisch. Isa wandte sich wieder ihrer älteren Schwester Nat zu und unterhielt sich über irgendwelche Erziehungsfragen. Sein Schwager, der zu seiner Linken saß, schenkte Kornelius einen mitfühlenden Blick. Sie hatten nie explizit über das schwierige Verhältnis zum Reeder gesprochen. Doch Valentin war Mediziner und hatte sich als Schmerztherapeut in der Region einen Namen gemacht. So hatte er das Glück, finanziell unabhängig vom Nymann-Clan und ihren Familienunternehmen zu sein.

»Na Konny, was macht die Seefahrt?«, fragte er, und Kornelius überlegte, ob er von dem Verschwinden der Frau erzählen sollte. »Wir hatten einen Vorfall heute, Person über Bord. Das hat den Fahrplan etwas durcheinandergebracht«, berichtete er.

»Na, da ist der Reeder vermutlich gar nicht entzückt, wenn etwas nicht nach Plan läuft«, bemerkte sein Schwager. Dessen verständnisvoller Ton ging ihm gewaltig auf die Nerven. Am liebsten hätte er die versammelte Sippschaft angeschrien wegen all der verschwundenen Passagiere. Doch stattdessen fragte er höflich:

»Wie läuft es denn in der Praxis? Ist die Grippewelle durch?« Es hätte ihn erleichtert, mit jemandem über das Problem zu sprechen, doch er fühlte den warnenden Blick des Alten vom anderen Ende der festlich gedeckten weißen Tafel. Wehe, irgendjemand käme auf die Idee, die Geburtstagsfeier für seine Schwiegermutter durch reale Probleme zu sprengen. Diese wurden im Büro oder im repräsentativen Sitz der Reederei im Hafen besprochen, doch niemals bei einer Feier! Er konnte es kaum erwarten, der Reedervilla zu entkommen, auch wenn sein eigenes Haus leider nicht weit entfernt war.

Er hatte damals kurz versucht, seine Frau davon zu überzeugen, lieber einen Altbau in Sahlenburg zu kaufen, den er entdeckt hatte. Doch sie hatte ihm bedeutet, dass sie sich auf keinen Fall so weit von ihren Eltern entfernen wollte – dabei waren das nicht einmal zehn Kilometer. Er bedauerte, dass er nicht hart geblieben war.

Endlich stand seine Schwiegermutter auf und klingelte nach ihrer Haushälterin. Er musste sich bremsen, um nicht aufzuspringen. Er war erleichtert, als sie sich verabschiedet hatten. Mit seinem Wagen fuhr er Isa einmal um den Block, denn wegen des Regens hatte sie die 500 Meter mit ihren neuen Wildlederpumps nicht zu Fuß gehen wollen. »Hast Du irgendetwas, Schatz?«, fragte sie ihn im Auto, und das war schon ungewöhnlich. Normalerweise lasteten ihre Modeeinkäufe, Galeriebesuche und Klubmitgliedschaften sie komplett aus. Wenn ihn etwas belastete, bekam sie das gar nicht mit.

»Ich bin müde, Liebes. Wir hatten gestern einen Vorfall an Bord«, antwortete er und half ihr aus dem Auto.

»Was für einen Vorfall?«, fragte Isa. Sie hatte sich hingehockt und zog direkt in der Garage die neuen Pumps aus. Bis zum Eingang lief sie barfuß. Vermutlich taten ihr in den Schuhen mit den dünnen hohen Absätzen die Füße weh. Er verstand ohnehin nicht, wie man nur einen Meter damit laufen konnte.

Er nahm die zahlreichen Einkaufstüten aus dem Kofferraum, die ihre Mutter Isa mitgegeben hatte. Die Damen kauften nicht nur für sich, sondern füreinander ein. Sie saß auf dem Stuhl in der Diele und massierte sich die Zehen, er kam wie ein beladenes Lastkamel hinter ihr her.

»Eine Frau ist über Bord gegangen, wir hatten die Polizei da.«

Sie sah ihn aufmerksam an. »Weiß denn Papa davon?«

Er nickte. »Ja, und ich soll alles diskret behandeln.«

»Papa hat ja so viele Jahre Erfahrung. Der weiß, wie man mit solchen Krisen umgeht.« Es war doch wie immer. Der große unfehlbare Herr Reeder! Sie stand auf und ging in die Küche.

»Soll ich uns einen Tee machen?« Das bot sie selten an, normalerweise bekam sie seine Probleme gar nicht mit. Doch es war alles gesagt. Sie hielt zu ihrem Vater. An einem Denkmal sägte man nicht, da reagierte seine Frau sofort alarmiert. Er seufzte und stellte die Einkäufe auf den Tisch. Er wollte gar nicht wissen, was das alles gekostet hatte. Die Diskussionen über Geld arteten immer in Streit aus, sodass er nur resigniert nickte, wenn sie irgendeinen Firlefanz vor dem Spiegel probierte. Er beschränkte sich darauf, die Löcher zu stopfen, die ihr Luxusleben in das Budget riss. Eines war sicher. Den Alten würde er nicht wieder um einen Kredit bitten.

Kornelius setzte ein gezwungenes Lächeln auf und ging mit einer Entschuldigung in sein Büro unter dem Dach, den einzigen Raum, wo er sich zu Hause fühlte. Durch eine Häuserlücke sah er die Elbmündung mit den hell erleuchteten Containerriesen. Doch zum Abschalten hatte er keine Zeit. Das Telefon klingelte, und er sah, dass er Dutzende Nachrichten auf dem Anrufbeantworter hatte. »Yasmina, du sollst nicht bei mir zu Hause anrufen«, flüsterte er heiser und hörte Gelächter am anderen Ende.

»Aye, Aye, Captain. Einen romantischen Abend«, dann legte sie auf. Wie hatte er sich nur darauf einlassen können? Er wollte nie einer dieser Männer sein, die in irgendwelchen schmuddeligen Hotelzimmern absteigen, doch tat er genau das. Und es war nur eine Frage der Zeit, bis Isa ihm auf die Schliche kam. Dann verlor er alles – seine Frau, sein Ansehen, seine Stelle als Kapitän und sein Zuhause. Der Alte würde dafür sorgen, dass er nie wieder ein Bein auf den Boden bekam. An einem lauen Sommerabend, als sie in Helgoland übernachteten, war er schwach geworden. Damals hatten sie einen Vermisstenfall, so wie jetzt. Sein Schwiegervater hatte davon nichts hören wollen. Er hatte auf der Terrasse gesessen, allein mit seiner Whiskyflasche. Sie war durch die offene Haustür gekommen und hatte sich auf seinen Schoss gesetzt.

KAPITEL 4

Wie ein langer Schildkrötenpanzer tauchte vor ihnen die Insel am Horizont unter einer dichten Schicht finsterer Wolken auf, sie passierten das Leuchtfeuer der kleinen Sandinsel Düne. Die Seenotretter suchten weiter nach der Gestürzten, hatten aber bislang keinerlei Spur entdeckt.

Es gab nichts, was sie tun konnte, also kehrte sie zu ihrem Platz zurück. Prinz schlief auf seiner Decke, sein durchnässtes Fall sah struppig aus, war aber getrocknet. Er hob kurz den Kopf und drehte ihn dann beleidigt weg. Rike tätschelte ihm die Stirn. Sie hatte gegen ihre Vorsätze verstoßen. Sie brauchte eine Auszeit ohne Mord und Totschlag, Ruhe zum Nachdenken über eine neue berufliche Perspektive. Momente mit ihrem Vierbeiner verbringen. Aber dann war das Opfer ihr direkt vor die Nase gefallen. Sie hatte ihrem Freund Harry, dem Leiter der Helgoländer Wasserschutzpolizei ihre Hilfe bei den Befragungen der Passagiere und Crewmitglieder zugesagt. Seine Dienststelle hatte wegen Krankheitsfällen einen personellen Engpass.

Der Seegang war nicht weniger geworden, ihr Magen meldete sich. Vor dem Anlegen wollte sie auf die Toilette gehen. Eine lange Schlange zog sich die Treppe hinauf. Es dauerte eine Viertelstunde, bis sie es endlich in den Innenraum geschafft hatte. In der Kabine nebenan flüsterte eine Stimme.

»Hast du gehört, dass es die Maiwald war, die von Bord geflogen ist? Sag mal, meinst du, sie hat die Alte geschubst? Die hat sie so fertig gemacht!«

Aus der anderen Kabine kam ein Kichern. »Die fette Kuh? Aber du hast recht, stille Wasser sind tief. Die Alte ist ja einige hart angegangen.«

Rike horchte auf, es ging um die Tote. Was wussten die Frauen? Sie wartete, bis sich eine Kabinentür öffnete, und wollte die Flüsterinnen zur Rede stellen. Vermutlich waren es Jugendliche aus der Schulklasse. Als sie aus der Tür trat, kam Harry auf sie zu und zog sie an sich. »Rike, dich schickt der Himmel. Ich verspreche dir, dass ich dich danach in Ruhe zu deinem Vogelprojekt lasse.«

»Da hättest du auch keine Chance. Du glaubst nicht, wie sehr ich diese Auszeit brauche. Und du hast mich ja auf die Idee gebracht. Hoffentlich war das kein Anwerbungstrick?«

Er lachte laut. »Du kennst mich, das würde ich nie tun.«

»Da kenne ich dich aber besser!«, entgegnete Rike.

Er sah kaum älter aus als in ihrer gemeinsamen Studienzeit. Noch immer war er sportlich gekleidet, in Jeans und einem Streifenshirt. Die blonden Haare waren sturmzerzaust. Drahtiger wirkte er und gebräunt.

Junge Frauen kamen aus der Toilette, doch sie konnte nicht zuordnen, wer aus welcher Tür getreten war.

»Wollen wir loslegen?«, riss er sie aus den Gedanken.

»Kann ich dich kurz sprechen?«, bat sie.

Eine Kollegin in Uniform trat zu ihnen.

»Madeleine, unsere neue Mitarbeiterin«, stellte er sie vor. Rike reichte ihr die Hand.

Sie folgte den beiden in einen kleinen Salon, den die Bardame eigens für sie aufgeschlossen hatte. Dann berichtete sie, was sie gesehen hatte. Die Kollegen hatten Notizen gemacht. »Du müsstest auch ein Protokoll unterschreiben«, bat Harry. Sie nickte. »Da ist noch etwas.«

Sie berichtete von dem Gespräch auf der Toilette. »Diese Mädchen scheinen etwas zu wissen, aber es könnte sein, dass einige aus der Schulklasse traumatisiert sind.«

Harry nickte. »Wir sollten mit Fingerspitzengefühl mit ihnen reden. Wir nehmen alle Personalien auf und befragen diejenigen vom oberen Deck, die etwas gesehen haben könnten.«

Das Personal wies die Passagiere ein, um den Prozess zu beschleunigen. Die Befragung sollte im vorderen Salon stattfinden.

»Du hast noch etwas auf dem Herzen«, bemerkte Harry. Er kannte sie. Sie rang mit sich, ob sie die Information über den Schatten preisgeben sollte, da ihre Wahrnehmung so vage war.

Sie nickte zögernd. »Ich habe den Sturz mitbekommen, ich meine, auf dem Deck darüber einen Schatten, eine schnelle Bewegung wahrgenommen zu haben. Ob es ein Mensch war, eine Möwe – das kann ich leider nicht sagen.«

»Hast du nicht noch irgendetwas gesehen?«, bohrte Harry. Das hätte sie vermutlich auch getan.

»Ich weiß, wie frustrierend diese halbblinden Zeugen sind. Aber ich war seekrank, durchnässt und völlig durchgefroren. In dem Moment habe ich mein Frühstück ans Meer abgegeben, wenn du es genau wissen willst.«

»Okay, wenn das alles ist, lass uns loslegen.«

Sie gingen in den Salon nebenan und teilten die Gruppe auf. Kollegen vom Zoll kopierten am Ausgang die Personalausweise. Niemand hatte etwas gesehen oder gehört. Es folgte noch die Schulklasse. Ein aufgebrachter Mann stürmte in den Raum. Er trug einen Schlabberpulli, darüber einen Ostfriesennerz.

»Was soll das, lassen Sie die Kinder gehen«, protestierte

er. »Minderjährige, Sie dürfen das gar nicht. Sie werden noch von meinem Anwalt hören«, schrie er.

»Kommt, Kinder«, rief er und ging von Bord, gefolgt von den Jugendlichen.

Harry ließ sie ziehen. »Was war das denn?«, wunderte sich Rike.

»So was wie der Inselquerulant, ein geschiedener Vater. Und er hat einen guten Anwalt«, erklärte Harry.

Damit hatten sie ihre Mission beendet.

»Willkommen auf Helgoland. Wir sollten nur noch die Befragungen auswerten, dann bist du frei«, sagte Harry. Sie ging zu ihrem Platz, wo Prinz aufrecht neben dem Tisch saß und sie mit vorwurfsvollem Blick erwartete. Sie nahm ihren Koffer in Empfang und verließ das Schiff.

Der Himmel über der Insel sah düster aus, immerhin hatte der Regen aufgehört. Rike war froh, wieder festen Boden unter den Füßen zu haben.

»Darf ich dir das abnehmen?«

Ohne die Antwort abzuwarten, hatte Harry ihren Koffer geschnappt. Seine Kollegin beugte sich zu Prinz und streichelte ihn. Sie folgten seinem schnellen Schritt den Kai entlang durch das Hafengebiet. An einem grünen Häuschen hingen die Schilder »Wasserschutzpolizei« und »Polizei«.

»Also ein Gemischtwarenladen?«, bemerkte Rike.

»Nenn uns ruhig Alleskönner, das hat mehr Glamour«, Harry grinste breit. »Wir haben die Allzuständigkeit, das schließt auch Kriminalfälle ein.«

Er stellte ihren Koffer in den Eingangsbereich hinter einen Tresen, wo Anzeigen von Bürgern aufgenommen wurden. In der unteren Etage befanden sich zwei Büros, das kleine Labor mit einer Ausstattung für erkennungsdienstliche Behandlung und die Spurensicherung. »Ein

Hotel ohne Klinke haben wir auch«, sagte Harry und schloss kurz die Zelle auf. Im ersten Stock hatte er sein Büro, das überraschend geräumig war und neben einer Sitzgruppe und dem Schreibtisch sogar mit einer Couch möbliert war. An den Wänden erkannte sie Medaillen und Fotos von Marathonläufen und dem *Ironman*. Er bot ihnen einen Platz an und fragte dann: »Habt ihr irgendwelche Hinweise erhalten?«

Seine Kollegin schüttelte den Kopf: »Niemand hat etwas bemerkt.« Ebenso war es bei Rike.

»Bei mir ähnlich«, erklärte Harry. »Wie wäre es mit einem Cappuccino oder Tee?«, fragte er. Rikes Magen knurrte. Sie hatte seit dem Frühstück nichts gegessen, Prinz hatte sie auffordernd angestupst. Harry brachte Tassen und eine Teekanne, für den Hund stellte er eine Schüssel mit Wasser auf, das ihr Vierbeiner schlabberte.

»Wir haben also leider nichts. Rike hatte den interessanten Ansatz mit den Mädchen. Den sollten wir nachverfolgen.« Harry deutete auf sein Handy. »Ich habe schon ein Schreiben vom Anwalt, das wird schwierig«, erklärte er.

»Wie wäre es, wenn wir Rike in die Schule einschleusen?«, fragte die Kollegin.

Rike schüttelte den Kopf. »Das ist nicht meine Baustelle. Ich habe auch keinerlei Erfahrungen.«

»An sich eine gute Idee, so würden wir sicher etwas erfahren. Aber natürlich verstehe ich das«, sagte Harry.

»Mir fällt aber jemand ein. Eine Malerin in Cuxhaven. Sie hat bereits inoffiziell ermittelt«, sagte Rike. Harry war aufgesprungen. »Hervorragend, ruf sie am besten gleich an.«

Rike überlegte. Margo Valeska hatte ihren letzten Fall begleitet, doch sie war nicht immer einfach. Wenn sie die junge Frau überzeugen wollte, würde sie persönlich mit ihr reden müssen. Danach könnte sie in Ruhe bei ihrem Vogelschutzprojekt anfangen.

»Jetzt möchte ich erst mal in mein Apartment«, sagte sie und stand auf. Harry nahm ihren Koffer.

»Ich fahr dich selbstverständlich.« Sie wusste gar nicht, dass auf Helgoland Autos erlaubt waren. Der Golf parkte hinter der Wache, er öffnete ihr galant die Tür. »Natürlich ein Elektroauto.«

Geräuschlos setzte sich der Wagen in Bewegung, sie fuhren durch den Hafen mit den bunten kleinen Büdchen und dann am Krankenhaus vorbei ins Oberland. Durch ein Gassengewirr ging es zu dem Haus, das direkt auf dem Felsen in der ersten Reihe thronte. Harry hatte das Quartier für sie ausgewählt und den Schlüssel geholt. Mit Prinz konnte Rike nicht in der Gemeinschaftsunterkunft der Vogelschützer nächtigen, und sie hatte sich für eine eigene Wohnung entschieden, um in Ruhe nachdenken zu können. Das Apartment zog sich über zwei Stockwerke. Unten befand sich ein Wohnzimmer mit offener Küche. Einen Moment verharrte sie vor dem Fenster und staunte über das Panorama. Sie überblickte die dunklen Dächer des Unterlandes mit den Hafenanlagen. Wie eine Südseelagune schimmerte das Meer am Strand der Nebeninsel Düne. »Na, gefällt es dir?«

»Hier könnte ich auch für eine längere Auszeit einziehen«, schwärmte sie. In der Küche fand sie eine Schüssel für Prinz und servierte ihm eine Portion Futter.

»Wollen wir auch etwas essen?«, schlug Harry vor. Nebenan befand sich ein Italiener. Während Rike ihre Spaghetti auf die Gabel wickelte, sah Harry nachdenklich aus. »Sag mal, diese Kollegin. Könntest du die schnellstmöglich fragen? Dann bist du mich los für den Rest des Aufenthalts.« Rike versprach ihm, das sofort zu erledigen.

KAPITEL 5

Kurz entschlossen war Rike wieder mit Prinz auf die Fähre nach Cuxhaven gestiegen. Der Wind hatte etwas nachgelassen, sie war nicht seekrank geworden. Kalte Regentropfen fielen ihr ins Gesicht. Am Kai des Alten Fischereihafens lagen die Kutter, einige waren erleuchtet und bereiteten ihre Tour vor. Auf ihr Klingeln am Atelier meldete sich niemand, da entdeckte Rike Plakate für eine Veranstaltung mit Margo Valeska.

»Wecke den Künstler in dir«, forderte deren Bild auf und richtete den Zeigefinger auf den Betrachter. Es ging um einen Malworkshop in der Hafenhalle.

Die Netzhalle befand sich 100 Meter weiter. Sie ging am Kai entlang. Sie mochte die Atmosphäre des Hafens, die verwitterten Hallen mit Industriecharme. Ein Plakat kündigte Kunstausstellungen in dem Gebäude an.

Sie öffnete die Tür. Der hohe offene Raum war gut erleuchtet, Tischreihen waren aufgebaut und voll besetzt. Am Eingang saß Paul Connelly, der mit der Malerin liiert war. Seine Gesichtszüge froren ein.

»Was machen Sie denn hier? Sie wollen doch nicht etwa kreativ werden?«

»Warum nicht«, fragte sie zurück, »trauen Sie mir das nicht zu?«

Er sah auf die Uhr.

»Dann hätten Sie vor einer Stunde erscheinen müssen! Die Veranstaltung ist ausverkauft.«

Bedauernd sah er bei diesen Worten nicht aus. Sie hatte kurz den Raum überblickt. Auf den Tischen befanden sich Staffeleien, an denen Frauen und wenige Männer mit Pinseln arbeiteten. Vorne erkannte sie Margo Valeska, die auf der Bühne ebenfalls ein Gemälde bearbeitete und mit ihrem Mikrofon Arbeitsschritte kommentierte.

»Ich bin hier, um mit Margo zu sprechen.«

Er zögerte und bot ihr einen Stuhl an, den er hinter den Reihen platzierte.

»Verwickeln Sie Margo bloß nicht wieder in einen Kriminalfall! Sie hätte sterben können«, warnte er. Sie setzte sich und verfolgte die Veranstaltung, die sie an das Malen nach Zahlen erinnerte. Schrittweise erklärte die Malerin, was sie tat, und die versammelten Möchtegern-Künstler pinselten eifrig mit. Margo Valeska und zwei weitere junge Frauen liefen durch die Reihen und halfen bei der Gestaltung. An dem Abend sollte der Kutterhafen vor stürmischem Himmel entstehen, in unterschiedlichen Stilrichtungen. Von ihrem Platz aus entdeckte Rike durchaus gelungene Kunstwerke in ungewöhnlichen Farben. Nach etwa einer Stunde kündigte Margo ein Büffet an. Sie begutachtete die Werke ihrer Hobbykünstler, korrigierte. Dann lobte sie die Schüler, während schwarz gekleidete Personen ein Büffet in den Saal schoben. Auf der Bühne nahm ein Pianist am Flügel Platz und schlug jazzige Töne an.

Margo Valeska sah sie erstaunt an. »Sie hier? Möchten Sie das Malen lernen?«

Rike schüttelte den Kopf: »Ich bin leider völlig unbegabt.« Kunst war nicht ihre Stärke, sie malte wie eine Erstklässlerin.

Margo Valeska lächelte. »Das lernt jeder. Wie wäre es mit einem Glas Sekt?«

»Gerne. Ich bin ja eigentlich im Urlaub.«

Die Malerin kam mit zwei Gläsern wieder und überreichte eines davon Rike.

»Auf die Kunst«, sagte sie und erhob ihr Glas, bevor sie nippte.

»Auf den Eigentlich-Urlaub. Wie geht das eigentlich?«, erwiderte Margo.

Rike seufzte: »An Bord des Schiffs fiel mir ein Fall vor die Füße. Sonst wäre ich jetzt schon im Urlaub.«

Sie erklärte, was sich an Bord zugetragen hatte, und ließ den Schatten und das Gespräch auf der Toilette nicht aus. Margo hing an ihren Lippen.

»Jetzt kommt der Punkt, wo Sie mir helfen könnten.« In dem Moment kam Paul zu ihnen und legte den Arm um Margos Schultern.

»Ich hatte gelesen, dass die Helgoländer Schule regelmäßig mit Künstlern Projektwochen veranstaltet. Da könnten Sie sich nebenbei umhören?«

Sie sah an den Augen der Malerin, dass sie ihr Interesse geweckt hatte. Sie zögerte, doch hob sie bedauernd die Hände:

»Ich bin ausgebucht. Ein solches Event braucht Vorbereitung.« Sie warf einen Blick zu Paul, und dieser schien aufzuatmen.

Rike nickte resigniert. Es war unrealistisch, dass die Künstlerin sofort für einen Detektiveinsatz alle Termine absagte. Sie verabschiedete sich, wünschte noch alles Gute und ging in Richtung Hotel. Sie mussten früh aufstehen, denn zur Helgolandfähre war am nächsten Morgen ein weiter Weg zurückzulegen. Am besten hielt sie sich aus dem ganzen Fall heraus.

KAPITEL 6

Michael hatte keine Ahnung, wie man das Pulver verwendete. Im Krimi hatte er das mal gesehen. Nie war er mit der Substanz in Berührung gekommen. Die Tasche hatte er im Keller hinter Bierkästen verborgen und holte sie hervor. Er entnahm das Paket aus zusammengeknüllten Kleidungsstücken. Vorsichtig drehte er es und sah es sich genau an, ritzte mit dem Schlüssel ein Loch in die Folie. Schneeweiß leuchtete ihm das Pulver entgegen. Vielleicht war es Waschmittel, das hörte man immer wieder. Es roch säuerlich, fast wie Essig. Er schüttelte ein Häufchen auf den Kellerschrank. Wie er es im Film gesehen hatte, schob er es zu einer Linie zusammen und rollte sich einen Zehn-Euro-Schein. Einen Moment zögerte er, bevor er den Kopf senkte. »Nur einmal probieren.« Einatmen und abwarten. Gab einem der Stoff tatsächlich so eine Wahnsinnsenergie? Würde es ihm helfen, trotz der durchwachten Nacht in den Tag zu kommen? Anders würde er das Programm nicht schaffen. Nach dem gestrigen Stress mit den Rettern hatte er kaum ein Auge zugetan. Zudem hatte ihm Kornelius angekündigt, dass er das Kommando führen sollte. Zum ersten Mal. Wenn er das verkackte, würde es nichts mit dem Aufstieg.

Er atmete tief durch, räumte alles wieder in sein Regal. Den Keller schloss er ab, nachdem er sich umgesehen hatte. Kein anderer Mieter weit und breit – und das war besser so. Beschwingten Schrittes lief er zum nahegelegenen Helgolandhafen. Er war Erster Offizier und knapp davor, seinen Traum zu erfüllen. Kapitän werden, dafür hatte er sein ganzes Leben gekämpft. Aber es war immer schwieriger geworden, nachdem die Geister aus seiner Vergangenheit aufgetaucht waren.

»Falls du mal etwas Doping brauchst«, hatte John gesagt und ihm das kleine Paket zusätzlich zu den Scheinen überreicht. Es war in dunkles Klebeband eingehüllt, und er ahnte, was sich im Inneren verbarg. Niemals würde er so ein Zeug anrühren, das widersprach jeglichem seiner Grundsätze. Dachte er. Es lag schon seit zwei Wochen in seinem Keller, denn was sollte er damit anfangen? Niemals würde er das verkaufen! Wenn er es nur in der Nordsee versenkt hätte!

»Dein Bonus«, er sah dieses Grinsen genau vor sich, wie in einem Film. Diese lückenhafte Zahnreihe, die der andere ohne Schamgefühl gebleckt hatte. Schon seit Monaten hatte der ihm vorgejammert, dass er seine Familie befreien musste. Die wurden von irgendwelchen Guerilleros bedroht. Dass er die auf dem Gewissen hätte, wenn er nicht half. Alles vollkommen ungefährlich, niemand würde etwas merken, die Ware steckte in unauffälligen teuren Koffern, die vom besten Hotel der Insel kamen – das war angeblich totsicher. Ein Mal sollte er ihm helfen, die Gepäckstücke auf das Schiff zu bringen und diese nach der Ankunft in Cuxhaven im Frachtraum zu lassen, um sie vor dem Zoll zu verbergen. Dann würde er ihn nie wieder sehen. Doch keinen Monat später kam John zu ihm nach Hause.

»Was willst du hier?«, hatte er empört gefragt und ihn schnell eingelassen, denn im Treppenhaus wollte er nicht mit dem Kolumbianer gesehen werden.

»Freundschaftsbesuch«, hatte der gegrinst. Er wolle ihn um etwas bitten. Er sollte regelmäßig Gepäck einschleusen. Das hatte er empört abgelehnt, aber der andere zückte sein Mobiltelefon. Auf den Fotos war er zu sehen, wie er die Koffer in der Nacht vom Schiff holte, Aufnahmen des Inhalts.

»Willst du, dass dein Chef das zu Gesicht bekommt?« Was für ein Schwein. Er hatte ihm geholfen, und zum Dank wurde er erpresst. Von wegen, sie waren Freunde. Im Heim gab es keine Freundschaft, das war die traurige Wahrheit. Da gab es nichts zu überlegen. Er stand kurz davor, ein eigenes Schiff zu bekommen.

Michael war jetzt auf dem Deich angekommen und schaute einen Moment hinab in den Hafen. Majestätisch lag sie dort, die *MS Nordsee*. Weiß glänzend und so groß wie ein fünfstöckiges Haus. Und er würde bald steuern.

Es war sein alter Kindheitstraum, und er hatte hart dafür gearbeitet. Der Reeder mochte ihn und würde ihm in der nächsten Saison einen Pott anvertrauen. Bei einer solchen Nachricht wäre das sofort vorbei, all das, was er geschafft hatte, vergeblich gewesen. Er würde mitspielen und darüber nachdenken, wie er sich aus Johns Fängen befreien konnte. Nachdem er kurz oben verweilt hatte, setzte er seinen Weg in den Hafen zügigen Schrittes fort. Er lief so, als wären Federn in seine Schuhe eingebaut. Seine Laune hatte sich zum Besten gewandelt. Herausforderungen waren dazu da, um daran zu wachsen. »Attacke«, sagte er zu sich selbst, als er über den Steg das Schiff betrat. Er war bereit. Und alles andere würde sich lösen.

KAPITEL 7

Es war ein friedliches Bild. Paul lag bewegungslos neben ihr, atmete tief und hatte nicht einmal ein Augenlid bewegt. Margo deckte ihn zu und stieg ausnahmsweise mit Elan aus dem Bett. Kater Horlemann konnte seinen großen Freund mit seinem verzweifelten Bettelmiau nicht wecken. Das Tier hatte eine innere Uhr, die seine Futterzeiten jeden Tag früher anzeigte. Margo lief mit nackten Füßen zum Kühlschrank und servierte das Katerfrühstück. Sie warf einen Blick auf den Schlafenden und zog sich leise an. Beim Aufwachen würde er auf dem Küchentisch ihren Zettel finden. Lange würde sie nicht abwesend sein.

Sie schloss vorsichtig die Tür zu ihrem Hafenloft. Die ganze Nacht hatte sie Argumente hin- und hergewälzt. Es ergab wenig Sinn, sich als Detektivin einspannen zu lassen. Sie hatte mit ihren Kunstevents und der Malschule Erfolg, liebte diese Arbeit und verdiente sogar auskömmlich. Das gelang den wenigsten Künstlern. Aber dieser Entdeckerdrang rumorte in ihrem Kopf, ließ ihr keine Ruhe. Seit sie von den Ereignissen gehört hatte, begannen sich Theorien zu bilden. Was war dieser Frau auf dem Schiff geschehen?

Sie ging am Kai entlang durch den Alten Fischereihafen. Die aufgehende Sonne tauchte das Becken zwischen den Lagerhallen aus Backstein in goldenes Licht, dunkel zeichneten sich die Masten der Fischkutter davor ab. Möwen segelten durch die Luft. Sie überquerte die Klappbrücke und erreichte nach zehn Minuten Fußmarsch den Helgolandhafen. Die spiegelglatte Meeresoberfläche versprach eine angenehme Überfahrt. Die Passagiere waren dabei, über den Steg auf die *MS Nordsee* zu steigen. Sie wartete einen Moment ab, nichts verabscheute sie so wie Warteschlangen. Dann begab sie sich an Bord und suchte Friederike von Menkendorf. Sie war auf das Gesicht der Polizistin gespannt.

Die Kommissarin stand auf dem hinteren Deck im Freien und blickte auf das Meer. Containerriesen waren in der Ferne zu sehen. Die See lag glatt und hellblau glitzernd vor ihnen.

»Sie sind ja doch da?« Überrascht war Friederike von Menkendorf herumgefahren. Da hatte sie ihre Abenteuerlust unterschätzt.

»Meine Detektivader«, Margo zuckte mit den Schultern. Sie ergriff die Hand, die Rike von Menkendorf zur Begrüßung ausgestreckt hatte, und musterte ihr Gegenüber. In dem ebenmäßigen Gesicht nahm sie kleine Fältchen wahr und Augenringe, die Gesichtsfarbe wirkte beinah grau. Das musste der Stress bei der Behörde sein. Sie hatte schon bei den letzten Fällen auf Neuwerk darüber geklagt. Einige der Kollegen behinderten eher die Ermittlungen. Margo wusste nicht, warum die Kommissarin keine Verstärkung von der Polizei angefordert hatte.

Vernünftig war ihre Zusage nicht, und Paul würde ihr diesen Abgang verübeln. Aber nach dem Workshop konnte sie sich drei Tage Urlaub nehmen und dennoch den folgenden Kunstabend vorbereiten.

Die Menkendorf bat sie, ihr zu folgen, und ging an die Bordwand neben der Treppe. »Hier stand ich, als es passierte.« Rike schilderte ihr, was sie am Vortag gesehen hatte. Was für ein Zufall, dass die Frau ausgerechnet vor einer Polizistin abgestürzt war. Vermutlich hatte sie sich bei dem Schatten nicht getäuscht. Und die Gespräche auf der Toilette deuteten auf ein Motiv.

Margo entnahm ihrer Tasche den Tabak und krümelte ihn in Zigarettenpapier. Dann klebte sie die Enden zusammen und steckte die Selbstgedrehte mit dem Feuerzeug an. Gierig sog sie. Zu gesund, diese Seeluft! Sie bemerkte, wie die Menkendorf ein Stück von ihr abrückte.

»Wie genau kann ich Ihnen denn helfen?«, wandte sich Margo an die Polizistin.

Die Kommissarin schwieg einen Moment, überlegte.

»Wir müssen Sie in die Schule einschleusen. Am besten, Sie arbeiten mit der betroffenen Klasse an einem Kunstprojekt«, schlug Rike vor.

Margo nickte. Das Gespräch auf der Toilette deutete auf einen Verdacht gegenüber den Schülern. Sie hatte früher schon mit Jugendlichen gemalt oder gezeichnet, da lernte man sich kennen, und die jungen Menschen vertrauten ihr oft Sorgen an. Ein Freund der Menkendorf auf der Insel sollte den Kontakt zur Schule herstellen.

»Warum fahren Sie nach Helgoland?« Margo hatte angenommen, dass es um einen Mord ging.

Rike von Menkendorf schüttelte den Kopf. »Ich bin nicht im Dienst. Ich habe eine längere Auszeit geplant und werde beim Naturschutzverein aushelfen«, erklärte sie. Das fand Margo erstaunlich. Sie kannte die Frau als Workaholic und hatte sich anfangs an dieser Verbissenheit gestört. Aber sie hatte die offene und direkte Art zu schätzen gelernt – und dass die Menkendorf Geschehnissen auf den Grund ging. Beim letzten Fall hatte die Kommissarin sie vor einem gefährlichen Angriff gerettet. Außerdem hatte sie den Mord an Margos Freundin aufgeklärt.

»Nachdem unser Chef in Rente gegangen ist, hat sich alles verändert«, ihre Stimme klang bedauernd. » Er blieb mein wichtigster Ratgeber. Sein Tod war einschneidend für mich.«

»Aus der Auszeit wird nichts, wenn Ihnen der Fall vor die Füße fällt«, wandte Margo ein.

Rike schüttelte energisch den Kopf. »Ich werde mein Ehrenamt antreten und Vögel zählen. Vielleicht war das Ganze kein Verbrechen. Dann schließen wir die Akten.«

Margo nickte. So konnte sie nach drei bis vier Tagen zurückfahren.

»Ich gehe mal kurz telefonieren, um Ihren Undercover-Einsatz abzustimmen«, entschuldigte sich Rike.

Am Horizont zeichnete sich der rote Felsen ab. Endlich! Margo kannte Helgoland nur von Postkarten, war nie dort gewesen. Möwen kreischten um das Schiff herum, auf einer Sandbank erkannte sie graue Punkte. Angestrengt kniff Margo ihre Augen zusammen. Das waren Seehunde, die auf den Sand robbten, um ein Sonnenbad zu nehmen.

»Das Projekt läuft!« Atemlos stellte sich die Kommissarin wieder neben sie an die Reling und lächelte zum ersten Mal. »Ihr Undercover-Einsatz ist organisiert.«

Der Freund von der örtlichen Polizei hatte allerbeste Beziehungen auf der Insel. Er hatte geklärt, dass Margo sich am nächsten Morgen in der Schule vorstellte.

»Das ging ja flott. Ich hoffe, ich muss nicht in der Zelle übernachten?«, fragte Margo.

Von Menkendorf lächelte. »Heute Nacht können Sie in meiner Ferienwohnung übernachten.«

Beinahe hätte sie die Ansage überhört, dass sie in Kürze ausgebootet werden sollten. Fragend sah sie Rike an. »Was geht denn jetzt los? Werden wir über Bord geschmissen?«

Die Kommissarin lachte lauthals, was selten war. »Alte Helgoländer Tradition. Taufe im Meer.«

Die *MS Nordsee* hatte angehalten, und sie sah kleine

Boote, die Kurs auf die Backbordseite nahmen. Das erste wurde seitlich festgemacht, über einen wackligen Steg stiegen die Fahrgäste hinüber.

»Was machen die da?«, wunderte sich Margo.

»Das sind die Börteboote. Früher, als es die Hafenanlagen noch nicht gab, konnten nur diese die Passagiere auf die Insel bringen. Jetzt wird das aus Liebe zur Tradition angeboten.«

Margo sah zu, wie die Fahrgäste aus einer Klappe unter dem Eingang in die Boote stiegen. An dem Tag bildete das Meer zum Glück eine glatte tiefblaue Fläche. Bei Regen und Sturm war das sicher kein Vergnügen. Sie waren auf ihrem Platz geblieben, wo der Hund unter einem Stuhl schlief. Nachdem sie den Vierbeiner und das Gepäck eingesammelt hatten, begaben sie sich zum Ausgang. Margo übernahm die Taschen, da Prinz getragen werden musste.

»Holger Meyer, Kapitän auf großer Fahrt«, stellte sich der bärtige Seemann ihres Kahns vor.

»Was haben Sie denn für eine große Reise mit uns vor?«, wollte Margo wissen.

Er reichte ihr den Arm. »Nach Ihren Wünschen, die Damen. Ich bin für alle Schandtaten bereit.«

»Trockenen Fußes auf die Insel zu kommen, wäre schon super.« Margo stöckelte über den Steg. Sie nahmen auf einer hölzernen Sitzbank Platz. Rike von Menkendorf tröstete Prinz, der sich winselnd neben ihren Füßen verkroch.

»Ein Seehund ist das ja nicht«, witzelte ihr Bootsführer. Die Kommissarin verdrehte die Augen. Das Boot tuckerte los. Sie warf einen Blick auf die Insel. Vor sich sah sie einen Sandstrand, dahinter die Hafenanlagen und eine Straße, die sich den Berg hinaufwand. Bunte kleine Holzhütten säumten den Hafen wie eine Wimpelkette. Sie hatte von diesen Hummerbuden gehört.

»Wo bekomme ich denn Hummer?«

»Da kommst du ein paar Jahrzehnte zu spät, junge Frau. Früher gab es den an jeder Ecke, heute nur in den teuren Lokalen auf Bestellung. Aber ich kann dir jederzeit einen fangen«, entgegnete der Kapitän. Keine fünf Minuten nach dem Einsteigen legten sie an einem Holzsteg an. »Willkommen auf Helgoland. Sie wissen ja, wo Sie mich finden.« Er zwinkerte ihnen verschwörerisch zu.

*

Ein kurzer Stoß in den Rücken hatte genügt. So beängstigend sie wirkte, war sie doch schmal und leicht. Sie hatte an ihrer E-Zigarette gezogen. Ein Laster, wenngleich sie so tat, als habe sie keine Makel. Immer die anderen belehren, ihre Schwachstelle suchen und dann darauf rumreiten.

In einem Sekundenbruchteil war es geschehen. Ein Wellenberg bewegte das Schiff nach oben, im Schwung der Welle flog der Drachen wie ein Bündel Holz über Bord. Es sah aus, als wäre sie von allein gefallen. Stimmte ja fast. Und keiner hatte es gesehen! Kurze Zeit später war sie verschwunden und tauchte nicht mehr auf. Was für ein befriedigendes Gefühl, die Erde von dieser Person befreit zu haben. Warum ein schlechtes Gewissen haben? Es gab zu viele von ihrer Art.

Da oben wachte kein Gott, der ihnen das Handwerk legt, sie machten immer weiter und stürzten unschuldige Seelen ins Unglück. So wie dieses dicke Mädchen. Der Drachen hatte die Kleine heruntergeputzt, weil sie sich ein Eis gekauft hatte.

»Kein Wunder, dass du so fett bist«, hatte sie die Schülerin beschimpft, die anderen kicherten und tuschelten. Das war immer so. In dem Moment stand man allein da, niemand unterstützte einen. Das Gesicht der Kleinen zeigte, was für Höllenqualen sie litt. Und die Arme voller Narben sprachen Bände.

Es war leicht, als Lehrer auf einem Schüler herumzutrampeln – und es war so schäbig. Gib einem Menschen Macht, und du erkennst seinen wahren Charakter. Dieser da war tiefschwarz, böse. Die hatte es verdient, auf dem Meeresgrund zu landen.

Die Kleine hatte den Kopf eingezogen, kämpfte mit den Tränen, die alles nur schlimmer gemacht hätten. Die boshaften Kommentare der anderen, die Hänseleien. Es sind Narben, die auf der Seele brennen für immer. Die Opfer sind verzweifelt und traurig, verletzen sich selbst. Halten sich für unwert und wollen nicht mehr leben. Aber die Kleine hatte ihren Triumph. Ihre Peinigerin hat ihr zum letzten Mal wehgetan.

KAPITEL 8

Kornelius hatte einen Moment geschlafen und schreckte von einem Geräusch hoch. Jemand hatte die Tür zu seiner Koje neben der Brücke geöffnet. Er sah von seinem Matratzenlager auf, da stand sie splitterfasernackt und schaute ihm auffordernd in die Augen.

»Wollen wir die Segel setzen für einen kleinen Trip, mein Kapitän?«, flötete sie. Mit lasziven Bewegungen bewegte sie sich auf ihn zu. Ihm stand der Mund vor Schreck offen. Er schwieg. Wie bekam er die schnellstmöglich aus seinem Refugium? Jede Minute konnte ein Mitglied der Besatzung hereinkommen. Wenn jemand von einem Verhältnis erfuhr, dann war er die längste Zeit Kapitän gewesen. Er bückte sich nach ihren Sachen, die sie auf den Boden geworfen hatte, und reichte sie ihr.

»Zieh dich an, schleunigst«, herrschte er sie an. Sie war schneller, hatte seinen Reißverschluss geöffnet und sich darüber gelehnt. Schon hatte sie seinen Schwanz in der Hand und nahm ihn in den Mund. Er musste sie rausschmeißen, selbst wenn sie nackt war. Seine Gedanken schwirrten durcheinander, was sie tat, fühlte sich gut an. Viel zu gut! Das gehörte sich nicht. Nein, er wollte nicht, dass sie aufhörte. Ihm war heiß, sein Puls raste wie auf einer Achterbahn, er bewegte sich mit ihr. Sie hielt inne, sah ihn provokativ an. »Na, willst du mich immer noch vor die Tür setzen?«

»Mach weiter«, stöhnte er, gab den Rhythmus vor. Schneller, noch schneller hätte er am liebsten geschrien. Er kam direkt in ihren Mund. Selten hatte er sich wie ein Stück Dreck gefühlt. Was war er für ein Verräter, wie konnte er nur. Er warf ihr die Sachen zu und drängte sie aus dem Raum, als sie wieder angezogen war. Sie lachte lauthals. »Oh, mein Kapitän. Ein flinker Bursche.« Dann ging sie endlich.

Er zog seine Hose hoch und wischte sich den Schweiß von der Stirn. Wie konnte er das nur zulassen? Hatte er denn nicht das kleinste bisschen Selbstbeherrschung, um klar Nein zu sagen? Er hatte doch genug Probleme. Warum musste er seine Frau hintergehen? Das war das letzte Mal, er würde sich nicht mehr mit ihr in einem Raum aufhalten.

»Raus«, wollte er schreien, als sich die Tür wieder öffnete. Doch der Ton blieb ihm in der Kehle stecken. Es war nicht Yasmina, sondern Michael. Er kam hinein und nahm auf seinem Sofa Platz.

»Störe ich?«, wollte er wissen.

Am liebsten hätte er »Ja« geantwortet.

»Was hast du auf dem Herzen?«, fragte er stattdessen. Er hatte sich daran gewöhnt, als Kapitän so etwas wie der Papa der Besatzung zu sein. Er schlichtete Streitigkeiten, die bei der gemeinsamen Arbeit auf engem Raum immer wieder vorkamen, hörte sich Sorgen und Nöte der Mitarbeiter an.

Ob Michael etwas mitbekommen hatte? Sie war gerade hinausgegangen, vielleicht hatte er sie gekreuzt. Auf der Seefahrtsschule war er sein bester Freund, doch als er Michas Vorgesetzter wurde, hatte dieser sich verändert. Kornelius fragte sich, ob er ihm weiterhin trauen konnte oder ob der Freund neidisch war. In den letzten Wochen hatte er ihn immer wieder mit Yasmina tuscheln sehen. Hatte sie auch mit ihm ein Verhältnis? War er in sie verliebt und eifersüchtig? Wenn er ihn fragen könnte!

»Das Landemanöver hast du perfekt hinbekommen«, lobte er Michael. Es war das erste Mal, dass dieser die Ausschiffung und das Festmachen im Hafen gesteuert hatte. »Hast du etwas wegen der verschwundenen Passagierin gehört?«

»Nichts, es ist unwahrscheinlich, dass sie überlebt hat. An der Aussage der Kommissarin, dass die Frau über Bord gegangen ist, habe ich wenig Zweifel. Das ist keine Traumtänzerin«, stellte er fest.

Michael nickte. »Vielleicht gerät die Leiche irgendwann in ein Fischernetz. Oder sie wird nie gefunden.«

Er deutete auf den Schreibtisch. »Ich habe Papierkram zu erledigen. Wolltest du noch etwas besprechen?« In Wirklichkeit brauchte er einen Moment, um seine Gedanken zu ordnen. Michael war zögernd aufgestanden. Erst jetzt fiel sein Blick auf die Schweißtropfen an der Stirn und die dunklen Augenringe. Er wirkte fahrig und zögerte einen winzigen Moment lang.

»Geht es dir nicht gut?«

»Eine Magenverstimmung, das gibt sich. Du weißt doch, Unkraut vergeht nicht.« Der Freund klopfte als Gruß auf den Tisch und schloss die Tür. Kornelius atmete auf. Sein Handy klingelte.

»Hallo, mein Schatz«, hörte er die Stimme seiner Ehefrau. »Ich versuche schon ewig, dich zu erreichen.« Zum Glück war Yasmina nicht mehr in seinem Zimmer, Isa hätte an seiner Stimme gehört, dass etwas nicht stimmte.

»Was ist los, mein Schatz?« Sie rief ihn nur selten während der Arbeit an, deshalb war er beunruhigt, als er ihre Nummer gesehen hatte. Hatte sie irgendetwas mitbekommen?

»Nichts passiert, mein Schatz. Aber ich habe mal mit Frau Dahlmann, der Witwe des alten Kapitäns, gesprochen.« Er kannte diesen Seebären vom Hörensagen. Er war einer seiner Vorgänger, der zur Legende geworden war. Er fuhr die Helgoland-Route bei jeder Jahreszeit, angeblich bis Windstärke 9, und schaffte es sogar, bei hohem Wellengang sicher anzulegen.

»Ja, und was sagt sie?«

»Ich weiß doch, wie beunruhigt du bist. Sie hat mir erzählt, dass damals schon Reisende verschwunden sind«, gab sie das Gespräch wieder.

»Und hat er irgendwelche Nachforschungen angestellt?«

»Nicht direkt. Aber einige wurden angespült. Es gab keine Anzeichen für Verbrechen. Die sind vermutlich selbst gesprungen.« Das hatte er auch lange gedacht, bis sich die Vorfälle häuften.

»Aber bei mir ist das ein gutes Dutzend Verschwundene in wenigen Monaten.«

Sie schwieg einen Moment. »Stimmt. Das ist eine Menge. Aber so ist die Zeit. Es gibt halt mehr Menschen, die verzweifelt sind.«

Möglicherweise hatte Isa recht, doch er wollte Gewissheit haben. Und diese Todesfälle verhindern. Er hatte keine Lust, der Kapitän eines Todesschiffs zu sein. Den Titel sah er schon groß auf der Boulevardzeitung. Wer würde dann noch an Bord steigen?

»Danke dir, Isa. Ich weiß es zu schätzen, dass du auf meiner Seite stehst. Ich liebe dich unendlich!« Es war das erste Mal, dass seine Frau ausdrücklich gegen den Willen ihres Vaters gehandelt hatte. Sie widersetzte sich zwar nicht offen dessen Anweisungen. Aber sie hatte sich für ihn eingesetzt. Er stockte, als es um die Kommissarin ging. Die Polizistin hatte zwar seine Bitte abgelehnt, das Schiff zu begleiten, wollte aber die Helgoländer Polizei unterstützen. Ihre Bekannte arbeitete für eine Woche in der Schule, um dort mögliche Geschehnisse bei der Klassenfahrt in Erfahrung zu bringen. Das wollte er lieber für sich behalten. Nicht, dass Isa sich bei ihrem Alten verplapperte.

KAPITEL 9

Harry lehnte am Geländer der Landungsbrücken. Als er sie entdeckt hatte, reichte er ihnen galant die Hand, damit sie sicher auf dem Steg landeten. »Herzlich willkommen, zweiter Versuch«, begrüßte er Rike. Margo stellte er sich mit einer angedeuteten Verbeugung vor. Er nahm ihr den Koffer ab und lud sie auf einen Kaffee in sein Büro. Sie fuhren mit dem Polizeiauto an der Hafenpromenade entlang zur Wache. »Cappuccino, Latte, Irish Coffee?«, bot er an und kam mit einem Tablett und drei Tassen wieder.

»Wie in Italien«, lobte Margo, die sich in der Sitzgruppe niedergelassen hatte und dem Polizisten einen langen Blick schenkte.

»Der Treibstoff des guten Ermittlers«, bemerkte Harry und setzte sich neben Rike auf das Sofa.

»Es ist alles geklärt, die Schuldirektorin Brigitte Adam ist eingeweiht. Morgen können Sie mit der Projektwoche beginnen«, wandte er sich an Margo.

»Ist das der einzige Ansatz, den du verfolgst? Gibt es einen neuen Stand?«, wollte Rike wissen.

Harry sah fragend zu Margo.

»Frau Valeska unterstützt uns, sie sollte daher auch den Stand der Ermittlungen kennen«, zerstreute Rike seine Bedenken.

»Wir haben ja noch keine Leiche. Aber einen Verdächtigen. Detlef Maiwald, den geschiedenen Ehemann. Seit zwei Jahren läuft ein Rosenkrieg, wie ihn die Insel noch nicht gesehen hat«, berichtete Harry.

»War er denn auf dem Schiff?«

»Leider war er nicht an Bord, sonst wären die Dinge ganz einfach«, bedauerte Harry. »Vielleicht magst du ihn ja gemeinsam mit mir aufsuchen?« Er wedelte mit einem Dokument. »Ich habe die Vorgeschichte zusammengefasst.«

Ehe Rike sein Angebot ablehnen konnte, klingelte ihr Telefon. Die Leiterin von *Helgonatur* meldete sich, um ihr Bescheid zu sagen, dass sie im Büro wäre. Es wurde Zeit, dass sie sich um den Zweck ihrer Reise kümmerte. Sie war gespannt auf die Arbeit bei den Vogelschützern.

»Ich komme vorbei«, sagte Rike spontan zu und verabschiedete sich von Harry. Sie nahm den Ausdruck mit, obwohl sie sich nicht in den Fall einmischen wollte. Margo begleitete sie.

Helgonatur hatte zwei nebeneinanderliegende Hummerbuden gemietet. Sie schritten die Reihe der bunten Häuschen mit Restaurants und Läden ab. Den Schriftzug entdeckten sie an einer blauen Fassade mit einem aus Holz angefertigten Vogel.

Auf der Fensterscheibe in der unteren Etage waren mit weißer Schrift beobachtete Vogelarten und der Standort notiert, die Geburten der Kegelrobben und Zeiten, wann Führungen stattfanden. Im Innenraum zeigte die Ausstellung ausgestopfte Vögel in einem nachgebauten Felsen, an den Wänden hingen Fotos von Tieren und Pflanzen. Eine Treppe führte in das zweite Stockwerk.

»Moment. Ich komme gleich«, hörten sie eine Stimme von oben. Eine junge Frau mit Dreadlocks, die Jeans und einen gestreiften Pullover trug, kam auf sie zu und lächelte sie an.

»Ich bin Tomke und leite den Verein«, sie reichte beiden die Hand. »Wie schön, dass du kommst. Wir können alle Freiwilligen dringend gebrauchen. Es ist Lummenzeit«, begrüßte sie Rike.

Sie bemerkte die fragenden Blicke. »Ihr habt von den Trottellummen, die nur hier brüten, gehört?«

Rike hatte zur Vorbereitung einiges gelesen. Sie nickte. »Noch nie, der Name klingt lustig«, meldete sich Margo zu Wort. Tomke ging auf ein großformatiges Bild an der Wand zu. Es zeigte die berühmte Steilküste mit roten Felsen und zahlreichen schwarzen Flecken. Beim genauen Hinsehen erkannten sie Vögel, die wie Pinguine aussahen und in einer Reihe standen.

»Das sind sie. Die Eltern locken die Kleinen in dieser Jahreszeit aus dem Nest im Felsen in die Nordsee. Das ist der berühmte Lummensprung«, erklärte Tomke und bat sie zur gegenüberliegenden Wand. Sie blieb vor der Großaufnahme stehen.

»Ein Prachtexemplar mit Speckbauch und Stummelflügeln«, sie beschrieb einen liebevollen Kreis über den Bauch. Das nächste Bild zeigte eine Nahaufnahme, auf der einer der Vögel kopfüber vom Felsen stürzte.

»Das sieht halsbrecherisch aus«, staunte Margo.

Tomke lächelte. »Keine Sorge, der Speck und vor allem das plüschige Gefieder wirken wie ein Airbag, wenn sie auf dem Wasser oder auf Steinen landen. Aber es gibt ein anderes Problem.«

»Hungrige Möwen oder Füchse, die kleine Lummen verspeisen?«, vermutete Rike.

Tomke schüttelte den Kopf. »In der Dämmerung können die Möwen sie kaum erkennen. Das Problem ist der Mensch. Die Brandungsschutzmauer um die Insel ist ein unüberwindbares Hindernis für die Vögel. Deshalb brauchen wir euch Freiwilligen«, sie strahlte wieder die beiden an.

»Was ist meine Aufgabe?«, fragte Rike.

»Ihr postiert euch unter dem Felsen und tragt die Kleinen über die Mauer. Sie werden auch für ein Forschungsprojekt beringt. Dann können sie ins offene Meer schwimmen. Das können sie hervorragend, Fliegen lernen sie erst später«, erklärte die Leiterin des Naturschutzvereins. Sie ging zum großen Kalender. »Wann kann ich dich im Schichtplan eintragen, Rike?«

Sie versprach, am gleichen Abend zu den Felsen zu kommen. »Können wir auf dich zählen?«, sprach Tomke Margo an.

Diese schüttelte den Kopf. »Ich bin Malerin und leite die Projektwoche in der Schule. Danach bin ich leider zu nichts mehr zu gebrauchen.«

»Die Künstlerin, die mit der neunten Klasse arbeitet?«, fragte Tomke.

Margo war überrascht, dass sich die Neuigkeit so rasant verbreitet hatte.

»Ja genau, das spricht sich aber schnell im Buschfunk herum.«

Tomke sah zu einem Foto auf dem Schreibtisch, dass sie mit einem jungen, etwas pummeligen Mädchen zeigte. »Das ist Clara, meine Tochter. Sie ist begeistert. Toll, dass die Schule nach dem schrecklichen Ereignis so etwas auf die Beine stellt.«

Rike überlegte, ob sie die Jugendliche auf dem Schiff gesehen hatte. »Schlimm, was da passiert ist«, bemerkte sie. »Furchtbar. Vor allem für den Sohn ist das ein Schicksalsschlag.«

Die Frauen schwiegen betreten. Nach einer Minute wandte sich die Naturschützerin an sie. »Jetzt habe ich euch doch nichts zu trinken angeboten! Kaffee, Tee, Cognac?«, Letzteres fragte sie mit einem Augenzwinkern.

»Gerne einen Tee«, sagte Margo. »Auf den Cognac komme ich vielleicht diese Woche noch zurück.«

»Jederzeit. Teenager können anstrengend sein«, seufzte Tomke.

»Er hätte gerne ein Schüsselchen Wasser«, bat Rike. Sie deutete auf ihren Vierbeiner. Die Naturschützerin servierte die Tasse und das Schälchen, dabei tätschelte sie den Hund.

Dann zeigte sie aus dem Fenster auf die benachbarte Boutique. »Frau Maiwald war unsere Nachbarin. Sie wäre die künftige Vermieterin der Häuser hier geworden. Letzte Woche hat sie die komplette Reihe gekauft.«

»Die Hummerbuden? Gehören die nicht der Gemeinde?«, wunderte sich Rike.

»Sie gehörten der Insel. Wegen der Finanzlöcher wurden Immobilien verkauft. Leider nicht an die Mieter.«

»Dann hatte sie nicht nur Freunde auf Helgoland?«

Tomke lachte bitter: »Das Wort kannte sie vermutlich gar nicht.«

»Wie meinst du das? Hatte sie Feinde?«, hakte Rike nach.

Die Naturschützerin schüttelte den Kopf. »Auf der Insel wird genug geklatscht. Da halte ich mich lieber heraus.« Sie sah auf die Uhr. »Ich habe gleich ein ganz wichtiges Gespräch. Wir sehen uns heute, Rike?«

Rike nickte, Tomke wollte nicht näher auf ihre Aussage eingehen. Sie würde es zu einem anderen Zeitpunkt versuchen.

Die drei Frauen verabschiedeten sich. Rike suchte die Adresse ihrer Ferienwohnung auf dem Smartphone. »Da können wir mal die öffentlichen Verkehrsmittel testen«, sagte sie. Sie bemerkte Margos fragende Blicke und führte diese durch die Lung Wai. »Das soll die Haupteinkaufsstraße sein, also falls Sie Ihrem Liebsten eine zollfreie Whiskybuddel mitbringen möchten, finden Sie diese bestimmt«, erklärte sie Margo.

Am Ende der Straße befand sich, so wie Harry ihr beschrieben hatte, eine Art Tunnel mit einem Kassenhäuschen. »Ein Fahrstuhl?«, fragte Margo Valeska ungläubig.

Sie nickte. »Genau, das ist so etwas wie die U-Bahn der Insel. Sehr zeitsparend und bei einem typischen Helgoland-Regen unverzichtbar.«

Innerhalb einer halben Minute waren sie auf dem höher gelegenen Teil der Insel angekommen. Oben hielten sie einen Moment inne. Vom steinernen Geländer aus bot sich ein weiter Blick über die schwarzen Dächer der typischen Wohnhäuser im Unterland, die sich in mehreren symmetrischen Reihen um den Hafen zogen, bis zur Düne und auf die Schiffe, die vor der Insel lagen.

KAPITEL 10

Es hätte ein erhebendes Gefühl sein sollen. Endlich, nach all den Jahren, kommandierte Michael die majestätische *MS Nordsee*. Doch seine Hände waren schwitzig, sein Puls raste, und er fühlte nichts als Müdigkeit.

»Leinen los.« Er versuchte, seine Stimme so fest wie möglich klingen zu lassen. Dann steuerte er vom Kai weg zur

Stelle, wo die Börteboote seitlich anlegten. Nie hatte er ein so großes Schiff bewegt, das Flaggschiff der Reederei. In der Ausbildung hatten sie vor allem am Simulator trainiert. Da gab es keine Wellen und diese kleinen Holzboote schon gar nicht. Er hatte den Ankerplatz erreicht und gab das Kommando »Anker lassen, drei Schäkel zu Wasser.« Nach der Bestätigung des Bootsmanns über Funk entfuhr ihm ein tiefer Seufzer der Erleichterung. Nur mit Mühe konnte er sich konzentrieren, ein heftiger Kopfschmerz hämmerte an den Schläfen. Sein Herz raste, der Mund wurde trocken. Und wenn er noch mal ein wenig Pulver nahm? Ursprünglich war es ja eine Medizin. Er würde es nicht übertreiben, er hatte sich im Griff.

»Alles klar, Kumpel?«, fragte Kornelius und warf ihm einen besorgten Blick zu. Er nickte. »Ist das erste Mal mit so einem Oschi.«

Der Kapitän klopfte ihm auf die Schulter. »Schaffst du, Kumpel. Ich hatte damals auch Herzflattern.«

Der hatte gut reden. Dem Schwiegersohn vom Reeder wäre eine Schramme verziehen worden. Aber er musste besser sein, härter arbeiten. Er hoffte, dass sein Freund ihm die Aufregung abnahm und keine weiteren Fragen stellte. Die Wirkung des Mittels hatte zu schnell nachgelassen. Er hatte zu wenig eingeplant und musste nachlegen. Er durfte nicht versagen, so kurz vor dem Ziel.

Damals seit dem einzigen Ausflug, den sie jemals mit ihrer Mutter gemacht hatten, war es ein Traum. Großmutter hatte sie auf die Fahrt über die Spree mitgenommen. Ein riesiges weißes Schiff. Der Kapitän lud sie auf die Brücke ein. Er war so stolz, dass er auf dem Stuhl sitzen und sogar das Steuerrad bewegen durfte. Am nächsten Tag setzte es Prügel in der Schule. Seine Klassenkameraden nannten ihn

Lügner. »Der Assi hat sich Märchen ausgedacht.« Ihre Siedlung war wie ein Dorf. Dass seine Mutter sich den Einkaufswagen voller *Goldbrand* lud und selten vor 12 Uhr aufstand, wusste jeder in den Wohnblocks um die Kaufhalle.

»Alles klar?«, fragte Kornelius, sein Blick sah fragend aus. Er nickte hastig. Über Funk vergewisserte er sich, dass die Passagiere vollständig waren, dann gab er die Kommandos zum Ablegen. Seine Hände zitterten, ihm flimmerte es vor den Augen. »Ich müsste kurz auf Toilette gehen, kannst du übernehmen?«

Kornelius legte ihm die Hand auf die Schulter. »Relax. Du hast das bestens hinbekommen.«

»Danke, Kumpel.« Er eilte zum Badezimmer und durchwühlte seine Taschen. Zum Glück hatte er in der Brusttasche einen kleinen Rest. Er streute diesen auf den Toilettendeckel und hing seine Nase darüber, da er nicht an sein Portemonnaie gedacht hatte. Dann atmete er tief ein, augenblicklich entspannte er sich, sein Kopf war nicht mehr so leer, und das Herzklopfen hatte aufgehört.

Sein Freund sollte sich nicht so aufspielen. Er hatte mitbekommen, was er in seiner Kajüte trieb. Yasmina war ihm in der Pause halb bekleidet und mit rotem Gesicht aus dessen Koje entgegengekommen. Kornelius spielte mit hohem Einsatz. Niemals hätte er selbst eine solche Position aufs Spiel gesetzt.

»Geht es dir besser?« Kornelius wirkte ehrlich besorgt, als er auf die Brücke zurückkehrte und das Kommando wieder übernahm.

»Es ging mir nie so bombastisch.« Und das war nicht nur so dahingesagt. Bis sein Handy surrte. Wieder eine Nachricht von John.

»Mundet dir mein Geschenk? Wenn du mehr möchtest, morgen *Hotel Atlantik* in deiner Pause.« Er stöhnte innerlich. Was hatte er diesem Arschloch getan? Aber hatte er eine Wahl? Er brauchte diese Medizin. Er würde die Sache beenden, sobald wie möglich. Doch jetzt war eine Zeit der Bewährung, seine Chance, den Reeder von seinen Fähigkeiten zu überzeugen. Er steckte das Handy weg, eh Kornelius merkte, dass er abgelenkt war. Eine Erklärung für seine Beschäftigung in der Mittagspause würde er finden. Dann würde er den Stoff in Koffern an Bord bringen lassen. Er musste dafür sorgen, dass diese nicht ausgeladen wurden, um den Inhalt nachts abzutransportieren.

Vor sich sah er endlich die Kugelbake auftauchen und kündigte für die Passagiere die Ankunft in wenigen Minuten an. Sie erreichten Cuxhaven, und Michael brachte das Schiff mit geübten Handgriffen zum Anlegen. Ein Bilderbuchmanöver.

KAPITEL 11

Margo stand neben dem Eingang zum Schulhof der James-Krüss-Schule. Sie drehte sich eine Zigarette und steckte sie an. Nachdenklich pustete sie Figuren in den Helgoländer Morgennebel. Sie hatte kein Thema für ihren Workshop. Würde sie es innerhalb von einer Woche schaffen, mit den Schülern ein Projekt zu verwirklichen? Und zusätzlich herauszufinden, was mit Caroline Maiwald geschehen war? Jugendliche waren schwer zu begeistern. Sie trat ihren Stummel aus, warf ihn in eine Tonne vor dem Eingang und ging zu einer Tür, an der »Schulleitung« stand.

Das Vorzimmer war nicht besetzt, sie öffnete nach einem kurzen Klopfen die Tür der Schulleiterin. Am Schreibtisch saß eine kleine Frau mit Knoten in den dunklen Haaren und einer runden Brille. »Adam«, stellte sie sich vor. »Sie müssen Margo Valeska sein?«

Sie hatte einen Händedruck wie ein Schraubstock, lächelte freundlich.

»Was für eine fantastische Idee, dieser Kunstworkshop. Ich freue mich, dass wir eine so renommierte Künstlerin dafür gewinnen konnten. Ich habe alles über Ihre Events gelesen«, schwärmte sie. »Wir waren Klassenkameraden, Harry und ich.«

»Was soll ich Ihrer Meinung nach für ein Thema mit den Schülern bearbeiten? Malerei, Skulptur oder Text, haben Sie eine Präferenz?«, fragte Margo.

Ihr Gegenüber hatte einen Moment lang nachgedacht. »Entscheiden Sie am besten gemeinsam mit den Schülern!« Das war eine Idee nach Margos Geschmack. Dann hätten die Jugendlichen Interesse an dem Workshop.

Die Schulleiterin hatte das Klassenbuch mit den Noten und Aufzeichnungen über die Schüler zur Hand genommen. »Am besten, wir gehen das durch. Von den tragischen Ereignissen nach der Klassenfahrt wissen Sie bereits?«

»Deshalb bin ich hier«, sagte Margo. Die Pädagogin nickte, stand auf und ging zu einem Eckschrank. Sie entnahm ein Tablett, stellte Tassen und Kekse darauf. »Kaffee oder Tee?«

»Ein Kaffee wäre genau das Richtige.«

»Ich bin gleich wieder da, Sie können sich schon mal umschauen«, Brigitte Adam deutete auf das Klassenbuch, das neben den allgemeinen Informationen Fotos enthielt. Margo inspizierte das Büro. Auf dem Schreibtisch stand das obligatorische Familienbild. Die Schulleiterin mit einer Frau, sie hielten ein etwa dreijähriges Mädchen mit lockigen Haaren an den Händen. Auf einem anderen Bild waren beide mit Hochzeitskleidern zu sehen.

»Wie ist das Leben auf so einer kleinen Insel?«, wollte sie wissen, als die Frau mit dem Tablett zurückkam.

»Ich kenne es nicht anders, bis auf die paar wilden Jahre in Berlin, wo ich studiert habe.«

»Ein Kind der Insel?«

Adam nickte. »Schon seit fünf Generationen, nur während des Exils lebte meine Familie auf dem Festland. Es gibt niemanden hier, den ich nicht kenne, das gilt auch für die Zugezogenen. Ich finde das beruhigend. An keinem anderen Ort der Welt würde ich lieber leben.« Sie stellte die Mokkatasse vor Margo und einen Keksteller auf dem Tisch ab. »Greifen Sie zu.«

Nachdem sie selbst einen Keks genommen und dazu an ihrem Tee genippt hatte, schob sie ihre Tasse beiseite und warf einen Blick ins Klassenbuch. »Tja, da wäre natürlich Eibe Maiwald, für den Sie ein besonderes Fingerspitzengefühl an den Tag legen sollten.«

»Der Sohn der Vermissten? Wie geht es ihm?«, wollte Margo wissen.

Die Schulleiterin sah betrübt aus. »Leider nicht gut, seine Mutter hatte das Sorgerecht, mit dem Vater will er nichts zu tun haben.« Margo sah sich das Bild an, es zeigte einen blonden Jungen mit Stoppelhaarschnitt, der schüchtern in

die Kamera sah. Er wirkte ein wenig wie der kleine Prinz.
»Hat er psychologische Hilfe?«

»Damit können wir leider auf der Insel nicht dienen. Seine Tante ist bei ihm, er war gestern nicht in der Schule«, erklärte Brigitte Adam. »Und im Übrigen hat er es nicht leicht in der Klasse, vor allem wegen der Mitschüler. Deshalb hat er sich mit Clara angefreundet.«

Sie schob ein Bild über den Tisch, auf dem eine sommersprossige Jugendliche mit rundem Gesicht zu sehen war. »Hat sie auch Probleme?«

»Sie wissen ja, wie grausam Kinder sein können – und auch manche Erwachsene. Die Kleine trägt ein paar Pfunde zu viel mit sich herum«, erklärte die Schulleiterin.

»Werden die beiden gemobbt?«

»So schlimm ist es nicht, sie fühlen sich nicht wohl mit ihren Mitschülern. Unseren Kollegen ist keine Versöhnung gelungen«, bedauerte Adam.

Es folgten zwei schlanke Mädchen mit blonden glänzenden langen Haaren, die selbstbewusst in die Kamera sahen. »Anna und Franziska, die Zwillinge. Das sind richtige Zicken, die haben schon einige Mitschüler an den Rand der Verzweiflung getrieben.« Angewidert schüttelte sie den Kopf. »Sie sind übrigens die Töchter der neuen Lebensgefährtin von Detlef Maiwald, dem Ex-Mann von Caroline.«

»14 ist auch ein schwieriges Alter«, Margo konnte sich an die eigenen Eskapaden erinnern. »Jedenfalls hetzen sie die anderen gegen die dicke Clara oder den trotteligen Eibe auf. Da gilt es, streng zu sein«, empfahl sie. »Dann gibt es zwei weitere Problemschüler. Karsten flippt regelmäßig aus und prügelt um sich. Er ist mit Steven befreundet, der gerne Intrigen anzettelt. Der erteilt ihm die Aufträge, macht sich aber selbst nicht die Finger schmutzig. Er amüsiert sich dann über das Chaos, das er angerichtet hat. Das muss man früh unterbinden und die beiden am besten weit auseinandersetzen.«

Margo versuchte, sich die Bilder einzuprägen, vor allem die der Problemschüler.

»Warum war eigentlich Frau Maiwald mit den Jugendlichen auf Klassenfahrt? Ist das nicht ungewöhnlich?«

Die Schulleiterin nickte. »Eine Kollegin ist schwer erkrankt. Unsere Personaldecke ist dünn. Wir könnten als Schule keine Klassenfahrt auf die Beine stellen. Die Eltern haben das privat organisiert. Die Maiwald ist derartig resolut, dass sie die Kinder im Griff hat. Sie hatte Haare auf den Zähnen.«

Margo versuchte, zwischen den Zeilen zu lesen. Vermutlich war die Maiwald nicht feinfühlig mit den Jugendlichen umgegangen, sondern gefürchtet.

»Kommen Sie doch am besten gleich mit«, riss Brigitte Adam sie aus ihren Gedanken. Sie war aufgestanden und hielt die Tür auf. Sie sollte sofort die Schüler kennenlernen. Margo fühlte sich etwas überrumpelt, da sie nicht einmal eine vage Idee hatte, worum es in dem Projekt gehen sollte. Sie hätte gerne verschiedene Vorschläge mitgebracht. Stattdessen stand sie ohne jegliche Vorbereitung neben der Schulleiterin im Mehrzweckraum vor den Teenagern. In den meisten Augen las sie Desinteresse, in den anderen Müdigkeit. Zweifel erfassten sie. Ob sie es schaffen würde, diese jungen Menschen zu begeistern? Würden sie sich ihr anvertrauen und über den Tod von Caroline Maiwald sprechen?

KAPITEL 12

Birgit starrte auf die Kaffeemaschine, die in der Küche gurgelte. Die Zeitung ihres Mannes raschelte beim Umschlagen. Sie sah ihn nicht, nur die aufgeschlagenen Seiten. Auf dem Titel prangte das Foto eines Ministers, der zurückgetreten war. Umso lauter hörte sie das Ticken der Uhr. Am liebsten hätte sie diese aus dem Fenster geworfen. Wie erbarmungslos die Zeiger daran erinnerten, dass die Existenz endlich war. Sie nippte an ihrem Kaffee. Die Ruhe schlug ihr aufs Gemüt.

Bis vor Kurzem hatte sie sich am Morgen eine Banane geschnappt und war ins Büro geeilt, wo sich Akten türmten. Jeder Papierberg ein verkorkstes Leben, ein kleiner Mensch, der auf ihre Hilfe wartete. Immer hatten sie mehr Fälle, als sie in der Arbeitszeit bewältigen konnten. Nie ging sie ohne Arbeit nach Hause. Nun hatte sie auf einmal genügend Zeit.

Sie nahm sich ein Stück Banane, obwohl sie nicht hungrig war, und überlegte, was sie in den kommenden Tagen mit sich anfangen sollte. Sie wollte das Schicksal des Jungen klären. Vom Amt würde sie keine Hilfe erhalten. Doch sie hatte bei ihrer Arbeit gelernt, wie man Informationen gewann. Sie würde alle ihr bekannten Kontakte aufsuchen, um Hinweise zum Verbleib des kleinen Kevin zu bekommen. Ihr war nachts ihre Kollegin Bernadette eingefallen. Trotz aller Wendewirren war diese im Amt geblieben. Sie hatte eine Handynummer im Telefonbuch gefunden und beschlossen, es bei ihr zu versuchen. Sie hatten sich gut verstanden, ohne befreundet zu sein.

»Was für eine Überraschung! Nach so vielen Jahren«, Bernadette reagierte zurückhaltend. Sie lebte jetzt in Brandenburg.

»Ich bin in Rente. Es gibt einen Fall, der mich nicht loslässt. Kevin. Kannst du mir helfen?«, kam Birgit auf den Grund ihrer Kontaktaufnahme zu sprechen. Stille im Hörer. »Bist du noch dran?«

»Ich habe meine Stasiakte bekommen. Geht es darum?«, fragte Bernadette mit Wut in der Stimme.

»Das kann ich dir alles erklären. Können wir uns mal treffen?« Birgit hatte ein reines Gewissen. Sie hatten sie nicht in Ruhe gelassen, deshalb hatte sie unterschrieben. Sie hatte mit ihren Aussagen keinem geschadet. Es war nicht alles schwarz oder weiß.

Sie hörte Bernadette tief ein- und ausatmen. »Ich bin mir nicht sicher, ob ich das will. Das muss ich mir überlegen.« Dann tutete es im Hörer.

Birgit setzte sich mit Blick auf die aufgeschlagene Zeitung an den Küchentisch. Lange hatte sie nicht an diese Zeit gedacht. Heute fragte sie sich, warum sie sich darauf eingelassen hatte? Ihr Mann, der hauptamtlicher Mitarbeiter der Staatssicherheit war, hatte auf sie eingeredet. Dass sie doch für den Sozialismus sei, warum sie zögere. Ihr Beruf war nach Meinung seiner Genossen wichtig für den Aufbau einer »besseren Gesellschaft«. Er bekäme Probleme, wenn sie nicht kooperiere. Sie hatte nachgegeben. Weil sie genervt war, hatte sie über andere Menschen geredet. Sie erinnerte sich nicht mehr, wen sie alles angeschwärzt hatte. Vermutlich Bernadette, denn diese hatte immer offene Worte für Missstände gefunden. Und sie legte die Vorschriften manchmal zu locker aus. Birgit hatte nur Belanglosigkeiten erzählt, doch ihr Mann hatte sie in Gespräche verwickelt, und sie hatte vielleicht Informationen preisgegeben, die sie lieber für sich behalten hätte. All das hatte sie in der hintersten Schublade ihres Gedächtnisses versteckt. Wie gerne würde sie ihm jetzt diese Zeitung wegschlagen.

»Wie wäre es, wenn wir einen Ausflug unternehmen?«, schlug sie stattdessen vor. Er sah auf und sagte nichts. Sie hatte im Telefonbuch die Adresse ihrer früheren Kollegin gesehen. Sie wusste, wo das Brandenburger Dorf Kleinbeuthen lag, denn sie war in dem Nationalpark schon gewandert.

»Du erinnerst dich an den Nationalpark Nuthe-Nieplitz? Diese herrlichen hügeligen Wege durch die Wälder?«

Er nickte. »Hat das wieder mit deinem Fall zu tun?«, fragte er misstrauisch. Er hatte nicht einmal das Papier heruntergenommen.

»Indirekt, ich möchte eine ehemalige Kollegin besuchen«, gab sie zu und goss sich eine Tasse Kaffee nach.

»Meinetwegen, du gibst ja keine Ruhe«, brummelte er und legte endlich sein Käseblatt auf den Tisch.

Er hatte keinerlei Probleme mit seiner Stasiakte, er war hauptamtlicher Mitarbeiter gewesen und hatte andere die Drecksarbeit erledigen lassen. Für all das bekam er eine üppige Rente. Aber sie wollte nicht klagen, sie profitierte von der Sicherheit. Sie vereinbarten, dass sie der Kollegin ihren Besuch abstatten würde, er würde sich eine Sammlung alter DDR-Fahrzeuge im Nachbarort ansehen. Sie nahmen den Wagen und fuhren über die Bundesstraße in den kleinen Ort. Am Ende des Straßendorfs befand sich der Vierseithof mit roten Backsteingebäuden. Das Tor stand offen, innen hatten Reiter ihre Pferde angebunden und putzten diese. In der Mitte war ein Stück Pflaster für Fliedersträucher ausgespart, deren lila Blüten einen frühlingshaften Duft verströmten. Unter einem Walnussbaum unterhielten sich drei Männer, die ein Bier vor sich stehen hatten. Sie fragte sie nach Bernadette.

»Ach, die Senioren-WG«, bemerkte einer und deutete auf den weißen Gebäudeflügel, der moderner aussah. An der Haustür klingelte sie, ein älterer Mann mit langen grauen Haaren ließ sie ein und rief die Kollegin.

Sie folgte ihm in eine offene helle Wohnküche. An einem langen Esstisch bot er ihr einen Platz an und zog den Stuhl vor, sodass sie sich bequem setzen konnte. In der anderen Hälfte des Raums befand sich ein geschlossener Kamin, davor waren Kanapees und Sessel um einen niedrigen Tisch platziert. Seitlich fiel der Blick auf eine Pferdekoppel. Der Raum wirkte freundlich und aufgeräumt.

»Sind Sie die Kandidatin?«, wollte der Mann wissen.

»Wofür meinen Sie?«

»Wir erwarten eine neue Bewohnerin, die sich vorstellen kommt.«

Sie schüttelte den Kopf. »Ich bin eine frühere Kollegin.« Bevor sie fragen konnte, was es mit der WG auf sich hatte, betrat Bernadette den Raum. Sie trug eine Jeans und ein kariertes Hemd, beides von oben bis unten mit Farbe beschmiert. »Ich war gerade malen. Dachte ich es mir doch«, kommentierte sie statt einer Begrüßung.

»Ein Pfeifchen, die Damen?« Ein weiterer Mann in den 70ern mit gebatiktem Kittel und einer bunt bestickten Kappe gesellte sich zu ihnen.

»Ich glaube nicht, dass Birgit einen Joint möchte«, lehnte Bernadette dankend ab. »Das ist Theo, unser Maler. Bei ihm nehme ich gerade Stunden«, stellte sie vor und fragte Birgit: »Wollen wir uns mal die Esel anschauen?«

Sie nickte, denn ihr brannten tausend Fragen auf der Zunge. »Was ist das hier?« Bernadette ging voran durch einen Torbogen, der Weg führte längs an einem Reitplatz vorbei. Dahinter befanden sich Unterstände und einzelne Paddocks. Sie ging zum hinteren davon und pfiff ein paar Mal hintereinander. Ein schwarzer und ein grauer Esel kamen angetrabt. Birgit hatte Langohren bisher nur im Zoo gesehen. »Das sind unsere WG-Tiere. Wir haben sie von einem Mitbewohner übernommen. Wir sind eine Wohngemeinschaft im fortgeschrittenen Alter. Wir wohnen zusammen und verbringen gemeinsame Zeit.«

»Du wohnst mit komplett unbekannten Menschen in einer Wohnung?«, wunderte sich Birgit.

»Nachdem mein Mann gestorben war, bin ich auf eine Anzeige gestoßen. Neue Mitbewohner müssen hier einen Monat zur Probe leben, dann gibt es eine einstimmige Entscheidung über die Aufnahme oder derjenige muss wieder ausziehen.«

Birgit staunte. »Das wäre nichts für mich.«

Bernadette sah sie bedauernd an: »Für mich genau das Richtige. Ein selbstbestimmtes Leben im Alter mit sozialen Kontakten.« Sie waren fünf Bewohner, der sechste Platz sollte an ein neues Mitglied vergeben werden.

Bernadette hatte das Tor geöffnet und streichelte die langen Ohren der beiden Tiere nacheinander. Dann legte sie ihnen Halfter um und drückte Birgit einen Strick in die Hand. »Wenn du schon hier bist, kannst du mich bei der Eseltour begleiten.«

Unentschlossen nahm sie den Strick von dem grauen Esel, der an ihrer Jacke schnüffelte. »So viel Zeit habe ich gar nicht.«

»Ich dachte, du wolltest über den Fall reden«, entgegnete die Kollegin. »Jetzt wäre die Gelegenheit, einiges zu klären.«

Innerlich stöhnte sie auf, da hatte sie keine Wahl. Sie folgte Bernadette, die das Tor öffnete. Sie liefen zwischen den Koppeln hindurch und entfernten sich vom Stall. Nach fünf Minuten kamen sie an einem See an, den sie umrundeten.

»Der Fall Kevin. Ich erinnere mich daran. Ein Bruder und seine kleine Schwester, sogenannte Wendekinder. Die wären verhungert, die Mutter hat sie einfach zurückgelassen.«

Die Esel blieben stehen. Obwohl Birgit kräftig am Strick zerrte, bremste ihr Begleiter mit allen vier Hufen. Sie versuchte, ihn zu schieben. Doch er hatte die Ohren in die Ferne gerichtet und die Augen weit aufgerissen.

»Lass ihn, der muss nachdenken. Er kommt, wenn er fertig ist.«

Sie standen am See und beobachteten die Kormorane, die nach Fisch tauchten. In der Blickrichtung des Esels erkannte sie Rehe. Er hatte fertig nachgedacht und lief wieder mit.

»Weißt du, was aus den beiden geworden ist?«

Bernadette überlegte.

»Ich erinnere mich. Gab es da nicht im Vorfeld die Probleme mit dir und der Mutter?«

Sie zerrte am Kopf des Esels, der eine leckere Pflanze entdeckt hatte und wieder nicht laufen wollte. Er erhaschte das Grün und trottete weiter.

»Ja, das war nicht gerade eine Bilderbuchfamilie, da gab es dauernd Ärger«, räumte sie ein. Bernadette war vor ihnen, ihr Esel lief in einem gemütlichen Gang neben ihr. Zerren half nicht.

Die Kollegin war stehen geblieben, um auf sie zu warten.

»Weißt du, was aus Kevin geworden ist?«, fragte sie, als sie neben ihr stand.

»Keine Ahnung, was sie heute machen, sie sind ja längst erwachsen. Aber ich erinnere mich, dass der kleine Kevin in den Westen vermittelt wurde. Irgendeine Hafenstadt an der Nordsee. Ebbe und Flut, das war neu für mich.«

»Weißt du irgendetwas über die Adoptiveltern?«

»Ich habe sie in Empfang genommen, aber das ist zu lange her. Die waren Lehrer, wie hießen die noch mal?« Sie schüttelte den Kopf, der Name war ihrem Gedächtnis entschwunden.

Die Esel liefen wieder in ihrem gemütlichen Tempo mit, sie folgten dem Weg weiter bis zu einem kleinen Wäldchen auf einem Hügel. Diesen erklommen sie und verließen den Wald auf der anderen Seite. An einem Feld mit Plastikbedeckung, wo Erntearbeiter Spargel stachen, blieb ihr Langohr wieder stehen und beobachtete die Vorgänge mit hoch gestellten Ohren. Er folgte zögerlich seinem Freund, der Pfad führte ins Dorf zurück.

»Wie war das mit deiner Tätigkeit für die Stasi? Warum hast du unterschrieben?«, wollte Bernadette wissen.

»Es waren andere Zeiten damals«, wehrte Birgit ab.

Schweigend liefen sie in Richtung Dorf. Sie brachte ihren Esel hinter dem anderen in den Paddock und bedankte sich. Sie würde zu Hause recherchieren, wie viele Häfen es gab. Und den Namen suchen, mit etwas Glück würde sie den Ort herausfinden. »Ich wüsste nach wie vor gerne deine Gründe, mich zu verraten«, hakte Bernadette nach.

»Lass uns ein anderes Mal drüber reden. Ich habe das verdrängt.« Sie bemerkte die ungläubigen Blicke. »Ich werde nachdenken und dir alles erklären«, stimmte sie einen versöhnlichen Ton an.

KAPITEL 13

Er spuckte ein Kokablatt aus, auf dem er gekaut hatte. Normalerweise mied er das Grünzeug, wie sie die Ware nannten. Das war etwas für die Gringos. Doch eine Stärkung war willkommen, er brauchte Energie und durfte sich keinen Fehler erlauben. Vier Stunden dauerte die Fahrt mit dem Auto zum Hafen Buenaventura. Er war zügig vorangekommen, eine Pause hatte er nicht eingelegt. Am Abend sollte die Lieferung mit dem Schiff in Richtung Europa auf die Reise gehen. Er fuhr auf das Gelände und parkte in Sichtweite einer Kaschemme, die er von den letzten Besuchen kannte. Betont lässig schlenderte er zu der Spelunke, wo vor allem Hafenarbeiter ihre Pausen verbrachten. Bloß nicht im Transporter erwischt werden mit dem ganzen Stoff, feinstem Material.

An der Bar standen Männer, die Pferderennen auf einem Bildschirm kommentierten und ihre Getränke hinunterkippten. Der Wirt sah missmutig auf, als er eintrat. Betont lässig schlenderte er durch den Raum, fläzte sich auf einen verschlissenen Sessel vor einen weiteren Bildschirm, wo er die Rennen sehen konnte und gleichzeitig seinen Wagen im Blick hatte. Ein Ventilator bewegte die Hitze nur durch den Raum, heiße Luftstöße umwehten seinen Kopf.

Er atmete tief durch. Niemals die innere Unruhe anmerken lassen, hatte ihm einst sein Vater eingebläut. Und damals ging es nicht um eine solche Riesenlieferung. Da gab es die Konkurrenten, die lauerten. Diebe, für die es ein Volltreffer geworden wäre, und erst recht die Drogenpolizei. Aber die nahmen nur selten einen hoch.

Die letzten Male war alles gut gelaufen auf der neuen Route. Sie hatten ihre Fracht in Container mit Granulat laden können, darin fielen die dunkel verpackten Pakete kaum auf. Auf dem Schiff hatte er seinen Mann, auf den er zählen konnte. Hafenarbeiter standen in seinem Sold, ein zuverlässiger Partner auf der Insel Helgoland, der die Ware in der Nordsee aufnahm und zwischenlagerte. Sein alter Kumpel aus dem Heim übernahm den Transfer auf das Festland. Er hatte Überzeugungsarbeit leisten müssen. Der fand Geschmack an der Sache. Fair war es nicht, aber es standen Leben auf dem Spiel. Doch die Maschen wurden immer enger. Im Hamburger Hafen waren sie zuletzt aufgeflogen, Rotterdam wurde fast lückenlos kontrolliert. Ein kleinerer Umladeplatz war die Lösung des Problems. Und da er perfekt Deutsch sprach, hatte die Bande ihn so lange bedroht, bis er sich um den Transport kümmerte. Er hatte beide Pässe, beherrschte die Sprachen und pendelte, als Geschäftsmann getarnt, zwischen den zwei Ländern.

Zwei Uniformierte näherten sich dem Lokal. Er erstarrte und ermahnte sich gleichzeitig. Jetzt nicht bewegen, weiter auf den Bildschirm starren, stoisch, unbewegt. Nicht zum Auto schauen. Er atmete tief durch, um seinen Puls in den Griff zu bekommen.

Ausgerechnet jetzt klingelte sein Handy?

»Du musst tun, was sie sagen«, seine Mutter war am Telefon, schluchzte heftig. »Die sind hier, sie schlagen alles kaputt.« Er ballte die Hand zur Faust, Hass stieg in ihm auf. Die Hunde bekamen nicht genug, standen immer wieder vor dem Haus mit Waffen, bedrohten seine Mutter, seine Geschwister. Das waren keine Menschen, sondern gewissenlose Schweine. Seit dem Tod seines Vaters terrorisierte die Bande sie. Die Verbrecher schöpften Gewinne ab, sodass sie kaum über die Runden kamen. Sie hatten die Arbeit auf der Plantage, das Risiko, erwischt zu werden. Den Profit strichen andere ein.

Seine Familie war ihm das Wichtigste. Niemand konnte auf Dauer ohne Wurzeln leben. Deshalb war er aus Europa zurückgekehrt, wo sie ihn als Kind hingeschickt hatten. Der Onkel, mit dem er reiste, war auf der Überfahrt ertrunken. Er hatte es bis Deutschland geschafft, ein Schlaraffenland. Doch er war allein im Kinderheim und sehnte sich nach dem Zuhause. Er war zurückgekommen, hatte geschworen, ihnen zu helfen. Sie hatten die Plantage besser getarnt, bauten Mangos an, Bananen und Mangroven. In der Mitte pflanzten sie das Gestrüpp, denn genauso sahen diese Kokapflanzen aus.

Er wusste, was die Ware bei den Gringos brachte. Hatte keine Lust, sich abspeisen zu lassen von den Banditen, wollte die Gewinne selbst einnehmen. Dann kamen die selbst ernannten Rebellen. Verbrecher! Einer hielt seiner Mutter die Pumpgun an den Kopf, grinste hämisch. »Da musst du wissen, ob du kooperierst.« Er sah das Grinsen vor sich, hatte Rache geschworen. Sie drohten, seinen sieben Schwestern und drei Brüdern etwas anzutun. Er wollte, dass sie in die Schule gingen, dass sie es schafften, aus dem Geschäft auszusteigen und vernünftige Berufe zu erlernen.

Seine Familie leistete die harte Arbeit, pflanzte die Sträucher sechs Mal im Jahr neu, goss sie, pflegte die Felder und erntete die Blätter mit eigenen Händen. Mit einer Handvoll Pesos wurde sie abgespeist, die Händler mit den Laboren bekamen eine Menge Geld für den Rohstoff. Am meisten strichen die am anderen Ende der Kette ein. Die Gringos, die keinen Finger dafür krumm machten. Sein Vater war elendig verreckt, hatte eine volle Ladung von den Amerikanern abbekommen. Deren Flugzeuge verspritzten Gift, damit die Pflanzen verwelkten. Die Menschen, die dabei draufgingen, waren ihnen gleichgültig.

Er war aus der Bar gegangen, um ungestört zu telefonieren. Seine Mutter durfte nicht die Nerven verlieren. Diese Banditen standen dauernd unter Drogen, da rastete schnell einer aus. Seine Nachbarn hatten sie vor ein paar Monaten abgeknallt wie Wildtiere.

»Mama, alles wird gut.« Er sprach beruhigend auf sie ein. Immer, wenn die Lieferung losging, marschierten sie wieder auf, machten ihnen Angst. Die Regierung hatte einen Friedensvertrag mit den angeblichen Revolutionären geschlossen, doch sie waren noch immer in ihrer Gegend unterwegs. Sie zögerten nicht, von ihren Waffen Gebrauch zu machen. »Mama, gib mir den Kommandeur«, bat er, nachdem er seine Umgebung überprüft hatte. Niemand war um ihn herum zu sehen, die Bullen saßen in der Bar.

»Lass meine Familie in Ruhe. Die Ladung ist planmäßig angekommen und geht heute Abend auf das Schiff!«

»Wir wollen nur sicher sein. Sobald der Erhalt quittiert wird, ziehen wir ab«, entgegnete der Kommandeur.

»Verhaltet euch ruhig, oder ich spiele nicht mehr lange mit«, gab er ihm zum ersten Mal Kontra. Er hatte alles nach ihren Anweisungen abgewickelt. Aber die hielten sich nicht an ihren Teil der Absprache. Ihr Versprechen, sie in Ruhe zu lassen.

»Ich denke, du willst deine Verwandten nicht als Fischfutter wiederfinden?«

»Es läuft alles nach Plan. Lasst endlich meine Familie in Ruhe«, beschwichtigte er und kochte innerlich. Er legte auf, es hatte keinen Sinn, mit den Schweinen zu diskutieren. Er würde denen eine Falle stellen. Doch er steckte selbst in der ganzen Sache mit dem Grünzeug drin. Er konnte die nur hochgehen lassen, wenn er seine Verwandten und sich in Sicherheit brachte. Die meisten Aussteiger überlebten nicht lange. Das Geschäft zog sich über eine Kette durch die ganze Welt, sie würden überall nach ihm suchen.

Er schlenderte lässig zu seinem Platz in der abgeranzten Bar zurück und setzte sich wieder, bestellte sich Sardinen und eine Limonade und starrte weiter auf den Bildschirm. Aus dem Augenwinkel nahm er wahr, wie die beiden Polizisten bezahlten und das Lokal verließen.

Er sah auf die Uhr. Acht qualvolle Stunden lagen vor ihm. Seine Sardinen sahen annehmbar aus, er aß langsam. Nach dem Essen bestellte er wieder Kaffee. Wie sollte er die Zeit überbrücken? Wenn er hier auf dem Hafengelände umherlief, fiel er erst recht auf. Er schloss die Augen, versuchte zu dösen. Sein Herz hämmerte. Dann musste er dennoch eingenickt sein.

»Willst du etwas, oder gehst du endlich?«, er schreckte hoch, als der fette Wirt sich mit seinem Bauch an ihn herangeschoben hatte. Er stank nach abgehangenem Schweiß, fast hätte er sich übergeben. An das Essen aus der Küche des Schmierlappens dachte er lieber nicht. Er war kurz eingenickt, hatte letzte Nacht kaum ein Auge zugetan. Wenn die Ladung verschwand, würde es Opfer geben.

Er bestellte eine Limonade. Keinen Alkohol, er musste einen klaren Kopf bewahren. Es blieben fünf Stunden. Nachdem der Fette mit finsterem Blick das Getränk abgestellt und kassiert hatte, döste er wieder. Die Bar hatte sich gefüllt, als er aufwachte. Er nahm jetzt das Risiko auf sich, nach dem Transporter zu sehen. Dort fiel er weniger auf, die letzten beiden Stunden würde er auf die Ladung aufpassen. Über den Funk erhielt er das Signal. Er fuhr zwischen einer Containerstraße vor und öffnete den Laderaum. Container schwängern hieß diese Methode. Im Gummigranulat fielen die schwarzen Päckchen kaum auf. Wenn das Schiff die Küste der Insel Helgoland passierte, ließ sein Mann die Ware in Weithalsfässern ins Wasser, wo sein Helfer sie herausfischte, nachdem beide Sichtkontakt hatten. Mit einem Programm konnten sie die Strömung und den Ankunftsort berechnen, über Peilsender fand er die Ware selbst bei höherem Wellengang. Die Lücke bis zum Festland hatte er mit seinem Freund geschlossen.

Er wartete vor den Containern. Endlich kam sein Bekannter und hob die Hand zum Gruß. Mit einem Gabelstapler hob er die Schwerlasttaschen aus dem Wagen und transportierte sie zu den Seecontainern. Er fuhr nach dem Einladen sofort weiter. Wenn er herumlungerte, bis die *Seahawk* den Hafen verließ, würde er den Zollkontrolleuren auffallen. Seine Aufgabe war erfüllt, nun konnte er nur hoffen, dass das Räderwerk funktionierte.

»Stell das Bier kalt«, meldete er dem Kommandante. Das war das Codewort, damit dieser endlich von der Plantage abrückte und seine Familie in Ruhe ließ.

»Wann bist du zurück? Ich habe dir was zu sagen.« Das entsprach nicht dem vereinbarten Code. Der andere hatte aufgelegt. Er wählte die Nummer seiner Mutter, keine Antwort. Er raste aus der Hafeneinfahrt und trat auf das Gaspedal.

KAPITEL 14

Rike kniff die Augen zusammen, nachdem sie die Fensterläden geöffnet hatte. Die Sonne strahlte ihr ins Gesicht, der Himmel war postkartenblau. Türkis schimmerte vor dem Fenster die Bucht vor der Düne mit dem rot-weiß gestreiften Seezeichen. Sie hatte sich im Bett gewälzt und war erst vom Telefon aufgewacht. Es klingelte an der Tür. Das musste Harry sein, der ihr ein echtes Helgoländer Frühstück angekündigt hatte. Laut bellend lief Prinz an die Tür, vor der ihr Freund mit zwei Tüten in der Hand stand. Sie ließ ihn ein, er ging in die Küche und packte seine Mitbringsel aus.

Auf Tellern richtete er Krabben, Matjesfilets, Käse und Obst sowie Croissants und Brötchen. »Soll ich uns ein Rührei machen?«, bot er an und legte eine Packung Eier dazu.

»Kommt sonst noch jemand?«, wunderte sich Rike.

»Ich dachte, mit ein bisschen Stärkung könntest du mich noch mal unterstützen. Ich brauche dein kriminalistisches Know-how, um dem Verdächtigen auf den Zahn zu fühlen«, sagte er.

Sie musste wider Willen über Harrys Charmeoffensive lächeln. Eigentlich wollte sie sich ja aus den Ermittlungen heraushalten.

»Rike, das ist der erste Eindruck für dich, und es ist wichtig. Der Mann ist mit allen Wassern gewaschen«, bat Harry.

Sie überlegte. Sie hatte nur eine Verabredung und würde die Schicht am Abend antreten. Warum sollte sie ihrem alten Freund nicht den Gefallen tun?

»Danach mache ich eine exklusive Inselführung mit dir.

Kriminelles Helgoland, das kannst du nirgendwo buchen«, lockte er, sodass sie nachgab.

Nach dem opulenten Frühstück mit Blick auf die tiefblau schimmernde Nordsee stieg sie mit Prinz in den blau-weißen E-Golf. Harry fuhr den Weg hinab, den sie am ersten Tag gekommen waren, und hielt dann hinter der Polizeiwache.

Fast gegenüber befand sich ein moderner Glasbau auf Stelzen mit zwei nebeneinander liegenden Spitzdächern, der Wohn- und Geschäftssitz des Verdächtigen. Eine Kamera richtete sich auf sie, dann ertönte eine männliche Stimme. »Sie wünschen?«

»Polizei. Wir haben eine Mitteilung zu machen.«

Die Tür summte und ging auf, sie folgten dem Gang. Am Ende befanden sich zwei Türen, Harry steuerte zielsicher die linke an, klopfte und öffnete sie. Sie traten in einen rundum verglasten Raum, der von Sonnenlicht durchflutet war. Direkt vor der Glasfront lag der Jachthafen, am Bootssteg befand sich eine riesige Segeljacht mit dem Namen *Shark I*.

Das Büro, dessen Grundfläche etwa so geräumig war wie Rikes ganzes Hamburger Haus, war sparsam möbliert. Auf der einen Seite befand sich eine Sitzgruppe mit eckigen Designermöbeln, auf der anderen saß ein betont lässig gekleideter Mittvierziger mit blonden, zur Seite gescheitelten Haaren am Schreibtisch.

»Sie wünschen?«, fragte er schmallippig.

»Mein Name ist Harry Kruss, wir kennen uns ja schon. Das ist meine Kollegin Friederike von Menkendorf von der Hamburger Kriminalpolizei.«

Sie sah die Überraschung im Gesicht des Mannes. »Kriminalpolizei? Wurde meine Ex-Frau gefunden?«

Harry verneinte. »Wo waren Sie am Freitag zwischen 10 und 13 Uhr?«, fragte er.

»Warum das denn? Jedenfalls nicht auf der *MS Nordsee*. Was soll die dämliche Fragerei? Stehe ich irgendwie im Verdacht?«

»Reine Routine«, beschwichtigte Rike, die spontan die Rolle des Good Cop angenommen hatte. »Je schneller Sie uns diese Dinge beantworten, desto früher können Sie wieder Ihrer Arbeit nachgehen. Was darf ich mir eigentlich unter Finanzconsulting vorstellen?«

»Wir haben ein ganzes Portfolio an Aktivitäten. Wir beraten bei Immobilienanlagen, wir legen auch selbst aktiv an – als Direktinvestitionen in Immobilien oder Unternehmen sowie strukturierte Finanzprodukte. Aber deshalb sind Sie bestimmt nicht hier.« Sein Blick fiel auf Prinz, der es sich nicht nehmen ließ, jedes einzelne Designermöbelstück zu beschnüffeln.

»Was soll der Köter hier? Suchen Sie meine Ex unter den Stühlen?«

»Sie habe meine Frage noch nicht beantwortet«, erinnerte Harry, ohne auf die Provokation einzugehen.

Maiwald warf einen Blick in seinen Kalender. »Am Freitag. Da war ich in Dubai«, erklärte er.

»Das können Sie bestimmt belegen?«, fasste Harry nach. »Nebenan sitzt meine Assistentin, fragen Sie die.«

Er wandte sich wieder seinem Rechner zu.

»Wie war das Verhältnis zu Ihrer Ex-Frau?«, wollte Rike wissen. »Ach, wie das in Trennungen so ist, nicht besser oder schlechter als bei anderen Paaren. War es das jetzt endlich?« Demonstrativ hatte er sich mit seinem Bürostuhl umgedreht und kehrte ihnen den Rücken zu.

»Bitte halten Sie sich zu unserer Verfügung und verlassen Sie die Insel nur nach vorheriger Anmeldung«, verabschiedete sich Harry. Sie gingen zu Maiwalds Mitarbeiterin. Der Raum war halb so groß, und der Blick aus dem Fenster fiel auf eine wenig repräsentative graue Lagerhalle. Die Frau mit dunklen Haaren erinnerte Rike auf den ersten Blick an Caroline Maiwald, auch wenn sie etwa zehn Jahre jünger aussah.

»Herr Kruss, lange nicht gesehen«, die Dame bedachte Harry mit einem langen Blick und nickte ihr kurz zu. Er stellte sie als Milena Stanic vor und wiederholte seinen Vorstellungsspruch. Sie ging nicht darauf ein.

»Was kann ich Ihnen Gutes tun?«, gurrte sie und starrte ihn noch immer an.

»Wo war Herr Maiwald am Freitagvormittag? Wir bräuchten auch Belege«, sagte Rike.

Die Antwort kam wie aus der Pistole geschossen. Sie tippte auf ihrem Tablett und fragte: »Kann ich das mailen?« Kurz darauf gingen die Buchungsdaten bei Rike ein.

»Wie war das Verhältnis zu seiner Ex-Frau?«, fragte Harry.

»Das war eine richtige Hexe. Die machte uns das Leben schwer. Durch ihren Anwalt ließ sie Geschäfte blockieren. Die Scheidung zog sich hin«, sagte sie.

Die beiden bedankten sich und gingen nach draußen. »Wie wäre es, das bei der Tour statt im Büro zu besprechen?«, schlug Harry vor.

»Gerne, ich schaue schnell die Belege durch.« Sie fand die Anmeldungen für die Flüge des Privatflugzeugs, das am Donnerstag nach Dubai und am Samstag zurück geflogen war. Zudem gab es für den Zeitraum eine Hotelbuchung. »Das sind Buchungen, da müsstest du prüfen, ob er die Reise tatsächlich angetreten hat, wenn sich der Verdacht bestätigt.«

»Kennt ihr euch eigentlich näher?«, fragte Rike.

Harry zog vielsagend eine Augenbraue nach oben.

»Das ist Maiwalds Neue«, sagte er dann nur. »Seit drei Jahren ist sie seine Assistentin. Sie spielt übrigens nur dummes Anhängsel. Ich habe gehört, dass das eine ausgewiesene Investmentbankerin sein soll«, sagte Harry. Rike dachte sich ihren Teil. Ihr Freund galt schon während des Studiums als Schwerenöter. Soweit sie wusste, hatte er geheiratet, aber sie hatte nicht den Eindruck, dass jemand abends zu Hause auf ihn wartete. Fragen wollte sie nicht, um keine seelischen Wunden aufzureißen.

Sie stiegen in den Golf, er fuhr wieder am Krankenhaus vorbei ins Oberland und parkte neben dem Leuchtturm. »Das ist das älteste noch erhaltene Gebäude Helgolands. 1941 wurde es als Flakleitstand gebaut und entging den Luftangriffen, bei denen die Insel dem Erdboden gleich gemacht wurde. Das eigentliche Leuchtfeuer war hier.« Er blieb ein paar Meter entfernt stehen. »Dieses wurde bei der Bombardierung zerstört, der Leuchtturmwärter, ein Freund meines Großvaters, kam ums Leben. Er dachte wohl, ein Leuchtturm wird immer gebraucht, und hatte sich nicht in Sicherheit gebracht.«

Er nahm einen schmalen Weg in Richtung Norden bis zu einem Wanderweg, der an der Steilküste entlang führte. Während sie liefen, bedeckte sich der bis vor Kurzem noch blaue Himmel. Nebel zog in dicken Schwaden vom Meer aus über die roten Felsen. »Typisches Helgolandwetter, ändert sich schnell. Hier kannst du an einem Tag vier Jahreszeiten erleben«, sagte Harry, der langsam voranging. Die Sicht war praktisch null. Ein Schritt vor dem anderen bewegten sie sich auf dem Pfad vorwärts. Prinz hielt sie an der Leine, denn sie wusste, dass die Steilküste bis zu 60 Meter abfiel.

Sie hörte das Kreischen der Möwen sowie das Schnattern und Piepsen eines ganzen Vogelschwarms aus dem Nebel. Sehen konnte sie nur eine dicke wattige Schicht vor sich. Beinah hätte sie einen Mann mit einem riesigen Teleobjektiv umgerannt. »Passen Sie auf«, herrschte der sie an. »Hier unten ist es, unser Wahrzeichen. Die Lange Anna. Benannt nach einer groß geratenen Inselschönheit oder so ähnlich«, Harry deutete ins Grau. Kaum gesagt, riss die Wolkendecke und gab den Blick auf die Küstenlinie mit den steilen roten Felsen über der Nordsee und einer üppigen grünen Vegetation frei, Schafe grasten auf den Kuppen. Die Küstenfelsen waren von weißen Vögeln mit gelbem Kopf und stahlblauen Augen bedeckt, die keine Scheu zeigten und sich vor allem mit Streitigkeiten untereinander beschäftigten. Sie sah Schnabelkämpfe, Hackattacken, liebevolles Putzen der Artgenossen. Die Sonne riss ein weiteres Loch in den Wolkenvorhang, die berühmte Säule im Meer tauchte auf. Die legendäre Anna, eine ranke und schlanke Felsnadel, von Wellen umspült und von brütendem Federvieh bedeckt. »Extra für dich. Da habe ich doch nicht zu viel versprochen«, er zwinkerte sie an.

Sekunden später waberte es wattig den Anblick zu. »Lass uns zurückgehen«, schlug er vor. Sie liefen zum Auto und stiegen ein, nach fünf Minuten hielt er an einem Platz. »Die Hingstgars. Hier wurde im 18. Jahrhundert die einzige Hinrichtung ausgeführt. Ein Mann hatte seine Frau betrogen und diese stieß der Nebenbuhlerin eine Mistforke in die Kehle«, berichtete Harry.

»Eure Insel war also schon damals ein Hort des Verbrechens!«

»Von wegen, das ist der einzige bekannte Mordfall, den es hier jemals gab«, widersprach Harry und fuhr weiter ins

Unterland. Vor der Hummerbude von *Helgonatur* blieb er stehen.

»Sehen wir uns morgen?«, fragte er.

»Mal schauen, wie lange der Einsatz dauert«, vertröstete ihn Rike.

KAPITEL 15

Durch die Scheibe der blauen Hummerbude sah Rike, dass eine Mitstreiterin eingetroffen war. Am langen Tisch saß eine Frau mit raspelkurzen Haaren, die sie mit »Gruezzi« begrüßte.

»Schön, dass du da bist, Rike«, sagte Tomke mit breitem Lächeln. Sie brachte Tassen und eine Teekanne auf einem Tablett an den Tisch.

»Charlie kommt jedes Jahr mit dem Fahrrad aus Zürich und bleibt, solange die Lummen springen«, stellte Tomke ihre Mitstreiterin vor.

»Ich habe dich auf dem Schiff gesehen«, bemerkte die Schweizerin. »Noch nie so eine komische Anreise gehabt.«

Rike nickte. »Das habe ich mir auch anders vorgestellt.«

»Warum warst du auf der Brücke? Ich habe eine merkwürdige Beobachtung gemacht.«

»Da ist aber jemand verfressen«, rief Tomke, ehe sie antworten konnte. Prinz hatte der kleinen Küchenzeile einen Besuch abgestattet und sich an den Gemüsesticks bedient. Er liebte Möhren und hatte diese fein säuberlich herausgelesen.

»Tut mir leid«, entschuldigte sich Rike und leinte den Vierbeiner an. Ein langer junger Mann kam zur Tür hinein, stellte sich als Erik vor. Ihm folgte eine fast ebenso große Frau mit blonden Zöpfen.

»Ich bin Jasmin aus Berlin.« Sie ging auf Rike zu und gab ihr die Hand. »Hallo, seid ihr auch Freiwillige?«

»Ja, wir verbringen hier ein Jahr und arbeiten beim Verein mit.«

Tomke begrüßte alle und stellte die Reste der Gemüsesticks auf den Tisch, schenkte Tee aus. Dann erhielten sie einen provisorischen Plan für ihren Einsatz. Die Leiterin hatte auf der Karte eingezeichnet, wo sie tätig werden sollten. Das war unterhalb der Felsen, die Rike im Nebel nur halb gesehen hatte.

»In der Dämmerung springen die Jungvögel der Trottellummen von den Felsen hinab, da ihre Feinde sie so nicht sehen können«, erklärte Tomke. Deshalb begann der Dienst gegen 21 Uhr und endete um 3 Uhr.

Sie hatte einen Stoffvogel dabei und einige Ringe. »Ich zeige dir mal die Handgriffe für den Ernstfall.« Sie lächelte. Mit geschickten Fingern wand sie dem Vogel einen Ring um den Fuß, sie griff unter den Körper und zeigte, wie er über die Mauer getragen wurde. »Manchen musst du hinterherflitzen. Und sie halten auch nicht unbedingt still. Aber die Übung macht es«, sagte sie.

»Ich habe dich mit Charlie eingeteilt, sie hilft uns schon ein paar Jahre.«

Rike war froh, dass sie sich alles von der erfahrenen Vogelschützerin abschauen konnte. Nach dem Treffen wartete Charlie an der Tür. »Du hast vorhin nicht geantwortet.«

Besser, sie sagte ihr die Wahrheit über ihren Beruf, da sie mit der Frau eng zusammenarbeiten würde. Vielleicht bekäme sie ohnehin etwas von ihren Nachforschungen mit.

»Ich bin bei der Polizei, aber nicht im Dienst«, gab Rike zu. Sie wollte ihre Arbeit für einige Zeit ausblenden, komplett abschalten.

»So etwas dachte ich mir.« Die Schweizerin zog ihr Tablet aus der Umhängetasche, darauf ein Bild der verschwundenen Caroline Maiwald aus der aktuellen Ausgabe des Helgolandblogs.

»Diese Frau ist mir auf dem Schiff aufgefallen.« Sie tippte auf das Foto. »Das ist doch die Vermisste?«

Rike nickte. »Was hast du genau gesehen?«

»Es war im Kiosk. Sie hat ein rundliches Mädchen bösartig beleidigt. Ist das von Interesse?«

Rike war enttäuscht, denn sie hatte auf eine Zeugin des Sturzes gehofft. Doch die Aussage half, die letzten Stunden Maiwalds auf dem Schiff zu rekonstruieren.

»Wir wissen nicht, was geschehen ist. Im Moment sammeln wir alle Informationen über diese Überfahrt. Was ist da genau vorgefallen?«, fragte sie.

»Das Mädchen hat sich ein Eis geholt und wurde von dieser Frau beleidigt. ›Das ist kein Wunder, dass du so fett bist.‹ Die Kleine stand wie erstarrt vor ihren lachenden Kameraden. Ich fand das herabwürdigend.«

»Eindeutig Mobbing«, stellte Rike fest. Wie kam es nur, dass diese Person eine Klasse begleitete? Sie wollte Margo benachrichtigen, damit sie sich bei den Schülern umhörte. Sie fragte sich, ob jemand wegen des Vorfalls eine so große

Wut entwickelt hatte, dass er die Frau von Bord schubste. Dieses Mädchen? Oder hatte die Maiwald weitere Jugendliche beleidigt und jemand hatte sich gerächt? Falls sie nicht aus eigenem Antrieb gesprungen war. Aber die Beobachtung warf ein Licht auf die Persönlichkeit. Es klang nicht nach einer verzweifelten Frau, die selbst aus Verzweiflung ins Meer gegangen war.

KAPITEL 16

Rike hatte eine Yogamatte am Strand ausgebreitet und versuchte zu meditieren. Leere im Kopf erzeugen. Doch es gelang ihr nicht. Prinz rannte den Möwen hinterher, die sich einen Spaß daraus machten, kurz vor seinem Eintreffen hochzuflattern. Das Wetter war noch immer angenehm. Sie setzte sich auf und warf das grüne Stoffkrokodil für Prinz. Er bellte vergnügt und verfolgte sein Spielzeug. Auffordernd tanzte er mit dem Stofftier im Maul um sie herum. Nachdem sie ihn in die Ferienwohnung gebracht hatte, traf sie Charlie vor dem Helgoländer Rathaus. Sie gingen zum Hafen, von dort aus führte die Straße am Kringel zu einem Metalltor. Dahinter begann der Weg, der unterhalb der Steilküste um die Nordseite verlief. Schroff und abweisend erhoben sich die roten Wände über ihnen, umkreist von hunderten Vögeln, die mit lautem Geschrei ihre Partnerwahl und Nestsuche kundtaten. Zum Glück war es nicht neblig, das Watt vor den Vogelfelsen war wegen zahlreicher Felsbrocken unwegsam. Sie sahen nun die Lange Anna vor sich.

Von unten sah die Felssäule im Meer noch imposanter aus. Charlie war stehen geblieben. »Hier befindet sich das Sprungrevier, um das wir uns kümmern.« Sie deutete auf die Fläche vor den Felsen. Es zog sich dort etwa 100 Meter entlang der Brutgebiete, dahinter waren weitere Freiwillige im Einsatz.

»Und wo sind die Trottellummen?«, wunderte sich Rike.

Charlie entnahm ihrem Rucksack ein Fernglas und reichte es ihr. »Schau mal auf diese waagerechten Einkerbungen im Fels. Das sind die schwarzen Vögel, die aussehen wie kleine Pinguine.«

Jetzt entdeckte sie ihre Schützlinge. Die Vögel bedeckten große Teile der roten Felsen. Mit der Vergrößerung konnte sie die Umrisse der vielen kleinen Körper erkennen, die sich auf etwa 40 Meter Höhe befanden.

Bewegung kam in die Kolonie, die Tiere schienen zu drängeln und sich zu schubsen, gleichzeitig hörten sie Geräusche, die wie ein ärgerliches Schimpfen klangen. Bislang hatte sich kein Vogel in die Tiefe gewagt. Sie hielt die Luft an.

»Wann springen sie denn?«, wollte Rike wissen.

»Manchmal gar nicht, dann 20 kurz hintereinander. Das sind eigenwillige Tiere.« Charlie war dabei, ihren Rucksack zu leeren, und faltete zwei Anglersitze auf.

»Setz dich und entspann dich, willkommen auf Helgoland!«, forderte sie auf. Rike nahm die Einladung gerne entgegen. Ihre Kollegin platzierte ein Tuch auf einem Stein, zauberte ein helles Brot, ein Stück Käse und einen Flachmann aus ihrem Gepäck.

»Basisausstattung für Vogelfreunde. Magst eine Stärkung?«

Rike saugte den Geruch das runden Laibs ein, der sie gedanklich auf eine Alm versetzte. »Da kann ich nicht Nein sagen«, schwärmte sie.

Die Vögel steigerten ihre Lautstärke, es war so laut wie in einem Fußballstadion. Charlie hatte sich dem Felsen zugewandt und starrte auf die aufgebrachte Schar. Rike nahm das Fernglas. Die Tiere schlugen mit den Flügeln, rempelten einander. Der erste Vogel in der Reihe plumpste nach unten. Sie ließ ihr Brot fallen und rannte hin.

»Meinst du, er ist verletzt?«

Charlie war sitzen geblieben. »Ach was, die können was ab. Das ist ihr Sprung ins Erwachsenenleben.«

Im Minutentakt plumpsten schwarze Federknäule von oben in das Wasser. »Jetzt können wir sie in die Freiheit schicken!«, gab die Schweizerin das Kommando. Sie nahm das erste Tier behutsam an sich, brachte den Ring an.

»Die tragen wir jetzt hinaus auf die weite See.« Sie liefen mit den Jungvögeln bis zur Mauer und setzten sie in der Nordsee ab.

»Tschüss, Kleiner!«, verabschiedete Rike ihre erste Lumme. Nachdem einer den Anfang gemacht hatte, platschte es immer wieder. Sie nahmen die Vögel und halfen ihnen, ihre große Reise anzutreten.

Dann gingen sie die Küste entlang und suchten mit einer Taschenlampe das Wasser ab. Es war ruhiger geworden. »Ich glaube, das war es«, als sie das ausspracht, stolperte Charlie und fluchte in Schwyzerdütsch irgendetwas schwer Verständliches.

»Was liegt denn hier wieder für Müll!« Einen Moment blieb es still. Hoffentlich war ihr nichts passiert, Rike konnte sie nicht sehen.

»Kommst du bitte«, schrie ihre Mitstreiterin schrill. Mit der Taschenlampe sah sie Charlie am Boden liegen, sie war gestürzt.

»Hast du dich verletzt?« Sie half ihr auf die Beine. Sobald sie stand, richtete die Schweizerin den Lichtstrahl zwischen zwei Steine.

Stumm deutete sie in den beleuchteten Kreis, in dem weiß ein Bein im Wasser schimmerte. Nicht schon wieder. Das schien sie zu verfolgen. Sie hoffte, dass es ein Irrtum war, leuchtete die Stelle ab. Ein zweites Bein hatte sich zwischen zwei Steinen verfangen, unter Algen bewegte sich der Rumpf im Wasser. Das war eindeutig eine menschliche Leiche.

Charlie machte würgende Geräusche. »Ist das die Frau vom Schiff?«

»Kann ich nicht sagen. Ich muss die Kollegen benachrichtigen.«

Sie wählte den Polizeinotruf und schilderte, was sie gesehen hatten. »Bitte beeilen Sie sich. Es wäre auch gut, die Spurensicherung anzufordern«, sagte Rike.

»Ich muss die Bereitschaft alarmieren, das wird leider einen Moment dauern«, informierte der Kollege.

»Machen Sie schnell, meine Kollegin steht unter Schock«, bat Rike.

Charlie hatte sich auf den Boden gesetzt. Rike holte ihr den Sitz und ein Kissen, dann legte sie die Beine ihrer Kollegin hoch.

Sie war froh, dass die Naturschützerin nicht umgekippt war, auch wenn sie unter Schock stand. Sie schenkte ihr ein Glas Wasser ein. »Trink einen Schluck, das kurbelt den Kreislauf an.« Soweit sie im Lichtschein sehen konnte, nahm das blasse Gesicht wieder etwas Farbe an.

Endlich hörten sie Stimmen. Zwei dunkle Gestalten kamen auf sie zugekraxelt. Sie winkte und rief ihnen zu: »Hier sind wir.« Erleichtert erkannte sie, dass Harry mit der jungen Polizistin Madeleine gekommen war. Beide trugen einen silbernen Koffer.

»Kommt die Spurensicherung nach?«, wollte sie wissen und brachte die beiden zur Fundstelle. »Das machen wir selbst. Wir gehören zwar zur Wasserschutzpolizei, aber sind Allrounder. Wenn wir eine Woche lang vom Festland abgeschnitten sind, müssen wir uns auch selbst helfen«, erklärte Harry mit Stolz.

»Mach dich mal auf etwas gefasst, das nicht gerade appetitlich wird«, warnte sie ihn vor.

Sie standen an dem Stein, wo sich das Bein verfangen hatte. »Das haben wir hier leider mehrmals im Jahr«, sagte Madeleine.

»Komisch, dass sie auf dem Bauch liegt. Es treiben nur Männer mit dem Ors nach oben«, stellte Harry fest. »Mit dem Hinterteil meine ich«, fügte er hinzu, als er ihren fragenden Blick sah.

Er schritt den Fundort mit nachdenklichem Gesicht ab. »Bitte kontrolliere das Umfeld, speziell den Spülsaum«, bat er seine Kollegin. Dann sah er sich den Körper an und wandte sich Rike zu: »Packst du mal mit an?«

Er drehte die Leiche um. Das Gesicht war nicht mehr zu erkennen, der Schädelknochen freigelegt, Augenhöhlen, Lippen und Wangen fehlten, ebenso der Brustbereich und die Genitalien. Es sah aus, als läge eine weiße Gardine über dem leblosen Körper. »Waschhaut«, kommentierte

Harry, der mit seinem sicheren Auftreten Routine beim Leichenfund verriet.

»Kommen Sie bitte mal«, schrie Madeleine.

Es ging um Charlie, die auf dem Boden lag. Sie atmete flach.

»Ich kümmere mich«, rief Rike den beiden zu.

Sie nahm ihre Hand und gab ihr zu trinken. »Wir gehen gleich nach Hause, wenn du bereit bist.«

Charlie trank und atmete dann tief durch. »Bring mich hier weg. Ich möchte nicht auch noch als Zürcher Geschnetzeltes in der Nordsee landen.«

Rike war froh, dass die Schweizerin ihren Humor wiederfand. »Keine Sorge, ich lasse dich nicht aus den Augen.«

Rike ging kurz zu Harry, der telefonierte. Er beschrieb dem Bestattungsunternehmer die Lage der Toten. Diese sollte in das Leichenschauhaus im Helgoländer Krankenhaus transportiert werden. »Wir werden den Fundort noch genau unter die Lupe nehmen. Ich werde morgen eine Obduktion beantragen«, erklärte ihr Kollege. Sie verabschiedete sich, hakte sich bei der Schweizerin unter und lief mit ihr den Weg zurück, den sie gekommen waren. Eine Abkürzung gab es nicht. Sie suchte unverfängliche Themen und sprach über ihre letzte Reise in die Schweiz.

»Hast du gesehen, wie die Tote zugerichtet war? Wer tut so etwas?« Charlie ließ sich nicht so leicht ablenken. »Möwen oder andere Meerestiere wie Krebse«, vermutete Rike.

KAPITEL 17

Kornelius hatte an diesem Morgen wieder das Kommando auf dem Schiff übernommen. Die Schönwetterperiode hielt an, die See lag sonnenglitzernd und spiegelglatt vor ihnen, die *MS Nordsee* war bis auf den letzten Platz besetzt. Es versprach, ein guter Tag zu werden, bis er den Anruf erhielt. Als Helgoländer kannte er jeden auf der Insel und die Gerüchteküche funktionierte. Eine Wasserleiche war angeschwemmt worden und die Polizei ermittelte.

Er hatte keinen Zweifel, dass es sich dabei um die verschwundene Passagierin handelte. Es war unwahrscheinlich, dass innerhalb weniger Tage gleich zwei Frauen zu Tode gekommen waren. Wer hatte diese Caroline Maiwald ermordet? Die Journalisten würden sicher bald die Verbindung herstellen. Dann hätte die Reederei den Pressewirbel, den der Alte verhindern wollte. Das erfüllte ihn fast mit Genugtuung. Er hatte gewusst, dass die Todesfälle früher oder später bekannt würden. Er würde in der Pause darüber nachdenken. Jetzt musste er funktionieren. 775 Passagiere und 17 Besatzungsmitglieder hatten ihm ihr Leben anvertraut. Mit sicherer Stimme gab er die Kommandos.

Sie hatten abgelegt und passierten die Insel Neuwerk, ein Krabbenkutter mit ausgefahrenen Netzen fuhr neben ihnen, von Möwen umkreist. Passagiere würden die Kamera zücken und den Moment festhalten. Er fühlte sich, als hätte er einen Faustschlag vor den Kopf erhalten. Einen Tag lang hatte er das Thema verdrängt.

Isa hatte es ohnehin vergessen. Am Abend davor nach seiner Rückkehr von der Insel hatte sie ihm ihre Entwürfe für die Umgestaltung ihres Hauses gezeigt. Sie hatte Aquarellbilder gemalt, richtige kleine Kunstwerke. Ihr Stilgefühl war einzigartig. Er hatte ihr einmal vorgeschlagen, das beruflich einzusetzen, als Innendesignerin für Privatpersonen oder Hotels.

»Das haben wir nicht nötig, dass ich arbeite. Du bist doch Kapitän«, hatte sie empört entgegnet. Er sah das anders, denn sie langweilte sich und hätte ihre Erfolge haben können. Die Ablehnung war so vehement, dass er das Thema nicht erneut angesprochen hatte.

Entgeistert hatte er entdeckt, dass keines der bei ihrem Einzug angeschafften Möbelstücke mehr auf den Bildern vorhanden war. Diese sollten einer komplett neuen Ausstattung weichen. Weitere zwei Jahre lang würde er den Kredit für das Haus und die erste Einrichtung noch abtragen, dazu kamen die Schulden für sonstige Anschaffungen. Er hatte überlegt, wie er ihr das sagen sollte.

»Was hast du, gefällt es dir nicht?«

»Es ist ein Traum, aber wer soll das bezahlen?«

»Schatz, du bist doch Kapitän«, sie kuschelte sich an ihn und warf ihm einen langen Blick zu. Wie schwer er sich tat, Nein zu sagen. Wenn sie darauf bestand, würde er nachgeben.

Das Problem war, dass sie nie gelernt hatte, dass Geld eine endliche Ressource sein konnte. So knauserig der Alte mit seinen Mitarbeitern war, der Verschwendungssucht seiner Frauen setzte er keine Grenzen.

»Liebling, aber nicht Reeder. Ich verdiene nicht genug, um das alles komplett neu anzuschaffen.« Er zeigte auf ihre Ledergarnitur im Wohnzimmer.

»Das ist doch zeitlos schön. Wenn du willst, könntest du den Salon der *MS Nordsee* erneuern.«

Schmollend war sie abgezogen. Er raufte sich die Haare. Er hatte Geld an der Börse investiert, aber die Fonds waren in die Knie gegangen. Er las regelmäßig die Anlagetipps, zuletzt hatte er von Bitcoins gehört, die einen enormen Anstieg vollzogen hatten. Er würde einen Kredit aufnehmen und das Geld anlegen, um Isas Wünsche zu erfüllen. Wenn es sich vervielfachte, konnte er alles zurückzahlen. Das war die Lösung! Sein knausriger Schwiegervater würde aus dem Staunen nicht rauskommen. Aber gerade hatte er ein anderes Problem. Eine Leiche, die von seinem Schiff gestürzt war oder gestoßen wurde.

Sollte er die Neuigkeit mit Michael teilen? Er schaute auf den Platz neben sich. Irgendetwas stimmte seit einigen Tagen nicht mit dem Freund. Schweißperlen rannen an seiner Stirn hinab, die Hände zitterten, er wirkte fahrig. Was war mit dem los? Er hatte angenommen, dass sein Freund am Tag zuvor aufgeregt war, weil er zum ersten Mal dieses doch imposante Schiff unter seinem Kommando hatte und das Manöver auf Helgoland anspruchsvoll war. Aber gerade tat er Dienst nach Vorschrift, Routine. Es gab keinen Grund zu schwitzen.

»Bist du krank?«, fragte er.

»Habe etwas Falsches gegessen, das geht schon vorbei«, wiegelte Michael ab. Er wischte sich den Schweiß mit einem Tuch von der Stirn. Hatte er das nicht gestern gesagt?

Überhaupt kam ihm dessen Verhalten komisch vor. Sobald sie auf der Insel waren, ging er von Bord. Früher hatten sie Zeit gemeinsam verbracht. Jetzt mied ihn der Freund, kam zu den notwendigsten Besprechungen. In die Augen sah er ihm auch nicht. Er war sich sicher, es ging um Yasmina. Er hatte sie erst gestern wieder erregt tuscheln sehen. Hatte er eine Beziehung zu ihr? Er war eifersüchtig, deshalb ging er ihm aus dem Weg. Wenn er sich auf der Insel fortschlich, würde er ihm folgen. Vielleicht gab es einen Weg, sich auszusprechen. Er musste ihm verständlich machen, dass das ein Irrtum war. Er wollte nichts von Yasmina. Im Gegenteil, diese Frau brachte ihn in Teufels Küche. Aber wenn er an sie dachte, wie sie nackt vor ihm stand, erregte es ihn. Warum war er nur so verdammt schwach. Er vergaß seine Prinzipien, schaltete sein Gehirn komplett ab, wenn sie sich über ihn hermachte. Er musste diese Beziehung schnellstmöglich beenden, sonst würde ein Häufchen Elend von ihm übrig bleiben.

KAPITEL 18

Die Schulleiterin hatte die Tür geschlossen, Margo stand im Mehrzweckraum vor den 15 Schülern. Ihr Puls raste. Sie zwang sich, tief durchzuatmen. Die ersten Sekunden entschieden. Sie verglich den Klassenraum gerne mit der Raubtiermanege. Entweder die Tiger erkannten die Autorität des Dompteurs an oder sie analysierten gnadenlos seine Schwachstellen und fielen mitleidslos über ihn her, rissen Stücke aus ihm heraus und verspeisten ihn mit Haut und

Haaren. Wer Angst zeigte, hatte schon verloren. Tiere oder Kinder erkannten die empfindliche Stelle.

Sie setzte sich in aller Ruhe auf den Tisch, der vorne stand, und ließ den Blick über die Reihen streifen. Die Lethargie im Publikum wich der Neugier. Es war still. Zu lange durfte sie nicht warten, dann kippte die Stimmung. Der Moment war wichtig.

»Hallo, ich bin Margo Valeska, Malerin. Was würdet ihr gerne für ein Kunstprojekt angehen?«

Stille im Raum. »Der Kurs ist übrigens freiwillig. Wer keine Lust hat, der kann sich beim Aktionstag ›Sauberer Schulgarten‹ oder ›Stricken ohne Wolle‹ melden.« Ein paar Schüler lachten. Das Eis schien gebrochen. Sie zeigte auf die blonden Zwillinge. »Was habt ihr euch vorgestellt?« Gelangweilt zuckte Anna mit den Schultern. Franziska kaute weiter ihren Kaugummi.

»Tja, ein Mangel an Inspiration ist eine Plage für angehende Künstler.« Die Klasse kicherte.

»Wie sieht es bei euch aus?«, fragte sie zwei Mädchen in der ersten Reihe.

»Etwas malen«, schlug eine von beiden schüchtern vor.

»Für welche Themen brennst du?«, fragte Margo ein rundliches Mädchen. Das war doch diese Kleine, Clara, der die Maiwald so zugesetzt hatte.

»Für den Klimawandel, viele von uns gehen auf die Straße. Wir sind in Helgoland besonders betroffen«, antwortete Clara.

»Sehr gut, ein Thema, für das ihr brennt. Wie ist das mit euch?«, forderte sie zwei bullige Jungmänner neben den Zwillingen heraus. Vermutlich die beiden mit den schnellen Fäusten.

»Jo«, antwortete der schmale Blonde.

»Fridays for future«, ergänzte sein muskelbepackter dunkelhaariger Nachbar und reckte die Hand zum Siegeszeichen.

»Und gegen den Plastikmüll«, meldete sich ein dritter Junge.

»Ist das hier ein Problem?«

»Das Meer ist eine Müllkippe. Die Vögel bauen sich schon ein Nest aus dem Dreck«, ereiferte sich das dicke Mädchen.

Margo nickte. »Das ist eine Schweinerei. Wie wäre es, wenn man den Verursachern den Spiegel vorhält?« Sie sah in die Runde, wo sie mittlerweile die ungeteilte Aufmerksamkeit erhielt.

»Genau richtig wäre das«, ereiferte sich der Junge in der letzten Reihe. »Aber wie bekommen die das überhaupt mit?«

»Ich habe da so eine Idee. Eigentlich wollte ich mit euch malen. Aber was haltet ihr davon, wenn wir den Plastikmüll einsammeln und zu Kunst verarbeiten?«

Es wurde laut im Raum. Margo setzte sich auf ihren Tisch, sie würde den jungen Menschen die Gelegenheit geben, die Idee zu diskutieren und dann zur Abstimmung zu stellen.

»Ich habe wirklich keine Lust, im Müll zu wühlen. Gute Bilder gibt das auch nicht«, protestierte eine der geschminkten Blondinen.

»Dann geht doch den Schulgarten pflegen«, schrie der Junge sie an. Margo forderte die Klasse zur Abstimmung auf. Hände hoben sich. 13 Kinder waren dafür, die Zwillinge dagegen.

»Was könnt ihr denn gut?«, fragte Margo.

»Schminken und auf *Instagram* posieren«, schrie ein Junge, und einige lachten.

»Wie viele Follower habt ihr beiden?«, wollte Margo wissen.

»Aktuell sind es 12.000«, antwortete ein Zwilling.

»Das ist doch eine Basis. Ihr könntet unsere Aktion auf einem eigenen *Instagram*-Kanal und auf eurer Seite begleiten. Dann macht ihr Werbung für eine gute Sache«, schlug Margo ihnen vor.

Anna oder Franziska nickten. »Warum nicht.«

»Wie wäre es, wenn ihr euch geeignete Kleidung holt, große Tragetaschen mitbringt und wir uns in einer Stunde wieder hier treffen?«, schlug Margo vor. Ihr Blick fiel auf einen blonden Jungen, der blass aussah und in sich gekehrt an der Seite saß. Das musste Eibe sein. Als die anderen aufgesprungen waren, blieb er an seinem Platz. Margo ging auf ihn zu.

»Ich habe vom Verschwinden deiner Mutter gehört. Es tut mir sehr leid. Du musst dich nicht an der Aktion beteiligen.«

Er nickte und schluckte. »Danke, ich möchte nicht alleine sein. Aber ich würde die Klasse gerne begleiten. Sonst denke ich die ganze Zeit an Mama.«

»Du bist herzlich willkommen, so viel mitzumachen, wie du magst. Wenn du reden möchtest oder Hilfe brauchst, sag jederzeit Bescheid, Eibe.«

Sie ging zur Ferienwohnung, um sich etwas anderes anzuziehen. Sie klopfte an die Tür, es bellte. Verschlafen öffnete Rike von Menkendorf. »Wie spät ist es?«

»Es ist 11 Uhr. Wie war die Nacht?«, antwortete Margo und trat ein.

Rike nahm auf einem Hocker vor der Kaffeemaschine Platz. Sie schob eine Tasse unter den Automaten und drückte auf den Knopf. Sie nahm einen kräftigen Schluck, bevor sie antwortete. »Ein Albtraum!«

»Ist der Kaffee schlecht?«

Sie schüttelte müde den Kopf. »Die Nacht. Wir haben sie gefunden.«

Für Margo sprach sie in Rätseln. »Die Vögel? War das nicht so geplant?«

»Die Tote haben wir gefunden.«

Margo dachte an den Jungen, mit dem sie gesprochen hatte. »Wann benachrichtigen sie die Angehörigen? Der Junge ist in meinem Projekt. Er weiß nichts davon.«

»Auch einen?«, bot die Kommissarin an, nachdem sie ihren Kaffee geleert hatte.

»Gerne doch.«

Sie holte eine weitere Tasse und zapfte einen Espresso. Margo schlürfte genießerisch in kleinen Schlückchen.

»Wir haben sie nicht identifiziert. Der Zustand ist nach Tierfraß nicht gut, da muss absolute Sicherheit sein. Die Inselpolizei entscheidet, wann sie das bekannt gibt. Harry Kruss ermittelt«, erklärte die Menkendorf.

»Dann werden wir in dem Projekt nicht mehr gebraucht?«, fragte Margo. Die nächsten Veranstaltungen in Cuxhaven standen bevor, doch die Idee der Jugendlichen, Kunst aus Müll zu schaffen, reizte sie.

»Ganz im Gegenteil«, widersprach ihr Rike. »Die Kollegen brauchen Unterstützung. Sie wissen momentan genauso wenig wie vorher. War es Mord, Suizid oder ein Unfall. Es wird eine Obduktion geben.«

Margo sah auf die Uhr, sie musste sich umziehen und zur Schule zurückeilen. Sie suchte die einzige Jeans heraus und Schuhe, die einen etwas flacheren Absatz hatten. »Ich bin dann mal weg, einen schönen Tag«, sie ließ die Tür hinter sich zufallen.

Ihre Schützlinge trafen vollzählig vor dem Gebäude ein, gerüstet mit Gummistiefeln, Keschern und großen Plastiktüten. Die Zwillinge waren mit glänzenden Daunenjäckchen und hochhackigen Stiefeln herausgeputzt wie zwei Zirkuspferde, eine der beiden trug eine imposante Kamera mit Teleobjektiv um den Hals. »Damit können wir in der Ferne fotografieren.«

Margo bat die Schüler, näher heranzukommen. Sie wusste nicht einmal, wohin sie gehen sollten. »Wo befindet sich der angeschwemmte Müll, und wie kommen wir dahin?«, fragte sie in die Runde.

»Am besten, wir umrunden die Insel und die Düne einmal komplett«, schlug ein Rothaariger vor. »Im Norden ist es besonders schlimm, viele Nester der Basstölpel bestehen aus Plastik«, sagte der Junge, der Roy hieß.

»Na dann, auf geht es.«

Margo bat den Jugendlichen, sie dorthin zu führen, und die Gruppe folgte. Er lief bergab bis zur steinernen roten Mauer in der Straße Falm, der Begrenzung des Oberlandes. Die gesamte Insel lag unter ihnen. Er zeigte auf die rechte Seite vom Hafen. »Dort müssen wir anfangen.«

»Einverstanden. Auf die Plätze, fertig, los«, gab Margo den Startschuss.

»Fahrstuhl oder Treppe?«, fragten die Jungs.

»Treppe«, entschied Margo. Denn in den Aufzug hätten nicht alle hineingepasst, es wäre ein längeres Unterfangen geworden. Sie liefen die Stufen hinab.

Die Jugendlichen quasselten wild durcheinander und stoben bald auseinander. Zum Glück waren es keine kleinen Kinder, die sich verlaufen konnten. Am Ende des Zugs sah sie Eibe und Clara.

»Du führst die Klasse dahin?«, bat sie den Jungen, der Roy hieß. Sie selbst wollte das Schlusslicht sein und sich mit dem ungleichen Pärchen unterhalten.

Sie wartete auf die beiden. Clara strömten die Tränen aus den Augen, ihr Mund zitterte, sie schluchzte verzweifelt. Eibe hatte tröstend den Arm um sie gelegt.

»Was hast du?«, fragte Margo.

Clara weinte weiter. »Ich hatte so einen Streit mit Frau Maiwald. Der Mutter von Eibe.«

»Warum habt ihr gestritten?«

»Sie will nicht, dass ich mit Eibe zusammen bin. Nicht gut genug für ihren Sohn. Weil ich fett bin. Und meine Mutter und sie hassen sich.« Ihre Stimme war kaum hörbar.

Sie warf einen Blick zu ihrem Freund.

»Ich habe es ihm gesagt. Er hält zu mir.« Der Junge nickte.

»Ja, und du hast dich gewehrt?«

Clara zuckte mit den Schultern. »Früher habe ich mich nicht getraut. Aber jetzt bin ich stärker.« Das sagte sie fast trotzig.

»Ich habe ihr gesagt, dass sie ihre Sprüche für sich behalten soll.« Er legte behutsam den Arm um seine Freundin. Sie wandte sich ihm zu. »Ich wollte nicht, dass sie verschwindet.«

»Das war nicht fair von Mama. Aber sie hat das Beste für mich gewollt«, stimmte der Junge ihr zu.

»Mehr war da nicht?«, fragte Margo das Mädchen.

Clara hatte in ein Taschentuch geschnäuzt, das sie ihr gereicht hatte. Sie wischte die Tränen weg.

»Sie haben die Gerüchte gehört von den Zicken. Dass ich sie geschubst habe? Tsss, typisch!«

Verängstigt wirkte Clara nicht. Auch wenn sie die Frage nicht direkt beantwortet hatte. Margo bohrte nicht weiter nach, sie hatte fünf Tage Zeit und wollte das Vertrauen der Jugendlichen nicht verlieren.

KAPITEL 19

Sie schloss die Haustür auf und schrak zurück. Vor ihrer Tür, im Treppenhaus, saß eine Gestalt im Dunkeln. Wirre Gedanken schossen ihr durch den Kopf. Was, wenn es jemand auf sie abgesehen hatte? Hier mordete, um ihr eine Falle zu stellen? Und jetzt griff er sie persönlich an. Nicht einmal eine Waffe hatte sie dabei. Sie nahm ihren Schlüssel in die Faust, sodass er einen Schlag verstärken würde. Dann drückte sie auf den Lichtschalter.

»Entschuldigung, dass ich Sie so überfalle.« Die Person war aufgestanden, eine Frau in den 60ern mit blondiertem Pagenschnitt, die einen rosafarbenen Hosenanzug und eine weiße Bluse trug. Sie hatte sie nie zuvor gesehen. »Meuren, ich bin die Vermieterin der Wohnung.«

»Ist etwas mit der Wohnung nicht in Ordnung?« Warum wartete die Eigentümerin um 3 Uhr morgens vor der Ferienwohnung? Prinz galt ihr erster Gedanke. War ihrem Hund etwas passiert? Gab es Beschwerden, weil er gebellt hatte?

Die Frau war aufgestanden und einen Schritt zurückgetreten, sodass Rike aufschließen konnte. Prinz kam schwanzwedelnd auf sie zugestürmt und bellte glücklich. Nachdem er die Nacht ohne sie verbracht hatte, hoffte er auf eine Gassirunde. Die Frau kam zum ungünstigsten Zeitpunkt hier hereingeplatzt.

»Mit der Wohnung gibt es kein Problem. Es ist privat. Es geht um meinen Mann.«

Rike deutete auf Prinz. »Sie entschuldigen mich. Er muss dringend kurz nach draußen. Ich habe die ganze Nacht gearbeitet. Wie wäre es, wenn wir uns am Nachmittag treffen?« Die Dame nickte und entschuldigte sich. »Das war eine ganz blöde Idee. Entschuldigen Sie die Störung.« Sie sah enttäuscht aus. Rike ließ Prinz zum nächsten Baum laufen und wartete, bis er fertig war. In der Wohnung trank sie ein Glas Wasser, bevor sie völlig erschöpft in ihr Bett sank und in einen traumlosen Schlaf fiel.

Ein gewaltiges finsteres Wolkengebilde hing über der gelb leuchtenden Düne mit ihrer Lagune, als sie aufwachte. Rike betrachtete das nahende Unwetter von ihrem Panoramafenster aus. Die schwarzen Dächer vom Unterland verschluckte der Nebel im Zeitraffertempo. Die feuchte Luft hüllte die Haut mit einer feinen Tröpfchenschicht ein.

Prinz hatte keine Lust auf eine Tour. Aus der Wohnung war er nur ein paar Meter bis zur Ecke gegangen und hatte sich danach auf den Fußabtreter gelegt. Da sie ihn nicht zum Strand tragen wollte, hatte sie nachgeben. Er verkroch sich unter dem Tisch. Auch Rike verzichtete lieber auf die Joggingrunde. Warum nicht kurz bei Harry anrufen, wie die Dinge liefen?

»Wie gut, dass du dich meldest. Ich habe grünes Licht für die Obduktion vom Staatsanwalt. Am liebsten hätte ich dich dabei«, sagte er.

»Wann soll es denn losgehen? Ich möchte ungern meinen Dienst für *Helgonatur* absagen.«

Einerseits war sie gespannt, was der Vermissten geschehen war. Andererseits wollte sie ihren Inselaufenthalt nutzen, um über ihre Zukunft nachzudenken und Abstand von ihrem Job zu gewinnen.

»Das schaffst du. Wenn das Wetter mitspielt, kommt der Gerichtsmediziner in Kürze an«, entgegnete Harry. »Ich kann dich ja abholen.«

Aber diesen kleinen Fußweg wollte sie zumindest zurücklegen, nachdem sie ihre Joggingrunde hatte ausfallen lassen. Auf dem Weg würde sie bei ihrer Vermieterin vorbeischauen.

»Soll ich mit deinem Chef reden?«, fragte Harry.

»Wie? Mit Kanter? Das lass mal lieber sein.« Sie hatte gute Gründe, eine Pause einzulegen – und ihr Vorgesetzter war der Letzte, von dem sie in der Zwischenzeit hören wollte.

Das Haus ihrer Vermieterin befand sich in der Nähe des Fahrstuhls zum Unterland. Neben dem Café entdeckte sie die Klingel. Niemand reagierte. Vielleicht war die Dame unterwegs. Sie wartete einen Moment, ging dann in westlicher Richtung zum Mittelland und suchte das Krankenhaus. Das war der Teil der Insel, der nach dem Big Bang, den Sprengungen durch die Briten, entstanden war und aus Trümmern von Fels und Häusern bestand. Eine Treppe führte hinunter zum Klinikum.

Das Zeichen des Roten Kreuzes auf dem Dach war ihr von oben aufgefallen. Die Inselpolizisten warteten an der Pforte auf sie. Eine etwa 30-jährige dunkelhaarige Frau kam außer Atem durch die Tür.

»Ich bin Doktor Arzu Mutlu«, stellte sie sich vor. »Die Gerichtsmedizinerin«, präzisierte sie. Die beiden Kollegen starrten sie an.

»Ehe Sie die Frage stellen. Nein, ich bin Deutsche. Hier geboren und aufgewachsen, meine Großeltern kamen aus der Türkei. Und ich bin nicht im Ghetto groß geworden, sondern in Blankenese.« Sie grinste zufrieden.

Rike gefiel diese Schlagfertigkeit.

»Doktor Dippold lässt Sie herzlich grüßen«, wandte sie sich an Friederike.

»Woher weiß er denn, dass ich dabei bin?«, wollte Rike

wissen. Harry machte ein unschuldiges Gesicht. »Ich habe nichts ausgeplaudert.«

»Hatten Sie ihm nicht etwas von einem Vogelprojekt erzählt? Er schwärmt seit Wochen davon«, berichtete die Gerichtsmedizinerin.

Die Gruppe setzte sich in Bewegung, die Polizisten gingen voran und fuhren mit dem Aufzug in den Keller.

Ein Krankenpfleger hatte die Leiche auf den Sektionstisch gelegt und Instrumente vorbereitet. Doktor Mutlu zog sich um, Rike betrachtete derweil die Überreste.

»Dann wollen wir mal.« Doktor Mutlu war im weißen Kittel zu ihr getreten, zog die Gummihandschuhe an und begann mit der äußerlichen Begutachtung der Leiche. Rike hatte am Anfang manchmal Albträume von Wasserleichen, der Anblick war alles andere als appetitlich.

Nicht nur, dass die Augenhöhlen leer waren, auch die Lippen, die Brüste und Genitalien fehlten, die Fingerspitzen wirkten wie ausgefranst. Die Gesichtshaut lag in Fetzen. Der Körper hatte eine blasse Färbung wie Wachs und verströmte einen süßlichen Verwesungsgeruch, Fäulnisgase hatte den Bauch aufgebläht.

Harry hielt sich im Hintergrund, seine Kollegin war auf Abstand gegangen und hatte sich neben dem offenen Fenster positioniert.

»Sie suchen eine Frau, oder?« Mutlu hatte die Leiche einmal abgeschritten und drehte sich zu ihr.

Rike nickte. »Ja, Caroline Maiwald, 45 Jahre. Könnte das hinkommen?«

»Das hier war mit Sicherheit keine Caroline, sondern ein Carol.« Doktor Mutlu war mit der Hand beschäftigt, die weitgehend skelettiert war, die vorderen Fingerglieder fehlten zum Teil.

Sie betrachtete die Hand, drehte diese hin und her, besah beide Seiten und maß die vollständigen Finger. Dann nickte sie. »Ein Carol.«

Harry war ebenso überrascht wie sie.

»Ein Mann? Sind Sie sicher?«

Die Gerichtsmedizinerin bat sie an den Tisch. »Er ist zierlich. Aber schauen sie sich mal die Hände an, die gehörten zu keiner Frau.«

»Tut mir leid, dass es nicht in Ihre Ermittlungsergebnisse passt«, Mutlu nahm einen Ring ab und legte ihn in einem Metallbehältnis ab. Sie hatte kurz hineingesehen, aber den Kopf geschüttelt. Es gab keine Inschrift in dem schlichten Goldreif.

Madeleine stand neben dem Fenster, das sie öffnete. Die Gerichtsmedizinerin hatte die Körperöffnungen kontrolliert und sah zu Harry. »Könnten Sie bitte mal mit anfassen?«

Er positionierte sich an den Füßen und half, den Unbekannten zu drehen. Sie nahm die Rückseite in Augenschein. Sie nickte als Zeichen für die Umlagerung auf den Rücken.

Dann begann sie, den Brustkorb zu öffnen und die Organe zu entnehmen und auf die Waage zu legen. Die Absätze von Madeleine klackten auf dem Betonboden, sie war leichenblass und verließ eilig den Raum.

Harry hielt sich tapfer. »Es ist ihre erste Obduktion«, entschuldigte er seine junge Kollegin.

»Hypertone Lunge«, murmelte sie.

»Was bedeutet das?«, fragte Rike.

Sie hielt ihr ein pralles Organ vor die Nase. »Sehen Sie, wie aufgebläht die Atemorgane sind? Typisches Zeichen für Ertrinken im Salzwasser. Hier sehe ich auch Kieselalgen. Die Badewanne scheidet also aus.«

»Dann können Sie den Zeitpunkt eingrenzen?«

»Nicht wirklich, da muss ich weitere Untersuchungen durchführen. Die Fettwachsbildung spricht dafür, dass er schon einige Zeit in der Nordsee lag. Genaue Angaben sind schwierig, das ist dann Ihr Part. Es sieht nach einem Tod durch Ertrinken aus.«

Sie fuhr mit den inneren Organen fort. »In den Bronchien ist auch Wasser. Sehen wir uns doch mal den Magen an.« Behutsam schnitt sie das Organ nach dem Wiegen auf. Selbst Rike hatte wegen des Geruchs allmählich genug gesehen.

»Ach hier, sehen Sie mal. Die typische Schichtung tritt beim Ertrinken auf. Oben befindet sich Schaum, dann Wasser und darunter.« Sie ging näher heran und stocherte mit einem Spatel in der Substanz, roch und runzelte die Stirn. »Meeresfrüchte, ich vermute Austern. Das war seine letzte Mahlzeit.« Sie nahm eine Probe, um das zu untersuchen.

»Gibt es noch irgendetwas, um die Identität herauszufinden?«, fragte Harry.

»Nichts Auffälliges, keine Tattoos oder weitere Schmuckstücke. Vielleicht finden Sie heraus, wo der Tote vor seinem Ableben Austern gegessen hat.«

Rike überlegte, ob diese Erkenntnis sie einer Identifizierung näherbringen würde.

»Vermisst ihr einen Mann?«, fragte sie. Er schüttelte den Kopf.

»Habt ihr schon in den Vermisstenmeldungen nachgesehen? Notfalls könnte man einen DNA-Abgleich vornehmen«, empfahl Rike.

»Die nehmen wir uns jetzt vor, wir hatten ja eine andere Hypothese«, sagte Harry. Als Mutlu nach ihnen aus der Tür der Klinik trat, öffnete er die Beifahrertür seines Wagens.

»Darf ich Sie mit meinem blau-weißen Flitzer zum Schiff begleiten?«, bot er an. Er konnte nicht anders, dachte sich Rike.

»Diesen Moment Helgoländer Luft möchte ich mir nicht entgehen lassen«, bedankte sich die Gerichtsmedizinerin. »Den Bericht brauchen Sie ja spätestens vorgestern, oder?«

Rike nickte. »Wie immer!«

KAPITEL 20

Der Moment schien günstig. Die *MS Nordsee* lag sicher vertäut am Kai des Helgoländer Hafens. Sein Freund Kornelius war im Büro verschwunden, die meisten anderen mit dem Aufräumen beschäftigt. Niemand war zu sehen. Er huschte möglichst unauffällig zum Ausgang und verließ das Schiff. Auf dem Anleger marschierten die Kolonnen der Tagestouristen, er tauchte in die Menge ein. Meist spazierten die Besucher eine Runde über die Insel und kehrten dann im Restaurant ein, gute Läufer besuchten die Vogelkolonien auf den roten Felsen. Praktischerweise konnte er dem Strom durch den Hafen bis zum *Hotel Atlantik* folgen. Dort fand sein Treffen statt, vorher brauchte er dringend eine Stärkung. Sonst fühlte er sich dem Gespräch nicht gewachsen. Das Mittel gab ihm Kraft, leider hielt die Wirkung nicht lange an. Er hatte zum Glück Zeit bis zu seinem Termin.

An dem Tag hatte er nicht wieder den Fehler begangen, eine zu geringe Dosis einzuplanen. Langsam sammelte er Erfahrungen, konnte damit umgehen. Es machte ihn stärker, nur vorübergehend. Dann würde er die Sache zu Ende bringen. Auf der Hinreise mit der *MS Nordsee* war er in Bestform gewesen, wacher, schneller, selbstbewusster. Nie waren seine Sinne so geschärft, seine Gedanken so klar. Mit dem Stoff konnte er endlich die beste Version seiner selbst sein, das Potenzial entfalten. Der Effekt hielt nicht bis zum Ende der Anreise nach Helgoland an. Ausgerechnet bei dem komplexen Anlegemanöver am Vortag hatte er sich fiebrig gefühlt, kämpfte mit Schwindel, sein Magen rebellierte.

Niemals wollte er mit so einem Mittel etwas zu tun haben, doch die Situation erforderte es. Schnellen Schrittes lief er auf das Hotel zu, nahm den Nebeneingang, ging über die Treppe in den Wellnessbereich. Zum Glück stand niemand am Einlass. Er könnte ungehindert sein Mittel einnehmen. Als er nach dem kleinen Tütchen suchte, hörte er seinen Namen. Er entdeckte den Kolumbianer im Trainingsbereich.

»Mein Freund«, rief John von Weitem. Er hatte Sportkleidung an, ein Handtuch um den Hals und trat auf einem der Spinningräder in die Pedale. »Ich habe einen Rekord zu schlagen.« Michael überlegte, wo er den Stoff unbemerkt einnehmen konnte. Die Sporträume waren leer, das Hotel beherbergte vor allem Mitarbeiter der umliegenden Windparks, die vermutlich tagsüber an den Anlagen arbeiteten.

Michael setzte sich an die Sportbar, bestellte sich einen Proteindrink auf Johns Kundenkonto. Ein Krampf erfasste seinen Magen, er bekam schwitzige Hände.

»Muss ich mir Sorgen machen? Immer schön vorsichtig mit dem Geschenk umgehen, ja?« Der Kolumbianer hatte sich neben ihn auf einen Hocker geschwungen, wischte sich die Stirn und beobachtete ihn. Er trank ein alkoholfreies Weizen. Er hatte nie verstanden, warum man eine solche Abwaschbrühe in sich hineinkippte. Aber das passte zu John. Er war schon als Kind ein undurchschaubarer Taktierer. Nach dem Heim hatten sie sich aus den Augen verloren. Sein damaliger Leidensgenosse hatte ihn Jahre später angerufen, als er im Norden auf der Durchreise war.

»Hast du nicht mal Medizin studiert?« Er hatte keine Ahnung, wieso sein früherer Zimmernachbar in diese dunklen Geschäfte hineingeraten konnte.

»Habe ich und kann dir auch deshalb nur raten, vorsichtig zu sein mit dem Zeug!«

»Das sagst ausgerechnet du. Wie bist du bloß in eine solche Scheiße reingeraten?«, blaffte er ihn an und kippte den Rest des pappigen Getränks hinunter.

»Psst«, mit einer Handbewegung bat John ihn, seinen Ton zu dämpfen.

Der Kellner kam mit einem weiteren Hefeweizen, John stürzte das halbe Glas hinunter, als sei er kurz vor dem Verdursten. »Lass uns mal auf die Dachterrasse gehen.«

»Meine Pause ist auch nicht endlos lang!«, protestierte er lahm und folgte nach oben. Diese Lage oberhalb des Hafens würde Touristen vermutlich ein Jauchzen entlocken. Für ihn war es praktisch, denn er hatte das Schiff im Blick und sah, falls sich jemand von seiner Besatzung näherte.

»Du hast deine Sache gut gemacht. Hier hast du noch eine Portion für dich«, John entnahm seiner Sporttasche ein schwarz abgeklebtes Paket, das genauso aussah wie das vor einer Woche. »Meine Auftraggeber wollen den Transportweg ausbauen. Wir müssen die Menge verdoppeln«, erklärte er.

Michael stöhnte, seine Magenschmerzen waren kaum noch zu ertragen. Schweiß lief ihm die Stirn hinunter. Bisher hatte er die Transporte unauffällig in einer Fahrt bewältigen können, doch eine größere Menge würde er nicht alleine an und von Bord schmuggeln können.

»Wie soll das denn gehen? Kannst du mich einfach da rauslassen? Ich gebe dir Informationen über Schiffe, Kontakte. Aber lass mich in Ruhe damit!«

John schüttelte lächelnd den Kopf. »Das bekommst du hin, mein Freund. Ich habe keinen anderen, der hier auf einem Schiff mitreist.«

Er überlegte fieberhaft. Warum hatte sein damaliger Mitbewohner seinen Karriereweg bloß aufgegeben? Wie konnte er ihn von seinem Vorhaben abbringen?

»Mensch, Kumpel. Du spielst mit der Gefahr, warum machst du nicht in irgendeinem Kaff eine Praxis auf? Eine Gelddruckmaschine, die dich nicht ins Gefängnis bringt.«

»Ich habe meine Gründe. Muchacho! Die haben meine Familie.«

In dem Moment kam jemand die Treppe hinauf. »Hallo, du auch hier. Na, so ein Zufall!«

Kornelius kam auf sie zu. Der musste ihm unauffällig gefolgt sein. Michael stand schreckensstarr am Geländer, jetzt hatte er ihn. Langsam kam der Kapitän auf sie zu. Er starrte seinen alten Bekannten an, dann gab er ihm die Hand.

»Kornelius Nymann«, stellte er sich vor. »Die Freunde meiner Freunde sind auch meine.«

John schüttelte die angebotene Rechte. »Angenehm«, murmelte er.

»Mit wem habe ich denn das Vergnügen?«, hakte er nach.
»John ist mein Name. Ein Freund aus Kindertagen.« Er wirkte ganz und gar nicht beeindruckt vom Kapitän, er war schon immer eloquent und hätte es weit bringen können.

»Lange Freundschaften sind das Beste, was einem passieren kann«, philosophierte Kornelius fast provozierend. Sein Unterton verriet, dass er kein Wort geglaubt hatte.

Michael saß wie auf heißen Kohlen. Niemand außer seinen Eltern und seiner Schwester kannten seine Vorgeschichte. Als ehemaliges Heimkind hätte er keine Chance, jemals Kapitän zu werden, nicht einmal Erster Offizier.

»Kommen Sie auch aus Cuxhaven?« Kornelius schien sich an ihm festzubeißen. Nicht dass er sich verplapperte.

»John wollte zu einem Meeting«, unterbrach Michael die Befragung und sah den Kolumbianer auffordernd an. Zum Glück nickte dieser und verabschiedete sich kurz.

»Wie schade, ich hätte das Gespräch gerne fortgesetzt«, erklärte Kornelius.

Schweigend liefen sie zur *MS Nordsee* zurück. Er spürte die misstrauischen Blicke von der Seite. »Kommst du bitte in mein Büro?«, bat ihn sein Freund und Boss.

Er bog zur Toilette ab, dort übergab er sich. Er fühlte sich dem Verhör nicht gewachsen. Seine Gedanken rasten wie Raketen durch den Kopf, unmöglich, sie aufzuhalten. Immer wenn eine Erkenntnis sein Bewusstsein querte, verflüchtigte sie sich wieder. In dem Moment brauchte er die Stärkung. Er war nicht abhängig, er könnte jederzeit aufhören. Er würde die Worte abwägen, aber dazu war er im aktuellen Zustand kaum fähig. Mit seiner kleinbürgerlichen Vergangenheit und seiner Reedergattin hatte Kornelius keine Ahnung, was es für ein Heimkind bedeutete, sich hochzuarbeiten.

Er fühlte sich nach der Einnahme besser und steuerte auf das Büro zu. Was wusste der Kapitän? Wie lange war er ihm gefolgt und was hatte er gehört?

Der Freund sah ihn grimmig an, als er eintrat.

»Du wolltest mich sprechen?«

Kornelius zeigte mit einer Handbewegung auf die Sitzgruppe. Er saß auf dem Sofa, Michael nahm ihm gegenüber auf einem Stuhl Platz. Er spielte mit den Bonbons aus der Schale auf dem Tisch.

»Möchtest du mir etwas sagen?« Er saß kerzengerade und sah ihm direkt in die Augen.

Kurz überdachte Michael seine Möglichkeiten. Alles von Anfang an berichten, dann könnten sie gemeinsam über einen Ausweg beraten. Doch sah der andere einen Konkurrenten in ihm. Michael war immer der Klassenbeste, hatte Kornelius abschreiben lassen, ihn auf alle Tests vorbereitet. Wenn der redete, hätte der andere ihn in der Hand, ein weiterer Mitwisser, der seine Vergangenheit kannte.

Er schüttelte den Kopf. »Nein, was denn?«

»Du gehst mir seit Wochen aus dem Weg«, der Tonfall war vorwurfsvoll. Vielleicht hatte er nicht eins und eins zusammengezählt.

Michael schüttelte den Kopf: »Wie kommst du darauf? Ich habe andere Freunde, darf ich das nicht?« Angriff schien ihm die beste Verteidigung.

»Mensch, Junge. Halte mich nicht für blöd. Du nimmst irgendein Zeug ein, ich sehe doch, wie es dir geht. Und auf Helgoland triffst du deinen Dealer, oder was?«

Er überlegte fieberhaft. Was würde passieren, wenn er die Wahrheit sagen würde? Dann wäre er seinen Job los. Kein Freund der Welt konnte einen drogensüchtigen Ersten Offizier schützen. Am besten, Zeit gewinnen und nachdenken.

»So ein Quatsch. Ich kenne John seit über 20 Jahren. Der ist angehender Arzt. Immer diese Vorurteile«, protestierte er und setzte einen empörten Ausdruck auf.

Das Klingeln des Telefons rettete ihn. Kornelius warf einen Blick auf den Bildschirm.

»Der Alte«, sagte er und nahm ab. »Wir sprechen uns später.«

Michael atmete auf und eilte aus dem Raum an Deck. Er lehnte sich über die Reling und sah aufs Wasser. An nichts denken außer an die Farbe des Meeres. Das war seine Meditation. Sein Job erforderte Konzentration. Zu Hause konnte er darüber sinnieren, wie er dieses Schlamassel lösen würde.

»Probleme?«, säuselte Yasmina neben ihm. Sie hatte sich an ihn geschmiegt und den Kopf auf seine Schulter gelegt. Er schob sie weg. Dann kam ihm ein Gedanke. Das würde seine Haut retten! Einmal würde sie sich als nützlich erweisen.

KAPITEL 21

Margo hatte ihre Klasse aus den Augen verloren, die Jugendlichen waren so weit vorausgelaufen, dass sie keinen Blickkontakt mehr hatte. Sie war froh, mit Clara und Eibe ins

Gespräch zu kommen. Sie waren am Ende des Lung Wai angekommen. Da die Schiffe die Insel mit ihren Passagieren geflutet hatten, wimmelte es vor Menschen. Familien, ältere Ehepaare und angesäuselte Männergruppen flanierten über die Inselhauptstraße, bepackt mit Tüten der zollfrei ergatterten Waren.

»Wir müssen nach rechts und ganz bis zum Ende«, Clara deutete in Richtung der Hummerbuden.

Sie sah die Gruppe weit vor sich und beeilte sich, um hinterherzukommen. Am Abzweig zum Kringel, der sich mitten in der Reihe der bunten Holzhäuser befand, warteten sie.

In einem Pulk standen sie herum, es ging laut her und Schüler schubsten sich und drängelten.

»Da sind wir«, meldete sich Margo. »Ich schlage vor, wir suchen die Westküste ab und kehren zurück, wenn wir genug eingesammelt haben.« Sie versuchte, gegen den Lärm anzuschreien. Dann klatschte sie in die Hände, um sich Gehör zu verschaffen. Glücklicherweise funktionierte es.

»Bei der Langen Anna bleibt Müll an den Felsen hängen, das kann für die Jungvögel tödlich sein«, erklärte Eibe.

»Okay, dann suchen wir bis dahin. Lasst uns beginnen.« Sie ging voran bis zu einem Eisentor. Fachkundig öffnete Clara den nicht abgeschlossenen Eingang. Dahinter befand sich ein asphaltierter Weg, der unter den Felsen um die Insel verlief. Betonteile und eine Mauer schützten das Ufer vor der Brandung.

»Da müssen wir suchen. Stellt euch am besten mit fünf Metern Abstand auf und geht dann langsam nach vorne ans Wasser«, schlug sie vor.

Erleichtert sah sie, dass die Schüler diszipliniert ihrer Anweisung folgten. Sie stellten sich am Ufer auf und gingen auf die Suche nach Abfällen. Sie beobachtete die Reihe, die langsam auf das Wasser vorrückte, dann schloss sie sich ihnen an.

Margo fand einen Plastikschuh und eine verwitterte Woolworth-Tasche. Sie sah, wie die Schüler Plastikspielzeug, Feuerzeuge, Holzreste und Drahtzaunteile aus dem Wasser in ihre Tüten beförderten. Die meisten waren konzentriert bei der Sache, stocherten mit ihren Käschern oder Stöcken herum.

Das Wetter war ideal für ihre Reinigungsaktion, die Sonne strahlte, ein laues Lüftchen wehte. In dunklem Rot leuchteten die Felsen hinter ihnen. Die Schüler hatten ihre Bereiche abgesammelt und waren auf ein weiteres Küstenstück vorgerückt. Sie kamen an den Felsklippen an und mussten dort über einzelne Steine kraxeln.

Anna und Franziska, die Zwillinge, trugen zur Müllsammelaktion ein perfektes Make-up, glänzende Jäckchen und elegante Stiefel. Sie filmten sich im Wechsel und gelegentlich die Gruppe. Sie waren vorangegangen, um die Ankunft der Schüler aufzunehmen.

Ein hoher gellender Schrei fuhr Margo durch das Mark. »Bitte alle stehen bleiben!« So schnell sie konnte, kletterte sie an den Jugendlichen vorbei, um zu sehen, woher der Schrei gekommen war. Franziska stand gebeugt und hielt sich den Magen, dann erbrach sie sich. Anna hatte schützend ihre Hand um sie gelegt. »Habt ihr so geschrien? Was ist denn los?«

Anna zeigte ins Wasser vor ihnen. Da sah sie es. Eine Hand! Margo erschrak, und ihr Gehirn arbeitete fieberhaft. Auf keinen Fall durfte Eibe das zu Gesicht bekommen.

»Das bleibt unser Geheimnis«, schärfte sie den Mädchen ein. Dann rief sie die Truppe in sicherer Entfernung zusammen. »Wir beenden unseren heutigen Einsatz und bringen unsere Funde in die Schule.«

»Wer hat denn so geschrien?«, wollte ein Junge wissen.

»Das war nur ein Seeigel. Franziska ist es übel«, sagte Margo.

Die Schüler murrten, schlossen sich ihr aber widerstandslos an. Mit Anna, die der Fund nicht weiter beeindruckt hatte, hakte sie deren Zwillingsschwester unter. »Kann dich jemand abholen kommen?«

Die Jugendliche schüttelte den Kopf.

»Ich passe auf sie auf.«

Franziska nickte mit angestrengtem Lächeln.

»Es geht schon wieder, danke.« Margo ging mit Clara und Eibe hinter den anderen her, um ihn von dem Fund abzulenken. Sie wusste, dass ihn das zutiefst traumatisiert hätte.

»Wie kam es eigentlich, dass Frau Maiwald mit eurer Klasse unterwegs war?«

»Unsere Klassenlehrerin war krank, eine andere Vertretung gab es nicht«, sagte Clara. Anna und Franziska waren stehen geblieben, sodass sie den letzten Satz gehört haben mussten.

»Du freust dich doch, dass sie verschwunden ist. Wo sie dich so beschimpft hat!«, warf Anna dem jungen Mädchen an den Kopf.

»Oder hast du sie von Bord gestoßen? Du warst nicht im Raum, als sie verschwand«, zischte Franziska, die sich erstaunlich schnell erholt hatte. Clara war blass geworden, schluckte, schwieg aber.

»Mach dir nichts draus«, tröstete Eibe. Er hatte liebevoll Claras Hand genommen.

Sie würde Clara nach dem Alibi fragen, auch wenn sie nicht glaubte, dass diese der Frau etwas getan hatte. Aber jetzt musste sie dringend die Menkendorf verständigen, sie hatte die Koordinaten des Funds eingespeichert. Wie schrecklich, dass sie ausgerechnet mit den Kindern die Überreste entdeckt hatte. Sie erreichte die Kommissarin.

»Wo war das genau?«, fragte diese. Sie schickte das Bild, das sie schnell gemacht hatte, und den Standort. »Noch irgendetwas in der Umgebung entdeckt?«

Margo verneinte: »Für heute reicht es.«

KAPITEL 22

Die Vermisstenmeldungen hatten bislang kein Ergebnis gebracht. Rike war mit Prinz am Wanderweg entlang gejoggt und hatte die Runde über das Mittelland in den Hafen verlängert. Trotz der nächtlichen Arbeit fühlte sie sich voller Energie – und sie hatte Harry versprochen, auf einen Kaffee hineinzuschauen.

»Wir sind oben«, rief er, als sie die Polizeiwache betrat. Madeleine und er saßen am Besprechungstisch in Harrys Büro.

»Nichts, Nullkommagarnichts«, rief er, als sie mit ihrem Hund eintrat. »Keinen Hinweis auf die Identität des Toten, und auch keine Spur von Caroline Maiwald.«

»Wie immer?«, fragte er Rike, als er zur Kaffeemaschine ging. Sie nickte. Der köstliche Duft nach frisch gemahlenen Bohnen erfüllte den Raum. Er reichte ihr einen Cappuccino, auf den er ein Herz mit Pfeil geformt hatte.

Rike lächelte. Harry war unverbesserlich. Wenn er nicht so ein Schwerenöter wäre. Sie schloss die Augen und nippte.

»Wir sind die Vermisstenmeldungen durchgegangen, national. Eine Anfrage in der europäischen und der weltweiten Datenbank läuft. Der Tote kann ja von irgendeinem Schiff stammen«, ergänzte Madeleine, die gerade hinzu kam und sich neben Rike auf die Bürocouch fallen ließ.

»Auch von der *MS Nordsee*?«, wollte Rike wissen. Harry überlegte. »Das ist unwahrscheinlich. Allerdings ist es möglich, wenn starker Südwind die Strömung entsprechend verändert.«

In dem Moment klingelte das Telefon. Margo Valeska rief sie an und schien aufgelöst.

»Bitte nochmal ganz langsam«, bat Rike. »Eine Hand? Können Sie mir die Koordinaten senden?«

Harry war aufgesprungen. »Was zum Teufel?«

»Eine Hand wurde gefunden. Sie schickt mir die Koordinaten.« Ein Surren zeigte an, dass sie die Standortangabe erhalten hatte. Zudem kam ein Foto des Fundstücks an.

Harry sah sich beides an. »Dort kommt man nur zu Fuß hin. Begleitest du mich?« Rike ließ ihren Kaffee stehen und eilte mit ihm in Richtung zur westlichen Küste. Nach einer Viertelstunde Fußmarsch hatten sie den Küstenabschnitt erreicht, den Margo Valeska angegeben hatte.

Das Meer bildete eine glatte Fläche, sie schritten die Steine ab und schauten ins Wasser. Rikes Blick fiel auf einen markanten Felsen, der die Form einer riesigen Schildkröte hatte. Dieser ähnelte der Aufnahme, die sie bekommen hatte.

Sie bewegten sich dorthin und stellten sich direkt auf den Brocken.

Etwas Helles geriet in ihr Blickfeld. Sie zeigte nach unten. »Dort ist sie«, sagte Harry zeitgleich. »Eher klein, wie von einer Frau«, präzisierte er. Er beugte sich hinab, um das Fundstück näher zu untersuchen.

KAPITEL 23

Es war ein hässlicher Zweckbau aus der Nachkriegszeit. Grau und in der Form einer Schuhschachtel in einem Kreuzberger Gewerbegebiet. Sie hätte darin einen Handwerksbetrieb vermutet. Es war die Adresse der Kirchengemeinde, von der Birgit Leppiens Kollegin gesprochen hatte. Wenn man diese Religionsgemeinschaft denn so nennen sollte. Eine Aufschrift hatte die graue Fassade nicht. An der Hauswand prangte ein Männerkopf, der aus einer Wolke hinabsah. Es war das Symbol der Sekte.

Die kleine Schwester von Kevin wurde an ein Paar aus dieser Gruppe vermittelt, das war die einzige brauchbare Information. Birgit Leppien klingelte an dem Schild mit der Aufschrift »Büro«. Die kleine Kamera bewegte sich, die Anlage knisterte. »Sie wünschen«, ertönte eine Stimme aus der Gegensprechanlage.

»Darf ich reinkommen?«, bat sie, denn sie wollte das Thema ungern auf der Straße ansprechen.

Doch die Stimme schnarrte wieder:

»Worum geht es?«

Sie hatte keine andere Wahl, als ihr Anliegen mitten auf der Straße vorzutragen.

»Ich suche nach einem Mädchen, das von einem Paar hier aus der Gemeinschaft adoptiert wurde.«

Die Gegensprechanlage knarzte und knisterte, das Kameraauge war auf sie gerichtet. »Die gibt es hier nicht.«

»Kann ich reinkommen?«

Die Anlage knackte weiter, der Lautsprecher blieb stumm. Sie klingelte wieder. Keine Antwort. Am liebsten hätte sie gegen die Tür getreten. Es konnte doch nicht sein, dass ihr einziger Hinweis in einer Sackgasse endete. Sie drückte fest auf die Klingel. Das Ding-Dong hallte ohne Unterbrechung in die Räume.

Eine Frau in den 50ern mit einer schwarzen Jacke und einem langen dunklen Rock riss die Tür auf. Ihre Augen funktelten sie böse an.

»Was erlauben Sie sich?« Sie spie die Worte in ihre Richtung.

Birgit Leppien wiederholte ihr Ansinnen. »Ich suche zwei Kinder, die 1989 an Mitglieder vermittelt wurden. Kevin und Mandy. Kennen Sie die beiden?«

»Und wenn es so wäre. Das fällt unter Datenschutz. Verlassen Sie unser Gelände oder ich rufe die Polizei.« Die Dame sprach bedächtig und leise, doch sie hatte keine Zweifel, dass sie es ernst meinte. Sie trug ein Namensschild, auf dem sie den Namen »Pech« entdeckte.

Sie ging zurück zu ihrem Auto und setzte sich hinein und wartete. Vielleicht konnte sie jemanden befragen, der in das Gebäude ging. Es war heiß, sie hatte kein Getränk mitgenommen. Eine Stunde lang kam niemand in den Sektensitz.

Sie sah sich um. Das Haus stand an einer breiten Straße mit einer Grünanlage in der Mitte. Zwischen hohen Bäumen und Blumenbeeten führten Fußwege in beide Richtungen. Angeblich waren dies einmal die königlichen Reitwege durch die Stadt gewesen. Auf der gegenüberliegenden Seite jenseits des Grünzuges sah sie ein Café. Dort könnte sie die Wartezeit angenehmer verbringen und vielleicht etwas über die Gemeinschaft herausfinden.

»Bonjour, die Dame«, sagte eine lächelnde junge Frau mit französischem Akzent. Ein paar Strähnen hatten sich aus ihrem hochgesteckten Haar gelöst, sie trug ein elegantes blaues Wickelkleid und hochhackige Sandalen. »Wir haben eigentlich noch geschlossen, aber nehmen Sie gerne Platz.« Sie zeigte auf die Stühle auf dem Bürgersteig vor dem Etablissement. »Der Kuchen ist noch nicht fertig, ich kann Ihnen ein knuspriges Croissant und einen Café anbieten.«

Birgit Leppien nickte. Sie hatte sich so gesetzt, dass sie die Gemeinde im Blick hatte. Nach wie vor rührte sich nichts. Kurze Zeit darauf brachte die junge Frau ihre Bestellung. »Bon appétit«, wünschte sie ihr, dann fuhr sie fort, die Stühle aufzustellen, bunte Kissen zu platzieren, und kam mit Lappen und Eimer wieder. Sie säuberte einen Tisch nach dem anderen, bis sie am Nebentisch ankam. Birgit Leppien fragte die Betreiberin auf gut Glück:

»Wissen Sie, wann die in der Kirche ihre Veranstaltung haben, Messen, Chorproben, oder was es da sonst noch so gibt?«

Die Französin hielt in ihrer Bewegung inne: »Da werden Sie heute kein Glück haben. Am Nachmittag sehe ich ab und zu ein paar Leute hineingehen. Aber am meisten findet wohl samstags und sonntags statt.«

»Kommen die auch manchmal hierher ins Café?«, wollte Leppien wissen.

Die junge Frau schüttelte entschieden den Kopf. »Das ist eine strenge Religionsgemeinschaft. Das dürfen die nicht, es gilt als Sünde. Warum fragen Sie?«

Birgit Leppien überlegte. Sollte sie sich dieser jungen Frau anvertrauen? Sie hatte nichts zu verlieren. Da diese sich mit den Regeln dieser Sekte auszukennen schien, konnte sie ihr hoffentlich helfen.

»Ich suche nach einem Kind, einem Mädchen namens Mandy. Sie muss mittlerweile Mitte 30 sein und wurde von einem Paar aus der Gemeinschaft adoptiert.«

Die Französin hatte ihr aufmerksam zugehört. »Warum suchen Sie die Frau?«

Sie hatte die Hoffnung, dass die Wirtin sie unterstützen würde. Sie entschied sich, ihr die Wahrheit zu sagen. »Ich war früher beim Jugendamt, habe damals zwei Kinder vorm Verhungern gerettet und sie dann aus den Augen verloren. Ich möchte wissen, ob es ihnen gut geht.«

»Und da haben Sie die Kids in diese ehrbare Gemeinschaft vermittelt?« Der Ton war kühl geworden, das Lächeln verschwunden. Die junge Frau wusste etwas über die Sekte und schien nichts von den Fanatikern zu halten.

Sie schüttelte den Kopf: »Ich habe sie ins Kinderheim gebracht. Dann war ich nicht mehr im Amt«, gab sie zu.

Die Französin hatte sich ihr gegenübergesetzt und überlegte. »Darf ich Ihren Ausweis sehen?«, bat sie. Sie fand die Bitte ungewöhnlich und zögerte. Doch dann kramte sie ihre Brieftasche hervor und überreichte den Personalausweis. Die Französin betrachtete ihn, fotografierte beide Seiten mit dem Handy.

»Kommen Sie morgen wieder, dann kann ich Ihnen vielleicht helfen. Versprechen kann ich nichts.« Birgit Leppien bezahlte ihr Frühstück und ging zurück zum Auto. Die Kamera am Religionszentrum bewegte sich, als sie vorbeikam. Es knarzte in der Gegensprechanlage. Keiner ihrer Schritte blieb unbemerkt. Sie war froh, als sie im Wagen saß und auf das Gaspedal drückte.

KAPITEL 24

Margo war dazwischengegangen, als die Zwillinge Clara beschimpft hatten. Eibe hatte den Arm um sie gelegt, doch sie sah, wie blass er war und zitterte. Sie hoffte, dass sich der Verbleib seiner Mutter bald klären ließ. Die Schüler standen vor dem Schulgebäude, als sie mit dem Pärchen dort eintraf.

Sie klatschte wieder in die Hände, um Aufmerksamkeit zu gewinnen. Die Jugendlichen versammelten sich um sie. In Berlin wäre das nicht so einfach gewesen. »Wir sammeln noch unsere Schätze im Atelier. Dann ist Schluss für heute.«

Sie blieb einen Moment bei den beiden Mädchen stehen. »Seht ihr, was ihr anrichtet? Eibe hat seine Mutter verloren. Wenn ich irgendein bösartiges Wort zu den beiden höre, wird dieser Kurs ohne euch stattfinden.«

»Und wer filmt dann alles?« Anna machte einen Schmollmund. Franziska sah noch immer blass aus.

Margo nahm ihr Mobiltelefon aus der Tasche. »Jeder von uns, der ein solches Gerät hat, kann das filmen. Überlegt es euch, ob ihr etwas Konstruktives beitragen möchtet.«

Sie sah, wie Anna die Augen verdrehte. Doch die beiden waren verstummt und trotteten hinter ihr und dem Rest der Klasse in den Arbeitsraum. Vor der Tür drehte sich Margo um: »Und als Erstes entschuldigt ihr euch bei den beiden.«

Sie hörte ein wütendes Zischen hinter ihrem Rücken und drehte sich um.

»Okay«, sagte Franziska zerknirscht.

Als die beiden hineinkamen, murmelten sie ein »Tschuldigung« in Claras Richtung.

Margo ließ es dabei bewenden. Sie hatte keine Ahnung, warum die Mädchen so aggressiv auf Clara reagierten.

Sie bat die Schüler, aus einzelnen Tischen eine lange Tafel aufzubauen. Darauf konnten sie ihre Fundstücke ausbreiten. Haufenweise Plastikmüll türmte sich auf, Tüten, Latschen, Spieleimer, Kunstblumen, Kleidungsstücke, Taschen, eine Spritzpistole und zahlreiche Netze aus Kunststoff. Es war ein stattlicher Haufen Material, der hoffentlich eine gute Basis für ihr Projekt bilden würde.

»Vielen Dank. Jetzt machen wir Schluss für heute. Morgen früh erwarte ich euch hier im Raum, und es wäre toll, wenn ihr bereits eine Idee mitbringen könntet, was wir aus unseren Fundstücken schaffen.«

Sie bat Clara und Eibe, einen Moment zu bleiben. »Wie geht es dir?«, fragte sie den Jungen.

Der schüttelte den Kopf, Tränen rannen ihm aus den Augen. »Ich weiß einfach nicht, was ihr passiert ist. Und ich konnte mich nicht verabschieden. Gestritten haben wir uns. Wir können uns nicht mehr aussprechen und vertragen.« Er schluchzte auf.

Margo reichte ihm ein Taschentuch. Er verschwand auf die Toilette. »Die beiden Mädchen haben hässliche Dinge gesagt. Sie haben sich aber entschuldigt. Geht es dir damit besser?«, fragte sie Clara.

Das Mädchen schüttelte den Kopf. »Das bin ich gewöhnt. Die hassen mich.«

»Warum hassen sie dich so sehr?«

Clara zuckte mit den Schultern.

»Genau wie die Mutter von Eibe. Sie hat mich gehasst und bei jeder Gelegenheit runtergemacht. Keine Ahnung, warum.« Eindringlich sah sie Margo an: »Ich habe die Maiwald nicht von Bord gestoßen. Das war ja Eibes Mutter.« Sie zögerte einen Moment. »In Gedanken vielleicht, aber das hätte ich nie tun können.« Der Satz wirkte ehrlich. Ein Motiv hätte das Mädchen.

»Wo warst du, als sie verschwunden ist?«

Clara verschränkte die Arme.

»Unterwegs, aber das hat nichts mit der Maiwald zu tun.«

Weiter nachbohren konnte Margo nicht, da Eibe in dem Moment zurückkehrte. Er hatte rot geweinte Augen und tiefe Ringe darunter im blassen Gesicht. »Am besten, ihr geht nach Hause. Bringst du ihn heim?« Clara nickte.

Margos Telefon klingelte schon seit einer Weile. Sie schaute auf das Display. Rike von Menkendorf hatte vier

Mal versucht, sie zu erreichen. »Haben Sie die Stelle gefunden?«

»Meinen Sie diesen Gummihandschuh?« Die Kommissarin hatte ihr ein Bild geschickt, es war der Fundort mit dem länglichen Felsen. Darauf sah sie die Umrisse schimmern.

»Ist da nichts anderes?«

»Keine menschliche Hand.«

Margo fühlte, wie ihr Gesicht heiß wurde.

»Tut mir leid, ein Mädchen hat es gefunden und diese Hand sah echt aus.« Die Nerven lagen bei den Kindern und auch bei ihr blank. Das sollten sie nicht unterschätzen.

»Ich bin erleichtert, dass wir keine zerstückelte Leiche haben. Nichts für ungut«, beruhigte Rike von Menkendorf.

Margo wollte sich entschuldigen, doch die Kommissarin hatte schon aufgelegt. Sie blieb einen Moment im Mehrzweckraum, warf einen Blick auf das Sammelsurium auf dem Tisch und atmete durch.

Im Kopf ging sie Claras Aussage durch. Sie glaubte nicht, dass diese einen Mord begangen haben könnte. Aber irgendetwas verschwieg die Kleine. Die Zwillinge hatten darauf hingewiesen, dass sich Clara in dem Moment des Sturzes nicht beim Rest der Schüler aufgehalten hatte. Die Frage war, wo sich das Mädchen während des Verschwindens befand. Woher wussten die beiden Mitschüler so genau, dass sie nicht im Raum war? Die drei hatten eine so ausgeprägte Feindschaft, dass sie vermutlich nicht gemeinsam unterwegs waren. Sie hatte nicht herausbekommen, aus welchem Grund sich die Mädchen so hassten.

KAPITEL 25

Rike war gerade aufgestanden, als Harry mit Croissants und einem Knochen vor der Tür stand. »Frühstück kommt«, rief er vergnügt. Sie blinzelte in das gleißende Sonnenlicht und dehnte sich in alle Richtungen.

»Bekomme ich auch einen Kaffee?«, fragte er.

Sie brühte seinen Espresso und einen doppelten für sich selbst. Er spielte mit Prinz, der um ihn herumsprang und versuchte, sich den Leckerbissen zu schnappen. Schließlich übergab Harry dem Vierbeiner sein Mitbringsel.

Er nahm ihr die Tassen ab. »Bist du schon mal gesegelt?«, fragte er. Es war sein freier Tag, und den wollte er auf dem Meer verbringen. Da sie vor dem Einsatz am Felsen kein Programm hatte, stieg sie mit Prinz ins Polizeiauto. Im Jachthafen hielt er an und führte sie zu einem hölzernen Segelboot, auf dem der Schriftzug *Mariannick* stand. Ob das seine Frau war? »Woher stammt dieser wunderschöne Name?«, schoss es spontan aus ihr heraus.

»Aus der Bretagne«, sagte Harry nur und lächelte geheimnisvoll.

Er drückte ihr eine Schwimmweste in die Hand und hatte sogar ein Exemplar für Hunde, das sie Prinz anlegte.

»Ich bin zwar eine Landratte, aber schwimmen kann ich«, protestierte sie und wollte ihm das Ding zurückgeben.

»Helgoland kann extrem stürmisch sein. Ich trage auch eine«, er zog sich demonstrativ sein Exemplar über. »Und Helgoländer Männer übrigens auch.«

Rike fragte sich, warum er sich so in die Bresche warf. Sie waren alte Freunde, das würden sie nicht durch eine Affäre aufs Spiel setzen. Und er flirtete mit jeder Frau, konnte er sie da nicht verschonen?

Sie hatte die Weste angezogen und am Vorsegel Platz genommen. Er hatte ihr gezeigt, wie sie die Leine löste und befestigte. Harry setzte sich nach hinten ans Steuer und warf den Motor an, um aus dem Hafen zu fahren. »Erst einmal musst du die Düne aus der Nähe anschauen«, sagte Harry und steuerte auf das Inselchen zu. Sie umrundeten die Sanderhebung mit dem kleinen Hafen, der Lagune, das Dorf mit den bunten Holzhäuschen lag zum Greifen nah, dann ankerte er vor einem langen Sandstrand. »Siehst du sie?« Sie hatte vermutet, dass Felsen auf dem Sand lagen. Plötzlich begannen diese, ins Wasser zu robben. »Kegelrobben, die größten Landraubtiere, die es hierzulande gibt. Und ein paar Seehunde sind auch darunter«, sagte Harry.

Einer tauchte seinen Kopf mit dem Schnauzbart neben dem Boot aus dem Wasser. Sie betrachtete die Tiere, die sich bald an ihre Anwesenheit gewöhnt hatten. Selbst Prinz blieb still und beobachtete das größte Raubtier der Nordsee.

Nach der Pause umrundeten sie die Felseninsel, fuhren an der Langen Anna vorbei, der Steilküste und kehrten in den Hafen zurück. »Der Kapitän bittet zu Tisch«, erklärte Harry, nachdem er das Schiff festgemacht und die Segel eingeholt hatte. Er legte sogar ein Tuch auf und servierte mit einem Tablett einen Salat, Baguette und Käse.

»Ein Glas Wein?«, bot er an.

»Ich muss noch arbeiten«, bedankte sich Rike.

»Die liebe Rike, immer im Dienst«, zog Harry sie auf und prostete ihr zu. Er sagte das liebevoll und nicht herabwürdigend. Unrecht hatte er nicht. Sie mochte seine Leichtigkeit und Fröhlichkeit. Sie dagegen konnte ihre Disziplin schwer ablegen und mal richtig ausgelassen sein.

»Wie läuft es eigentlich? Bist du bei dem Verschwinden von Caroline Maiwald weitergekommen?«, wechselte sie das Thema.

Er schüttelte den Kopf. »Ich hatte noch eine denkwürdige Begegnung mit ihrem Ex. Ich hatte ihn noch mal aufgesucht. Da hatte er gerade einen Kunden zu Besuch. Du glaubst gar nicht, wie höflich er war«, berichtete der Inselpolizist.

»Was macht der eigentlich für Geschäfte?«

Harry servierte einen Nachschlag. »Immobilien, Geldanlage und Vermögensverwaltung. Das war irgend so ein reicher Russe, der kam mit einer Jacht, die fast so lang war wie die *MS Nordsee*. Der Maiwald hat ja selbst so ein Luxusschiff. Einen Überblick habe ich da nicht, aber der ist dauernd in irgendwelchen Steueroasen unterwegs«, sagte er.

»Meinst du, das hat etwas mit dem Verschwinden von seiner Ex zu tun?«, fragte sie. Sie fühlte sich wohl auf dem Schiff. Der Salat war selbst zubereitet und schmeckte. Sie hatte sich ein alkoholfreies Bier aus dem Kühlschrank genommen und Prinz eine Schüssel Wasser serviert.

Er überlegte. »Vielleicht hat sie irgendetwas Belastendes gewusst und wollte auspacken. Die Scheidung war ja noch nicht durch.«

»Was lief denn mit den Verfahren, die sie angestrengt hat?«, wollte sie wissen.

»Ein netter Mensch ist dieser Detlef nicht, aber ihre Vorwürfe schienen mir aufgeblasen zu sein, um ihn zu ärgern. Aus enttäuschter Liebe kommen Leute auf die irresten Gedanken.«

Harrys Telefon klingelte. »Okay, da komme ich gleich vorbei«, sagte er. Er wandte sich an Rike. »Würdest du mich zur Wache begleiten? Es gibt Neuigkeiten.«

Madeleine erwartete sie und überreichte Harry mehrere Seiten Papier. »Der Obduktionsbericht. Das interessiert dich bestimmt auch«, wandte er sich an Rike.

Sie gingen in Harrys Büro, er zapfte einen Cappuccino, den dieses Mal kein Herz zierte. Sie nahm sich den Bericht vor. Mutlu hatte eine Computertomografie veranlasst, um die Gelenkknorpel zu untersuchen. Demnach handelte es sich um eine ältere Person zwischen 70 und 80. Die meisten Informationen hatten sie schon während der Obduktion gehört. »Schau mal. Der Mann ist in der Nordsee ertrunken. Keine Hinweise auf Fremdeinwirkung, die Verletzungen stammen mit sehr hoher Wahrscheinlichkeit allesamt von Tierfraß«, fasste sie für Harry zusammen.

Er nickte: »Unsere Taschenkrebse und Möwen sind dafür berüchtigt. Gibt es Neues über den Todeszeitpunkt?«

Sie blätterte weiter. »Vermutlich lag der Tote mindestens zehn Tage oder länger im Wasser. Das zeigt die beginnende Bildung von Fettwachs«, erklärte Rike.

Harry rief nach Madeleine. »Bitte geh noch mal die Vermisstenmeldungen durch. Wir müssen nach einem älteren Menschen suchen«, sagte er. »Ach ja, es waren tatsächlich Austern in seinem Magen. Hier gibt es Taschenkrebse oder Hummer, aber doch keine Austern?«, wunderte sich Harry.

»Auf dem Schiff habe ich jemanden Austern essen sehen«, berichtete Rike. Also war es möglicherweise auch ein Vermisster von der *MS Nordsee*. Sie sah auf die Uhr und sprang auf, es war Zeit, sich für den Einsatz vorzubereiten.

KAPITEL 26

Einen Blick warf Kornelius noch auf das Schiff, das wieder in Cuxhaven am Kai lag. Die letzten Passagiere liefen in Richtung der Stadt. Er war froh, sich auf dem Weg nach Hause durch die Grimmershörnbucht die Füße vertreten zu können. Was für ein fürchterlicher Tag. Auf Helgoland war eine Leiche angespült worden, er hatte sofort an Caroline Maiwald gedacht. Es handelte sich jedoch nicht um die Verschwundene vom Schiff. Die Überreste stammten von einem Mann. Hörte das denn nie auf?

Was aber war mit der Vermissten? Da waren die Ermittler keinen Schritt weiter. Seitdem sie abgängig war, betrat er das Schiff mit einem beklemmenden Gefühl. Er war für die Menschen an Bord verantwortlich. Jedes Mal fragte er sich, ob er sie alle sicher auf die Insel befördern könne. Er blieb einen Moment auf dem Deich stehen.

So friedlich lag die Bucht mit den gelb leuchtenden Strandkörben am sattgrünen Ufer, den Schwimmern im Wasser und der Kugelbake und den vorbeigleitenden Containerschiffen im Hintergrund vor ihm. Eine Idylle. Er ließ alles einen Moment auf sich wirken, bevor er die Treppe hinabstieg und seinen Weg durch die Schillerstraße mit seinen kleinen Geschäften fortsetzte.

Zehn Minuten später fielen ihm Lastwagen auf, die vor seinem Haus parkten. Er näherte sich und schnauzte einen Fahrer an: »Das ist hier übrigens kein öffentlicher Parkplatz.«

Dieser sah ihn verständnislos an. »Wir bringen doch Ihre Bestellung, Herr Nymann.«

»Da bist du ja endlich«, seine Frau stand in der Tür und dirigierte die Möbelpacker. Sie strahlte ihn an, sodass er seine Wut herunterschluckte. Trotz seiner Bedenken hatte sie hinter seinem Rücken den ganzen Krempel bestellt. »Würden Sie hier bitte unterschreiben?«, fragte ihn einer der Umzugshelfer.

»Das ist Sache meiner Frau«, erklärte er. »Das ist ihre Bestellung.«

Bislang hatte er immer nachgegeben, wenn sie ihre Wünsche geäußert hatte. Doch dieses Mal sollte sie selbst sehen, wie sie ihre Luxusgelüste finanzierte. Er hatte einen Blick auf das Dokument geworfen, am Ende stand die Summe von 40.000 Euro. Das war ein Betrag, den er nicht übrig hatte und sich nicht mehr leihen konnte. Jeden Monat jonglierte er mit seinen Einkünften, um den Hauskredit, die Darlehen für die Autos und die letzte Verschönerungskur für das Haus auszugleichen. Manchmal hatte er beim Aktienhandel einen Riecher, dann kam er ohne Überziehung oder weitere Schulden auf den drei Kreditkartenkonten durch den Monat. Aber das war schon länger her, zuletzt hatte er mit so einem vielversprechenden Tipp zusätzlich Geld verloren. Unschlüssig stand er in der Küche und sah aus dem Fenster, wie die Möbel Stück für Stück in sein Haus getragen wurden.

Seine Frau kam in den Raum und schmiegte sich an ihn. »Das wird alles so toll, Schatz. Das wird im *Magic Home Magazin* vorgestellt«, schwärmte Isa. »Freu dich doch mal, du darfst ja auch hier wohnen.«

»Ja, toll«, er verzog sich in sein Büro und dachte über den Tag nach. Er hatte niemanden zum Reden. Sein ehemals bester Freund wurde immer komischer. Diese Begegnung auf Helgoland war merkwürdig. Was hatte es mit dem Bekannten auf sich? Er sah aus wie ein Dealer, und Michael wirkte so, als würde er irgendwelche Substanzen nehmen. Bei der ersten Fahrt auf die Insel unter seinem Kommando hatte er geschwitzt und gezittert. Er hatte Aufregung vermutet, doch am nächsten Tag hatte er dieselben Symptome, ansonsten wirkte er extrem aufgedreht. Den Ausreden glaubte er längst nicht mehr. Er gab die Stichworte in einer Suchmaschine ein. Es konnte eine Erkrankung sein, doch bei einigen Drogen waren die Nebenwirkungen ähnlich. Wie damit umgehen? Er wollte Michael nicht decken, wenn dieser während der Arbeit Substanzen intus hatte. Aber denunzieren würde er ihn auch nicht. Er musste mit ihm ins Gespräch kommen. Sein Telefon klingelte, und er ahnte, dass sie es war.

Dieses Mal nahm er den Hörer ab. »Hallo, mein Käpt'n. Zieh dich schon mal aus«, ich bin gleich bei dir«, säuselte Yasmina. Er bekam Gänsehaut, ein wohliger Schauder lief ihm den Rücken hinunter. Doch er wimmelte die Frau ab. Was würde sie sich morgen wieder einfallen lassen? Was spielte sie bloß für ein Spiel mit ihm?

Isa trat in sein Büro, zum Glück, nachdem er aufgelegt hatte. Sie setzte sich auf seinen Schoß. »Du bist doch nicht sauer, Schatz? Ich habe mich so sehr auf diese Umgestaltung gefreut!«

Er schob sie weg. »Kein bisschen. Da du das alles selbst bezahlst, ist das okay für mich.«

Sie sah ihn mit großen Augen an.

»Wie meinst du das, Schatz? Du weißt, dass mir Papa kein Geld mehr gibt, seit ich dich geheiratet habe.« Ihre Stimme klang hoch und schrill. Sie hatte offenbar nicht mit seinem Widerstand gerechnet. Sie sah ihn entsetzt an, ihr Kinn zitterte. Gleich würden die Tränen laufen.

»Dann gib den ganzen Kram zurück. Ich habe kein Geld mehr. Wir haben Schulden.« Er schob sie aus dem Büro. Dieses Mal würde er hart bleiben.

KAPITEL 27

Ihr Gesicht war schmutzig, das Blumenkleid voller Dreck und hing ihr in Fetzen vom Körper. Das hatte er ihr in guten Zeiten geschenkt, bevor die Gauner ihre Einnahmen stahlen. Seine Schwester Sofia trat aus dem Wald, als er das Tor an der Einfahrt der Farm geöffnet hatte. Sie rannte zu seinem Wagen, er öffnete die Beifahrertür und ließ sie einsteigen.»Was ist passiert, Liebling?«

Seine Fäuste ballten sich, sein Magen krampfte. Was hatten diese Schweine ihr angetan? Sie war 13 Jahre alt. Traurig schmiegte sie sich an ihn. »Die haben uns rausgeschmissen, sie sind in die Villa gezogen. Wir hausen in der Hütte im Dschungel.«

Er pflückte Äste und Blätter aus ihren Haaren. »Und sonst nichts, die Männer haben dir nichts angetan?«

Sie schluchzte auf, und er hatte Mühe, sie zu verstehen. »Ich sollte sie bedienen, sie haben mein Kleid zerrissen und mir gesagt, beim nächsten Mal haben wir Spaß zusammen. Da bin ich abgehauen.« Er atmete auf, zumindest war sie nicht vergewaltigt worden, wie er befürchtet hatte. Sie sah älter aus und war zu einer Schönheit herangewachsen. Jedes Mal, wenn er wegfuhr, hatte er Angst, dass seinen kleinen Geschwistern etwas geschah. »Und die anderen von uns?«

»Die haben sich in der Hütte versteckt, die Nachbarn versorgen uns.«

Er umarmte seine kleine Schwester und kämpfte gegen die Tränen, doch er musste Vorbild sein, auf die anderen aufpassen. Nach einem kurzen Moment, in dem ihn die Verzweiflung übermannte, straffte er sich und sagte mit fester Stimme: »Ich werde das regeln.«

Er hatte keine Ahnung, wie er das anstellen sollte. Die Banditen waren in der Überzahl, es waren versprengte Reste der FARC, dieser Terroristen. Nur einige Teile der Banden hatten aufgegeben. Sie hatten Waffen und kannten keine Skrupel. Er dagegen war nichts als ein unerfahrener Bauer, der beinah Arzt geworden wäre. Wenn er einen anderen Lebensweg eingeschlagen hätte. Doch er konnte nicht ohne seine Familie leben und war zu allem entschlossen, um diese zu retten. Sein Studium hatte er kurz vor dem Abschluss hingeworfen.

»Steig aus, geh zu Mama und Eli«, befahl er Sofia, nachdem er einen Moment nachgedacht hatte. Ihm war es egal, ob er dabei draufging. Aber seine Familie wollte er schützen. Und er hatte einen Trumpf in der Hand. Sie hatten keine Ahnung von der Lieferkette im Gringoland und ebenso wenig von der Kryptowährung.

Er hatte den Geldtransfer über Bitcoin organisiert. Damit konnte er sie ausspielen.

»Ich möchte bei dir bleiben, Bruderherz.«

Er schüttelte den Kopf: »Die können mir nichts tun, dann

bekommen sie ihr Geld nicht. Mach dir keine Sorgen, geh einfach, und ich hole euch in einer halben Stunde.«

Widerwillig stieg sie aus dem Wagen. Er sah ihr einen Moment nach, wie sie wieder im Wald verschwand. Bis er an der Villa ankam, musste er sich eine Strategie zurechtlegen. Angst sollte man bei Kriminellen niemals zeigen, dann zogen sie den Druck nur weiter an. Er würde ihnen drohen – mit dem, was sie am meisten ängstigte. Sie brauchten immer Geld.

Er stellte den Wagen mit dem Heck nach hinten vor die Villa. Die Tür hing in den Angeln, vermutlich hatten sie gewütet. Als er hineinkam, meinte er, seinen Augen nicht zu trauen. Die Halle war von zerbrochenen Möbeln und Gemälden bedeckt. Sie hatten die Bilder ihrer Ahnen von der Wand gerissen, die Möbel zertrümmert. Es gab ihm einen Stich ins Herz. Manche Porträts waren schon über 200 Jahre alt, so lange wie seine Familie diese Ranch betrieb. Er schritt die Treppe hinauf, Dreckspuren zogen sich nach oben. Er hörte sie grölen.

»Unser Gringo ist da«, mit einem dröhnenden Lachen torkelte ihm der Kommandante entgegen. Er warf einen Blick in den Raum. Am Tisch saßen oder hingen drei Männer, eine Frau entdeckte er auf dem Sofa, ein weiterer Betrunkener lag schnarchend auf dem Boden. Sie hatten Flaschen auf dem Tisch stehen, vermutlich der Inhalt ihres Kellers. Gläser mit eingekochtem Obst und Gemüse hatten sie zerschlagen und alles am Boden zu einer matschigen Pampe vertrampelt. Die anderen fielen in das dreckige Lachen ein.

»Was soll das hier? Ich habe mich an meinen Teil der Abmachung gehalten!« Er sah dem Kommandante direkt in die Augen und trat einen Schritt auf ihn zu. Die anderen würdigte er keines Blickes.

»Na mal sehen, ob du wiederkommst aus Gringoland. Bist ja einer von denen geworden«, lallte der Anführer.

»Ich bin wieder da. Die Lieferung ist eingetroffen«, er war laut geworden und keinen Schritt zurückgewichen. »Und wenn mir irgendwas passiert, Freunde. Dann bekommt ihr kein Geld und die Dokumente gehen direkt an die Drogenpolizei, und zwar die amerikanische. Das geht alles ganz automatisch, und ich habe jeden von euch darin genau beschrieben, nebst Familie und Wohnort«, er griente selbstbewusst. Zwar bluffte er, doch er würde diese Sicherung in Zukunft einbauen.

»Ich erwarte, dass ihr augenblicklich unsere Farm verlasst. Mit den Besuchen ist Schluss. Sonst spiele ich nicht mehr mit!«

Der Kommandante öffnete und schloss seinen Mund. Dem aufgedunsenen Gesicht war anzusehen, wie angestrengt er überlegte.

Er wandte sich zu seinen Leuten. »Unsere Bewachung ist beendet. Zurück nach Hause.« Murrend erhoben sich die Mitglieder der Gruppe, einer griff sich zwei Flaschen vom Tisch. Dann gingen sie endlich, er hörte die Motoren ihrer Wagen, die in der Garage gestanden hatten.

Der Stress fiel von John ab. Erst jetzt zitterte er, und zwar vor Wut. Diese Menschen kannten keinerlei menschliche Gefühle, keine Moral. Sie faselten irgendetwas von Revolution. Das hieß, dass andere arbeiteten und sie davon profitierten. Aber nicht mehr lange! Jetzt hatte er sie erst einmal vom Hals. Bei der nächsten Ernte würde das Drama erneut beginnen. Er musste aus diesem Teufelskreis herauskommen.

Dann suchte er nach seinen zwei Pferden und den beiden Eseln Antonio und Sandiego. Sie befanden sich nicht in ihrem Gehege, vermutlich hatten die Tiere sich versteckt. Auf sein Rufen sah er zuerst ein Paar schwarze und ein Paar graue Ohren aus einem Gebüsch ragen. Vorsichtig hielten die beiden Ausschau. Dann erklang ein freudiges Iah, das auch die Pferde anlockte. Sein altes Kinderpony Hanna und das Rennpferd Ramses. Alle vier kamen ihm im Trab entgegen, beschnüffelten ihn. Er sattelte sie und ritt auf Ramses durch das unwegsame Gelände zur Hütte. So konnte er seine Familie auf schnellstem Weg zurück in die Villa holen. Zuerst müssten sie das Chaos beseitigen.

»Mein Junge, endlich«, seiner Mutter rannen die Tränen hinab. Wie klein sie war und wie leicht. Er hob sie beim Umarmen ein Stück vom Boden. Zum ersten Mal bemerkte er die Falten in ihrem Gesicht, das glänzende schwarze Haar war von Silberfäden durchzogen. All die Sorgen, die auf ihr lasteten. Und sie hatte nur ihn als Stütze. Er musste stark sein.

KAPITEL 28

Etwas Feuchtes berührte Rikes Gesicht, sie drehte sich weg. Jemand versuchte, nach ihrem Arm zu greifen. Ein Gewicht schnürte ihr die Luft ab. Japsend fuhr sie aus dem Schlaf hoch. Prinz lag quer über ihrem Oberkörper. Ihr Hund fiepte, er wollte sein Bäumchen markieren. Schnell zog sie sich ihren

Jogginganzug an und brachte den Vierbeiner nach draußen. Ihr fiel wieder der nächtliche Besuch ihrer Vermieterin ein. Vor der Laufrunde würde sie erneut dort vorbeischauen. In der Küche brühte sie sich einen Kaffee und schäumte Milch. Für einen Moment nahm sie vor der Fensterfront Platz.

Ein dunkles Wolkenungetüm bewegte sich auf die Insel zu, an wenigen Stellen fielen Lichtbündel auf die Nordsee, tanzten wie silberne Punkte auf dem Meer. Wellenberge kräuselten sich vor der Düne. Zum Glück musste sie kein Schiff besteigen. Entschlossen stellte sie die Tasse in den Geschirrspüler und folgte Prinz nach draußen.

Sie klingelte an der Tür neben dem Café. Ihr Blick fiel nach oben. Der Blick aus dem Panoramafenster musste spektakulär sein. Vor dem Gebäude war eine Terrasse in den Hang hineingebaut, eine von Palmen gesäumte und windgeschützte Sitzfläche mit Weitblick über das Unterland und die Düne. Goldgrube kam ihr in den Sinn.

Ein Zettel hing in der Glastür. »Wegen Krankheit vorübergehend geschlossen.« Das Namensschild der Meurens, das sie neulich schon entdeckt hatte, befand sich an der Tür neben dem Café. Sie klingelte, doch es blieb still. Sie wollte weitergehen, als ein Fenster im ersten Stock aufging.

»Möchten Sie zu Frau Meuren?«, fragte eine Frau mit langen dunklen Haaren. Sie schätzte sie auf Mitte 30.

Rike bejahte. Ein Summer ertönte, die Tür öffnete sich, und sie trat in den Korridor, stieg eine Treppe hinauf.

»Frau Meuren ist nicht zu Hause. Ich bin Manu, eine Freundin. Ich mache ihren Haushalt«, sie hatte den Kopf aus der Wohnungstür im oberen Stockwerk gesteckt. »Sind Sie von der Polizei?«

Friederike nickte. »Sie wollte mich sprechen, wissen Sie, warum?«

Manu seufzte. »Es ging um ihren Mann. Er ist verschwunden. Sie macht sich große Sorgen. Aber kommen Sie doch rein.«

Manu öffnete die Tür und ging voraus in eine geräumige Küche, die mit ihren Einbaumöbeln aus dunklem Holz den Charme der 70er-Jahre vermittelte. Auf dem Tisch stand eine Thermoskanne. Rike lehnte dankend ab. »Wann hat sie ihn zuletzt gesehen?«

Manu räumte Geschirr aus der Spülmaschine und hielt einen Moment inne, um nachzudenken. »Bevor er nach Hamburg fuhr. Da gab es einen heftigen Streit zwischen den beiden.«

»Da hatte er vielleicht keine Lust zurückzukehren«, wandte Rike ein.

Manu drehte sich um und lachte bitter. »Na, das habe ich auch gesagt. Sie konnte ziemlich garstig werden, aber diese Frauengeschichten hätte ich mir auch nicht bieten lassen.« Sie schloss die Spülmaschine mit einem Knall und ließ einen Eimer voll Wasser laufen. Nachdem sie eine Portion Spülmittel hinzugefügt hatte, begann sie, mit der schäumenden Flüssigkeit die Ablagen zu schrubben.

Vermutlich war das kein Fall für die Polizei, der Ehemann hatte gute Gründe, nicht nach Hause zu kommen.

»Das muss ja nichts heißen, er kommt bestimmt wieder, wenn die Wut verraucht ist«, vermutete Rike.

Manu knallte den Eimer auf den Boden, dass er überschwappte und sich eine Lache bildete.

»Könnte so sein, aber niemals hätte er einen Auftritt der *Karkfinken* verpasst. Das ist der legendäre Shantychor der alten Helgoländer. Sie haben zum 90. Geburtstag eines Freundes gesungen.«

»Haben Sie die Kontaktdaten von beiden? Ich werde

nachhaken«, versprach Rike. Sie hatte ein schlechtes Gewissen, weil sie nach dem nächtlichen Besuch nur einmal vergeblich geklingelt hatte.

Manu war in den Flur gegangen und kam mit einem Zettel wieder. »Das sind die Nummern. Er war aber nicht zu erreichen, auch seine Freunde hat er nicht zurückgerufen. Er ist schon seit zwei Wochen verschwunden.«

»Das erscheint mir lange. Warum hat sie nicht früher nach ihm gesucht?«, wunderte sich Rike.

»Sie hatten sich gestritten, und er war oft länger in Hamburg«, sagte Manu.

Rike bedankte sich und stand auf.

»Übrigens wollte sie gerade die Fähre nach drüben nehmen. Am besten, Sie reden mit ihr persönlich.« Manu sah auf die Uhr. »Das schaffen Sie noch.«

Rike verabschiedete sich und ging mit Prinz in Richtung Hafen. Sie eilte die Treppe ins Unterland hinab, an den Hummerbuden vorbei bis zur Anlegestelle. Vom Kai aus sah sie nur die kleiner werdenden Umrisse des weißen Schiffs. Ein Transportarbeiter mit roter Weste fragte:

»Wollten Sie nach Cuxhaven? Die sind wegen des Wetters heute früher abgefahren. Das wurde aber überall auf der Insel ausgehängt.«

Rike sah dem Schiff nach. Sie ging zur Polizeiwache, stellte sich am Empfang dem Kollegen vor, den sie nicht kannte, und klopfte an Harrys Tür.

»Welch Glanz in meiner bescheidenen Hütte!« Er lächelte und schien erfreut darüber, sie zu sehen.

Sie nahm auf seinem Sofa Platz. »Danke dir, vielleicht lasse ich mich doch noch nach Helgoland versetzen. Vor allem, wenn die Cappuccino-Zufuhr sich als zuverlässig erweist.«

Er ging zu seiner Maschine und setzte diese in Gang. Wieder hatte er ein Herz auf ihren Milchschaum geformt.
»Danke, mein Lieber. Kann ich ein Büro nutzen?«, bat sie. Dann berichtete sie von den Meurens.
»Diese beiden, die streiten sich dauernd. Was denkst du, wie oft ich da schon schlichten sollte«, seufzte Harry.
»Kennst du diese *Karkfinken*? Meinst du, er wäre für ein Konzert zurückgekehrt?«
Harry nickte. »Mein Vater und mein Großvater waren da drin. Man wird auf Lebenszeit ernannt und kann sich nicht selbst bewerben. Das hätten die jedenfalls nicht ausfallen lassen.« Er sah ehrlich besorgt aus.
»Ich wähle erst einmal alle Nummern durch«, erklärte Rike. Harry brachte sie zu einem Raum hinter dem Empfangsbereich. »Das ist unser Bereitschaftszimmer. Du kannst es gerne nutzen.«
Sie wählte die Nummern, die sie erhalten hatte. Weder Herr Meuren noch seine Ehefrau waren erreichbar. Sie beschloss, den Dingen auf den Grund zu gehen, und rief den Kapitän an.
»Könnten Sie bitte eine Passagierin ausrufen?«, bat sie ihn. Er erklärte sich einverstanden. Sobald die Reisende zu ihm auf die Brücke gekommen war, würde er Rike anrufen.
Sie wartete eine Viertelstunde, eine halbe Stunde. Nichts passierte. Sie wählte seine Nummer. »Wir haben jetzt drei Mal ausgerufen. Dann haben Kollegen sie gesucht, ich kenne die Frau und viele andere auch.«
»Suchen Sie das Schiff bitte gründlich nach Frau Meuren ab! Ich werde mich auf der Insel vergewissern, dass sie nicht nach Hause zurückgekehrt ist. Wenn wir sie nicht finden, könnte ihr etwas passiert sein«, folgerte sie.

»Weiß ihr Mann schon Bescheid? Der hat noch mit mir Scherze gerissen, als er nach Hamburg gefahren ist.«

»Nein, der ist auch verschwunden. Können Sie herausfinden, wann er mit Ihnen gefahren ist und welche Rückfahrt er gebucht hat?«

»Das ist schon einen Moment her, so zwei bis drei Wochen«, sagte Nymann. Er versprach, die Suche einzuleiten und die Daten zu liefern.

Rike ging zu Harry.

»Leider keine Neuigkeiten von den Meurens.«

Er beugte sich mit Madeleine über einen Stapel Papier. »Wir gehen gerade die Vermisstenmeldungen durch. Aber da passt einfach nichts zueinander.«

Rike überlegte. Vielleicht war es ein ausländischer Toter von einem Schiff. »Vielleicht solltet ihr die Daten von Interpol auswerten, falls er von einem Kreuzfahrschiff stammt.«

»Das kann ich übernehmen«, erklärte sich Madeleine bereit. Rike sah auf die Uhr. Sie konnte im Moment nur abwarten, ob Frau Meuren auf dem Schiff gefunden wurde. Vor dem abendlichen Einsatz wollte sie eine Tour mit Prinz unternehmen. Hinter dem Hafen folgte sie dem Pfad, der steil das Mittelland bis zum Wanderpfad über der Steilküste hinaufführte. Nach der Abfahrt der Schiffe war der Weg leer, eine Schafherde lief frei herum. Sie rief ihren Hund zurück und leinte ihn an. Sie stand nur da und ließ die spektakulären Felsenformen auf sich wirken. Ihr Handy klingelte.

»Nichts. Es gibt noch immer keine Spur von Frau Meuren. Sie ist aber auf jeden Fall auf das Schiff gestiegen«, sagte Nymann. Sie musste Harry informieren.

KAPITEL 29

Ein Schild »Wegen Krankheit geschlossen« hing an der Tür des französischen Cafés. Birgit Leppien war, wie mit der Inhaberin verabredet, zum Lokal gekommen. Doch sie fand es verschlossen. Auf der gegenüberliegenden Straßenseite rührte sich nichts, vermutlich wurde sie vom Sitz der Sekte aus beobachtet.

Hoffentlich hatte die Französin wegen ihr keinen Ärger bekommen. Einen Moment stand sie unschlüssig herum. Das war praktisch die einzige Spur zu den beiden Kindern.

Am Morgen hatten sie über den Sinn ihrer Suche diskutiert. »Was willst du den beiden Heimkindern sagen?«, hatte ihr Mann ihr ins Gesicht geknallt.

»Ich will sehen, ob es ihnen gut geht«, verteidigte sie sich lahm.

»Wenn nicht, dann sagst du ihnen was genau?«, hatte er mit Schärfe widersprochen.

Das hatte sie sich nicht überlegt. Denn sie hoffte, dass Kevin Glück gehabt hatte. »Vielleicht kann ich ihnen helfen.«

Er schüttelte den Kopf. »Birgit, in welcher Realität lebst du eigentlich? Wie willst du jemandem mit einem verpfuschten Leben helfen?«

»Vielleicht ist es nicht verpfuscht. Ich möchte mich entschuldigen«, erwiderte sie trotzig. Er hatte kopfschüttelnd den Raum verlassen. Einen Moment hatte sie niedergeschlagen am Tisch gesessen und nachgedacht. Dieses Bedürfnis, Kevin zu finden, ließ sich von diesen Argumenten nicht auslöschen. Es war wie eine schmerzende offene Wunde.

Sie blickte hinüber zur Kirche. In der Zwischenzeit

hatte sie Recherchen angestellt. Es waren abschreckende Berichte. Ein Guru-Paar herrschte über die Sekte, Kinder waren Gemeinschaftsbesitz und mussten hart arbeiten. Wenn sie nicht folgten, wurden sie gezüchtigt. Es gab deshalb vor einigen Jahren ein Ermittlungsverfahren wegen körperlicher und seelischer Misshandlungen. Die Aussteiger waren psychisch am Ende und hoch verschuldet, denn alles Eigentum war abzugeben. Aktivitäten außer einer lukrativen Berufstätigkeit und dem gemeinsamen Beten galten als Sünde. Das Gehalt ging direkt an die Organisation.

Wie konnten die damaligen Entscheider im Jugendamt diesen Menschen Kinder anvertrauen? Oder gehörten sie selbst der Sekte an?

Ihre Nachforschung endete in einer Sackgasse. Sie lief zurück zu ihrem Wagen ein paar Straßen weiter. Sie wollte nicht erneut von der Religionsgemeinschaft beobachtet werden und hatte entfernt geparkt. Als sie die Tür öffnete, spürte sie einen Lufthauch im Rücken und erschrak. Die Wirtin des Cafés stand hinter ihr.

»Kann ich einsteigen?«

Sie nickte. »Es war mir zu riskant, Sie im Café zu empfangen. Ich werde beobachtet«, erklärte sie.

Hoffnung stieg in ihr auf. »Haben Sie das Mädchen gefunden?«

Die Französin zögerte. »Es gab so einen Adoptivfall.« Sie horchte auf. Endlich gab es eine Spur.

»Ich habe keinen direkten Kontakt, aber die Information Ihrer Suche wird bei den richtigen Leuten verteilt.«

»Was bedeutet das?«

»Die Aussteiger werden massiv bedroht. Es gab sogar einen ungeklärten Todesfall. Diese Gurus und ihre fanatischen Anhänger sind gefährlich.«

Birgit Leppien fragte sich, welche Rolle die Französin genau spielte. Sie schien sich in der Szene auszukennen.

»Wie kann ich mit dem Mädchen in Kontakt treten?«, wollte sie wissen.

Die Französin seufzte. »Da halten diese Kontaktleute es leider mit dem Hollywood-Spruch. Don't call us. We call you. Ich kann nicht dafür garantieren, dass sie in Kontakt treten. Sie werden überprüft, die Betroffene weiß Bescheid.«

»Dann kann ich nur warten?«, fragte Leppien.

Die Wirtin nickte und entschwand in das Fußgängergewimmel der Oranienstraße. Sie hatte sich mehrmals umgeschaut.

KAPITEL 30

Sein Schwiegervater hatte am Telefon einen Wutausbruch bekommen. Er hatte ihn nicht über die polizeilichen Ermittlungen informiert, irgendjemand hatte es dem Alten gesteckt. An Bord entschied er, der Kapitän. Er war nicht bereit, einen Kriminalfall zu vertuschen, um den guten Ruf der Reederei zu bewahren.

Onkel Hinni kannte er schon sein ganzes Leben lang,

immer hatte er eine Süßigkeit für die Kinder. Vor allem, wenn Tante Emke nicht in der Backstube nach dem Rechten sah. Er hatte gehört, dass Erwachsene sie den Hausdrachen nannten. Ihn hatte sie mal gemaßregelt, als er mit dreckigen Schuhen vor der Eistruhe stand, hatte ihm auf die Finger geschlagen, wenn er selbst eine Süßigkeit greifen wollte. Nun waren sie beide verschwunden. Tante Emke war nach den Informationen der Polizei auf sein Schiff gestiegen. Er hatte sie nicht gesehen.

Die Kommissarin hatte sich noch mal bei ihm gemeldet. Die Inselpolizei hatte die Wohnung, Kontakte sowie das Krankenhaus kontrolliert. Emke war nicht auf der Insel. Jemand hatte sie auf die *MS Nordsee* steigen sehen. Da war sie nicht mehr. Sie hatten sie ausgerufen und später alles abgesucht.

Die Cuxhavener Polizei wartete am Kai, um das Schiff zu untersuchen und die Personalien der Fahrgäste aufzunehmen. Das musste er gleich durchsagen. Michael sah schon wieder mitgenommen aus. Er hatte Augenringe, und von seiner Stirn rannen Schweißperlen hinab. Er wollte dringend mit ihm sprechen, wenn dieser ganze Wahnsinn vorbei war. Der Freund bewegte sich auf eine Katastrophe zu.

»Wir haben das gesamte Schiff durchkämmt. Sie ist nicht zu sehen. Aber wir haben eine Zeugin.« Hinter dem Steward war eine ältere Dame eingetreten, die er nicht kannte. Sie trug einen eleganten Wollmantel und einen kleinen Hut.

Sie waren mit einem Bild von Emke, das die Kommissarin ihm geschickt hatte, von Passagier zu Passagier gelaufen.

»Mein Name ist Roswitha Bader, ich habe die Frau gesehen.« Sie rollte das R, ihr Dialekt klang bayrisch.

»Wo und wann war das genau?«

»Einen Moment her. Das war am Kiosk. Sie hat eine Szene veranstaltet, weil ich mich angeblich vorgedrängelt habe. Sie hat mich richtig laut und böse angebrüllt.« Die ältere Dame wirkte bedrückt. »Und mir tat die junge Frau leid, die hat sie als Saftschubse beleidigt. Sie war ganz blass.«

Er überlegte. Das konnte nur Yasmina sein, doch der nahm niemand so schnell die Butter vom Brot. Mit Sicherheit konnte sie sich gegen eine ältere Dame zur Wehr setzen, sie war alles andere als schüchtern. »Und was ist dann passiert?«

»Die junge Frau hat den Kiosk vor deren Nase geschlossen und ist eine rauchen gegangen. Sie hat die Frau nicht weiter bedient, obwohl die nicht aufhörte rumzuzetern.«

»Wie hat sie reagiert?«

»Sie wollte sich beschweren und ist dann weggegangen. Dann habe ich sie nicht mehr gesehen.«

Er dankte der Frau. Er übergab Michael das Kommando, nachdem dieser genickt hatte. Er suchte Yasmina auf. Sie bestätigte den Vorgang. »Aber du kannst nicht einfach zumachen, wie du Lust hast«, rügte er sie.

»Mein Käpt'n. Dann mach du beim nächsten Mal weiter. Ich habe meine Grenzen, und die waren weit überschritten.« Sie war laut geworden, ihre Augen funkelten wütend.

»Dann sag uns zumindest Bescheid«, bat er.

»Hast du diese Frau noch mal gesehen?«

Sie schüttelte den Kopf. »Die Polizei wird dich auch dazu befragen. Sag einfach, was du weißt.« Er begab sich zurück auf die Brücke, in der Ferne sah er die Kugelbake. Er musste die Passagiere über die bevorstehende Ermittlung informieren. Das wurde langsam zur Gewohnheit. Nach dem Anlegemanöver kam eine junge Polizistin an Bord, die er kannte. »Flores Salazar, wir hatten schon mehrfach das Vergnügen.«

Er nickte. »Da könnte ich mir etwas Vergnüglicheres vorstellen.« Sie hatte einen älteren Kollegen dabei.

»Was ist bei Ihnen an Bord bloß los?«, fragte ihn die Ermittlerin. Das wüsste er selbst gerne. Leider hatte sein Schwiegervater bislang verhindert, dass Untersuchungen auf dem Schiff stattfanden. Wahrscheinlich würde er wieder seinen langen Arm ausstrecken. Der Reeder hatte beste Beziehungen.

»Ich habe schon Zeugen kommen lassen. Sie hatten die Vermisste an Bord gesehen.« Er brachte die Polizisten in sein kleines Büro, wo sie beide vernahmen.

»Jetzt müssen wir noch die Personalien aufnehmen«, erklärte Flores Salazar. Er setzte sich wieder in sein Büro und nahm sich den Papierkram vor. Er füllte die Stundenzettel aus, stellte den Dienstplan auf. Zwei Stunden darauf erschienen die Ermittler wieder.

»Wir sind jetzt durch.«

Kornelius hatte es nicht eilig, nach Hause zu kommen. Isa gab nicht auf, wenn sie ihren Willen durchsetzen wollte.

Yasmina stand auf einmal neben seinem Schreibtisch. »Gehen wir noch einen trinken auf den Schreck?«

Spontan sagte er zu. Er musste mit jemandem über die Ereignisse reden – und all den Ärger hinwegspülen.

»In den *Fliegenden Holländer*?«, schlug sie vor. Er nickte. Das war eine der letzten Spelunken, die aus den goldenen Zeiten der Seefahrt übrig geblieben waren. Verraucht und mit Erinnerungsstücken an großartige Schiffe, Fänge und die Fischindustrie dekoriert. Der Raum war voller Menschen, dichter Zigarettennebel erschwerte die Sicht. Nachdem sich ihre Augen an das Dunkel gewöhnt hatten, fanden sie am Tresen leere Hocker. Als der Wirt einen rauchigen Whisky namens *Captain's Tears* hinstellte, hielt er die Flasche fest.

»Lass die mal hier stehen. Passt zur Stimmung!« Dann kippte er sich die goldene Flüssigkeit hinter die Binde. Der

Inhalt rann durch seine Kehle und gab ihm ein warmes Gefühl. An dem Abend hörte sie ihm zu. Es brodelte nur so heraus. Die Todesfälle, die Streitigkeiten, Probleme mit Michael. Sie versuchte nicht, wie sonst, ihn anzumachen, sondern hörte ihm geduldig zu. Die Flasche war leer, er hatte Schwierigkeiten, auf eigenen Beinen zu stehen. Yasmina stützte ihn.

Er schwankte wie ein Mast bei Windstärke zehn. Vor dem Lokal übergab er sich. Ein Taxi hätte ihn so nicht mitgenommen. Gemeinsam torkelten sie in Richtung seines Hauses. Sie kicherte, als er mit dem Schlüssel an der Tür herumkratzte.

»Gib mal her.« Dann schloss sie auf und half ihm über die Eingangsstufen. Innen war es dunkel.

»Um die Uhrzeit kommst du nach Hause. Und in diesem Zustand?«

Als das Licht an war, sah er seinen Schwiegervater im fliederfarbenen Sessel, der neuerdings in der Diele stand. Er brüllte. »Du wagst es auch noch, ein Flittchen mit nach Hause zu bringen! Was für ein Versager du bist.«

Kornelius war auf einen Schlag stocknüchtern. Yasmina stand neben ihm und sah den Reeder mit geweiteten Augen an.

»Tut mir leid. Danke fürs Bringen, geh jetzt nach Hause.« Er schob sie zur Tür hinaus.

»Was willst du hier? Das ist immer noch mein Haus!« Der Alkohol gab ihm die Chuzpe, nicht gleich den Schwanz einzuziehen. Er hatte keine Ahnung, wo sich seine Frau befand. Besser, sie bekam die Auseinandersetzung nicht mit.

»Es war klar gesagt, keine Polizei. Du hast dich meinen Anweisungen widersetzt«, warf ihm der Reeder vor.

»Es gab eine vermisste Person, ich kenne sie persönlich. Da würde ich mich strafbar machen, wenn ich nicht nach ihr suchen würde«, hielt er entgegen.

»Ach was, wir regeln das auf unsere Art. Es sind schon immer Menschen von Schiffen verschwunden. Die gehen ins Meer, das interessiert keinen. Aber das Gerede, das ist schlecht für uns«, der Reeder haute mit jedem Wort auf die Lehne. In dem Moment kam Isa die Treppe hinunter.

»Papa, was machst du hier?«

Dann hatte nicht sie ihn ins Haus reingelassen, er musste sich selbst eingeladen haben. Das bedeutete, dass sein Schwiegervater einen Schlüssel für ihr Haus besaß. Er warf seiner Frau einen Blick zu. Das würden sie später klären.

»Das ist Männersache, misch dich da nicht ein«, er behandelte seine Tochter ungewöhnlich schroff.

»Warum soll Kornelius nicht die Polizei rufen, wenn ein Mensch verschwindet? Das ist unmoralisch. Dann gibt es eben Gerede.« Es rührte ihn, dass sie ihrem Vater die Stirn bot.

»Ihr habt doch keine Ahnung. Der da bekommt jeden Monat ein dickes Gehalt«, er fuchtelte wild mit den Händen herum. »Der Firma steht das Wasser bis zum Hals«, er zeigte unter sein Kinn. Er stand auf und wandte sich Kornelius zu.

»Betrachte meinen Besuch einfach als Abmahnung. Dein Bonus ist langsam aufgebraucht, Freundchen.« Er erhob sich und ließ die Tür von außen mit einem Krachen zufallen.

»Wer war diese Frau, Schatz?« Er hatte gehofft, dass sie Yasmina nicht gesehen hatte.

»Eine Mitarbeiterin, sie hat mich nach Hause gebracht. Ich habe mir heute die Kante gegeben.« Provokativ sah er sie an, doch sie ging nicht darauf ein. Ansonsten hätte er mit seiner Meinung über ihre Verschwendungssucht nicht hinter dem Berg gehalten.

Wortlos ging Isabelle wieder die Treppe hinauf. Er hörte die Tür ihres Schlafzimmers zuknallen und den Schlüssel im Schloss drehen. Das bedeutete, dass er seine Nacht auf diesem neuen Designungetüm im Wohnzimmer verbringen musste. Ahnte sie etwas?

KAPITEL 31

Margo hatte wenig geschlafen. Hundemüde und übel gelaunt ging sie durch einen Wolkenbruch von der Wohnung zur Schule. Friederike von Menkendorf hatte ihr angeboten, in der Ferienwohnung zu bleiben. Beide hatten ihr eigenes Schlafzimmer, und sie kreuzten sich ohnehin kaum. Wenn Margo nach Hause kam, war die Kommissarin meist unterwegs. Der Vierbeiner hatte sie anfangs angeknurrt, sich aber an sie gewöhnt. Sie schmiss ihm gelegentlich sein Spielzeug zu, um ihn gnädig zu stimmen.

Eine Zigarette gönnte sie sich vor dem Schulgebäude, bevor sie sich in die Höhle des Löwen begab. Unsicherheit durfte ein Pädagoge sich nie anmerken lassen, sonst gewannen die Kinder die Oberhand. Sie kam in den Raum, demonstrativ schwatzten die Schüler weiter und schenkten ihr keinen Blick. So wie es aussah, waren sie vollzählig.

Ruhig legte Margo ihre Sachen ab, zog die Jacke aus und stellte sich vor die Klasse. »Moin«, sagte sie betont lässig.

»Wer hat denn eine Idee, wie daraus Kunst werden soll?«, sie deutete auf den Strandmüll, der auf dem Tisch lag.

»Ein großes Wandbild für die Aula, wo die Landschaft und die Tiere Helgolands mit dem Müll nachgebaut werden«, schlug Clara vor. Zwilling Anna meldete sich. »Ich habe mal etwas recherchiert. Es gibt wunderschöne Kunstwerke aus Recycling-Material. Schaut mal, hier.« Sie reichte ihr Tablet herum, wo sie einige der Werke gespeichert hatte.

»Das ist ein portugiesischer Künstler. Er macht Street Art, baut Tiere aus Plastik.« Sie strich über den Bildschirm. Unter den Kunstwerken waren Haie zu sehen, Schildkröten, Biber. Fasziniert betrachteten die Jugendlichen die Schöpfungen, komplett aus Ozeanmüll.

Margo kannte den Künstler nicht, sie war beeindruckt von der Qualität seiner Arbeiten. Alle Schüler hatten sich die Werke angesehen. »Schaut mal hier. Er hat in zehn Jahren 62 Tonnen Müll zu Kunst verarbeitet«, rief Eibe.

»Weitere Vorschläge?«, wollte Margo wissen. Sie war überrascht, dass ausgerechnet die Klassenzicke so kooperativ war, und hoffte, dass sich diese Idee durchsetzen würde. Kein anderer Schüler hatte dem etwas entgegenzusetzen.

»Dann wollen wir abstimmen, wer möchte eine Landschaft bauen und wer ist für Tiere?« Eine Hand hob sich hinten. Clara meldete sich.

»Wie wäre es, wenn wir einen Hummer bauen würden. Die gab es massenhaft hier, sie waren durch die Umweltverschmutzung im Krieg fast ausgestorben«, rief Steven.

Schüler klatschten. Margo wollte die gesamte Klasse abstimmen lassen. »Das scheint eine hervorragende Idee zu sein. Wer ist dafür?« Alle Hände gingen nach oben.

»Dann wird es ein Hummer.« Krampfhaft überlegte sie, wann sie ein solches Meeresgetier gesehen hatte. Notfalls mussten sie eine Vorlage aus dem Internet besorgen. Aber zunächst wollte sie der Kreativität freien Lauf lassen, das brachte überraschende Ideen hervor. »Dann schlage ich vor, dass jeder von euch einen Hummer auf Papier bringt. Den schönsten Entwurf werden wir dreidimensional mit dem Müll nachbauen.«

Sie teilte die Materialien aus, die sie von der Schulleiterin erhalten hatte. Mit Eifer gingen die Jugendlichen an die Arbeit. Margo nahm sich ebenfalls ein Blatt Papier und kritzelte den einzigen Hummer, den sie in ihrem Leben gesehen hatte, aus dem Gedächtnis nieder. Das war bei einem Geschäftsessen mit ihrem Ex-Freund in Berlin gewesen. Sie erinnerte sich, wie sie verkrampft vor dem Teller gesessen hatte, völlig ahnungslos, wie sie das Tier verspeisen sollte. Der Kellner hatte ihr die Aufgabe abgenommen und die Scheren geknackt.

Sie hatte gelesen, dass die Tierart einst eine große Bedeutung für Helgoland hatte. Die Insel hatte lange vom Fang der edlen Tiere gelebt. In den Vorläufern der Hummerbuden befanden sich die Netze und die Werkstätten der Fischer. Bis zum Zweiten Weltkrieg tummelten sich Hummer in den Gewässern. Nach den verheerenden Bombardierungen war die Population beinahe ausgestorben.

Forscher vermuteten, dass sie durch die Schadstoffe im Wasser die Orientierung verloren, sich nicht mehr fortpflanzten, keine Nahrung fanden. In den letzten Jahren wurden wieder Jungtiere ausgewildert, die sich vermehrten und gefischt werden durften.

Sie lief durch die Reihen und sah sich die Kunstwerke an. Clara hatte ein blaues Exemplar auf Papier gebracht.

»Diese Art gibt es wirklich. Diese farbigen Hummer werden von den Helgoländern ›Major‹ genannt«, erklärte sie.

Weitere Entwürfe nahmen Gestalt an. Mit Eifer arbeiteten die Schüler an ihren Krustentieren. Sie ging für einen Moment nach draußen auf den Schulhof, sie brauchte zwischendurch eine Zigarette. Mehrere Jugendliche waren ihr gefolgt.

Im Gang sah sie durch die Fensterscheibe hindurch Clara mit ihren verfeindeten Mitschülerinnen Anna und Franziska. Die drei diskutierten aufgeregt. Clara händigte den beiden etwas aus. Sie konnte es nicht erkennen, es hatte die Größe eines Geldscheins.

Was hatten diese drei Mädchen für Geschäfte miteinander laufen? Margo wäre am liebsten hineingestürmt und hätte das Ganze unterbrochen. Doch dann würden die Schülerinnen alles abstreiten. Selbst Clara wollte bei ihren Gesprächen nicht auf die Gründe der Feindschaft eingehen. Sie musste weiter versuchen, Vertrauen aufzubauen, Druck half dabei nicht.

»Seid ihr fertig?« Einige Schüler erschraken, als sie hereinkam, da sie konzentriert arbeiteten. Sie gab ihnen eine Viertelstunde für die Fertigstellung, sammelte die Blätter ein und hing sie an eine Wäscheleine im Raum auf.

»Schaut euch doch mal an, wie kreativ ihr seid«, lud sie die Schüler ein. Sie ging um den Tisch, sah den Jugendlichen über die Schultern und fand gelungene Werke. Ein Pastell von Clara erregte ihre Aufmerksamkeit. Mit leichter Hand hatte sie die Form erfasst, diese in einem Farbspektrum wiedergegeben. Sie sah sich das Bild fasziniert an. Hoffentlich erkannten das die Schüler und gaben nicht dem beliebtesten den Vorzug.

»Jetzt kommen wir zur anonymen Wahl. Ihr wählt euren Favoriten, indem ihr den Namen auf den Zettel schreibt. Diesen faltet ihr dann zusammen und legt ihn hier ab.«

Sie deutete auf den Tisch vor sich. »Und noch etwas. Das wird unser gemeinsames Kunstwerk. Alle Namen werden gleichberechtigt darauf stehen. Ihr habt also ein Interesse, das beste aller Werke nachzubauen.«

Sie teilte Papier für die Abstimmung aus. Es war still im Raum. Die Jugendlichen liefen nochmals die Reihe mit den Bildern ab. Dann schrieben sie und brachten die Zettel nach vorn, wie sie erklärt hatte.

»Und jetzt kommt die Auszählung.« Sie zeigte auf zwei Schüler. »Ihr beiden zählt aus, wer die meisten Stimmen bekommen hat.« Noch immer war es still im Raum. Die Jungs bildeten Häufchen, einer wurde höher.

Steven, einer der Problemschüler, blickte auf. »Eindeutig Clara. 13 Stimmen für sie, eine für Anna, eine für Franziska.« Die Klasse klatschte. Margo war erleichtert, dass der beste Entwurf gesiegt hatte.

Sie sah auf die Uhr. Die Zeit war rasant vergangen. »Ich habe noch eine Aufgabe. Uns fehlt das Material für die Befestigung der Teile. Schaut zu Hause nach, ob ihr Drahtreste, Metallreste und alte Bindfäden findet. Alles, was euch für den Hummer nützlich erscheint.«

Die Jugendlichen verließen redend und kichernd den Raum, wieder waren Clara und Eibe die Letzten. Sie beschloss, das Mädchen direkt auf ihre Beobachtung anzusprechen. »Dein Bild ist wunderschön«, lobte sie.

»Danke. Das war nur so dahingekritzelt.« Claras Augen leuchteten vor Freude.

»Warum hast du Anna und Franziska Geld gegeben?«, wollte sie wissen. Clara wurde rot und drehte den Kopf weg. Sie hatte offenbar ins Schwarze getroffen. Das war ein Schein. Verkauften die Mädchen Drogen? Die Jugendliche sagte nichts. Eibe kam zu ihnen und schien überrascht. Fragend sah er seine Freundin an. Vielleicht wäre es einfacher, wenn sie ihn später fragte.

KAPITEL 32

Er hatte sich den Wecker gestellt, um rechtzeitig auf dem Schiff zu sein. Er brauchte einen Kaffee, in dem der Löffel stehen blieb. Einen Tag hatte er sich freigenommen. Etwas Abstand gewinnen, um diesem Teufelskreislauf zu entkommen. Dann hielt er es in der Wohnung nicht mehr aus. Tagelang auf dem Sofa sitzen und Serien glotzen, das gelang ihm nicht. Das Meer war sein Zuhause. Er brauchte das Schiff, das tiefe Brummen der Dieselmotoren unter ihm, das Kreischen der Möwen und die freie Sicht bis zum Horizont.

Er musste die Differenzen mit Kornelius beilegen. Der Schwiegersohn des Reeders saß am längeren Hebel, und sie waren so etwas wie Freunde. Ohne dessen Einverständnis würde er nicht weiterkommen in dem Laden. Er hatte nichts genommen. An diesem Tag wollte er wieder nüchtern fahren, ohne den Stoff auskommen. Das musste ein Ende haben.

Einen Moment lang war er entschlossen, bis seine Finger zitterten. Magenkrämpfe erfassten seinen kompletten

Körper. Er wollte standhaft bleiben, konnte nicht jeden Tag das Zeug in sich hineinsaugen. Mit dem Kaffee würde das nachlassen. Er brauchte ewig für die Zubereitung, da seine Hände zitterten. Das Kaffeepulver von der Dose in den Filter zu bugsieren, war ein Balanceakt. Wenn das so weiterging, würde er die Abfahrt verpassen. Und wie konnte er so ein Schiff mit Hunderten Passagieren lenken!

Er holte die Sporttasche mit dem Pulver aus dem Badezimmerschrank, schob es sich auf der Waschmaschine zurecht. Dann setzte er den zusammengerollten 50er darauf und atmete es tief ein. Was für ein wohliges Gefühl ihn durchströmte. Er wurde wieder ein Mensch. Nur an den Nachschub musste er denken. Das Schlimmste war, wenn die Wirkung mittendrin nachließ. Das war wie Sterben.

Er war nicht abhängig, nein, hatte nicht das Profil des labilen Menschen. Es ging ihm darum, Höchstleistungen zu bringen. Mittelmäßigkeit konnte er sich nicht leisten. Im Sport dopte doch jeder, der etwas gewinnen wollte.

»Denk daran. Ein Heimkind muss immer eine Handbreit besser sein als alle anderen«, hatte ihm sein Stiefvater mit auf den Weg gegeben. Er war mit ihm segeln gegangen, hatte seine Leidenschaft für das Wasser geweckt. Er hatte das immer beherzigt. Er war der Beste. Kurz vor dem Ziel waren die Nerven mit ihm durchgegangen, als der Kolumbianer ihn in seine Fänge bekommen hatte. Er musste den Mann loswerden.

Was sollte er nur Kornelius sagen? Reinen Tisch machen oder den anderen unter Druck setzen. Er riskierte den Rauswurf im hohen Bogen. Seine Sorge schien unbegründet. Als er auf das Schiff kam, grüßte der Kapitän freundlich. Klopfte ihm sogar auf die Schulter.

»Moin, mein Freund. Übernimmst du wieder das Kommando?« Als er ihm gegenüberstand, roch er Alkoholdunst. Kornelius musste mächtig gebechert haben. Das hatte er schon in der Ausbildung getan. Wenn er soff, dann ging das bis zur Bewusstlosigkeit.

»Klar doch, ist selbstverständlich.« Nichts konnte schiefgehen, er hatte sein Mittel genommen. Was waren sie nur für ein Team!

Alles lief gut. Kornelius zog sich zurück. »Junge, ich spüre eine Grippe im Anzug. Kriegst du das hin?« Er nickte. Aber er konnte die Brücke nicht verlassen. Und dann merkte er, wie das Mittel nachließ. Vor dem vermaledeiten Anlegemanöver. Immer hatte er das Pech und musste die Passagiere über die Börteboote verladen. Das bot die Reederei an warmen Tagen an, so gelangten die Touristen auf die Einkaufsstraße, ohne den langen Weg durch den Hafen zurücklegen zu müssen. Im Hochsommer fuhren Tagesgäste direkt zur Düne, um dort zu baden.

Es gelang ihm zu ankern, ohne die Börtekapitäne in der Nordsee zu versenken. Die See war unruhig. Die Passagiere waren von Bord, er steuerte das Schiff in den Hafen, um die Ladung abzugeben und neue aufzunehmen. Seine Hände zitterten. Er versuchte, sie still zu halten, es funktionierte nicht mit Willenskraft.

Er hatte sich verschätzt. Eine Welle erfasste die *MS Nordsee,* er schaffte es nicht, rechtzeitig gegenzusteuern. Er traf den Betonkai mit dem Bug, vor sich sah er es splittern, das Schiff bekam einen gewaltigen Schlag ab. Besatzungsmitglieder schrien vor Angst. Kornelius kam wie von der Tarantel gestochen.

»Du Vollidiot. Was hast du da getrieben?«

Er ließ den Kopf hängen. Das war es dann. Etwas freundlicher fragte Kornelius: »Wie ist das denn passiert?«

»Das war eine heftige Welle, wie ein Tsunami«, er ging nach draußen, um den Schaden zu besichtigen. Die Bordwand zeigte eine Delle, ob es Risse gab, konnte er nicht sehen. Sie würden die Rückfahrt am Abend nicht antreten. »Wie soll ich das bitte dem Alten erklären?«, fluchte Kornelius.

»Sag einfach, dass eine Welle das Schiff an den Kai geknallt hat. Oder willst du erklären, wo du so lange gesteckt hast?« Sein Magen rebellierte, ihm war schwarz vor Augen. Der Unfall war ein Schock. Er brauchte eine höhere Dosis, so etwas durfte er sich kein zweites Mal erlauben. Und er hatte Glück, wenn er nicht sofort rausflog.

KAPITEL 33

Birgit Leppien wütete in ihrem Arbeitszimmer. Sie kippte Schubladen aus, warf Ordner auf einen Haufen, und Akten dazu. Sie musste loslassen. Auf jede Stellfläche hatte sie Regale gezwängt, diese quollen über. Abends nach der Arbeit hatte sie zu Hause weitergemacht. Zu viele Fälle hatten die Sachbearbeiter im Jugendamt zu betreuen. Diese Tätigkeit war ihr Lebensinhalt gewesen. Wieder dachte sie an die beiden, es schmerzte sie. Sie hatte alles versucht, um sie zu finden. Mandy, die offenbar aus dieser Sekte ausgestiegen war, hatte sie nicht kontaktiert.

Zu Kevin hatte sie keinerlei Spur. Wie ein feines Gift hatte ihr Mann seine spitzen Bemerkungen in ihre Gedanken geträufelt. Zweifel kamen ihr. Was sollte sie den beiden sagen. »Tut mir leid, ich habe dein Leben verpfuscht?«

»Schluss jetzt, ich lasse los«, sie straffte sich und ging daran, die Regale auszuräumen. Nur weg mit all den Akten aus der Vergangenheit. Sie konnte ein paar gute Jahre haben, wenn sie endlich einen Schlussstrich zog.

Mittlerweile schmerzte ihr Rücken. Sie streckte ihre Hände zur Decke, um sich zu dehnen, und sah sich um. An einem Dokument blieb ihr Blick hängen. Es war ein Organigramm ihrer damaligen Dienststelle. Kirstin, das war die andere Kollegin, die nach ihrem Rausschmiss im Amt geblieben war. Erinnerte sie sich an die beiden Kinder?

Dieser Zettel ließ ihr keine Ruhe. Sie fand den Namen im Internet und dazu eine Adresse in Berlin und Telefonnummer. Sie wählte die Nummer, Kirstin war sofort am Telefon. Nachdem sie Höflichkeiten ausgetauscht hatten, fragte Birgit sie nach den Kindern.

»An die beiden muss ich oft denken«, sagte die Kollegin.

»Weißt du, was aus den beiden geworden ist?«

»Der Junge hatte richtiges Glück. Er kam in eine Lehrerfamilie an die Nordsee. Da hatte ich ein gutes Gefühl.«

Birgits Puls beschleunigte sich. Endlich etwas Konkretes.

»Weißt du Genaueres? Wo an der Nordsee war das?«

»Da ich die Familie besucht habe, weiß ich das noch genau. Das war in Cuxhaven in einem Ortsteil mit einem schönen Sandstrand«, antwortete sie. Dann fügte sie hinzu. »Bei Mandy hatte ich kein gutes Gefühl. Das war direkt in der Wendezeit, da wurde nicht so genau hingesehen. Dieser Adoptivvater war so ein religiöser Eiferer.«

»Hast du noch die Namen der Familien parat?«

Stille in der Leitung. »Irgendetwas mit N war das bei Kevin. Ich kann dir das raussuchen. Warte mal.«

»Danke dir herzlich«, sagte Birgit, nachdem sie den Namen notiert hatte.

»Viel Glück, ich hoffe, sie haben ihren Weg gemacht.« Sie verabredeten sich locker auf einen Kaffee. Birgit ahnte, dass sie das vermutlich niemals umsetzten.

Sie würde dorthin reisen, gleich am nächsten Morgen. Griesgrämig sah ihr Mann von der Zeitung hoch. Er schwieg. Sie wusste ohnehin, dass er nichts von dieser Unternehmung hielt. Er schüttelte mit dem Kopf, als sie ihn fragte, ob er sie begleiten wolle.

Lange war Birgit Leppien nicht mehr mit dem Zug gefahren. Sie saß im ICE und sah aus dem Fenster. Ihre Hände waren schwitzig, ihr Herz klopfte. In Hamburg stieg sie in das Regionalbähnle um. Vier Stunden dauerte die Fahrt. Wie lange war sie nicht mehr am Meer gewesen. Sie atmete tief die salzige Luft ein, blickte auf die zänkischen Möwen an einer Fischbude im Hafen. Direkt nebenan befand sich ihr Hotel. Sie hatte sich das Haus und dessen Lage genau beschreiben lassen. Nachdem sie ihr Gepäck im Zimmer abgestellt hatte, fuhr sie mit dem Bus in den Kurort Duhnen. An der angegebenen Adresse befand sich ein Bungalow aus den 70er-Jahren. Der Name stand am Klingelschild.

»Moin«, begrüßte sie eine Frau in ihrem Alter freundlich. »Kommen Sie wegen der Anzeige?«

Sie bat sie ins Haus und ging vor ihr her in eine geräumige Wohnküche. Sie bot ihr einen Platz am Tisch an und fragte, ob sie lieber Tee oder Kaffee trinken wolle.

»Ich bin Birgit Leppien und war früher beim Marzahner Jugendamt beschäftigt«, stellte sie sich vor. Die mutmaßliche Adoptivmutter erstarrte. Das kannte sie, ein Besuch vom Amt wirkte auf die meisten Eltern eher bedrohlich.

»Was möchten Sie denn von uns?«

»Keine Sorgen, ich suche die beiden Kinder Kevin und seine Schwester. Ich möchte nur wissen, wie es ihnen geht.«

»Und dafür sind Sie den ganzen Weg aus Berlin gekommen?« Ihre Gastgeberin starrte sie ungläubig an.

»Manche Kinder bleiben einem für immer im Gedächtnis, wie diese beiden. Sie wären beinahe verhungert und verdurstet, als wir sie gefunden haben.«

»Ich muss meinen Mann anrufen. Ich möchte das nicht alleine entscheiden«, erklärte die Adoptivmutter. Sie bereitete die Getränke zu und stellte Kaffee und einen Plätzchenteller auf den Tisch. Sie selbst verließ den Raum. Birgit Leppien hörte ihre Stimme.

Sie hatte ihre Tasse geleert, als die Frau wieder erschien. »Mein Mann ist meiner Meinung. Unser Sohn soll selbst entscheiden, ob er Sie treffen möchte. Lassen Sie Ihre Telefonnummer da.« Birgit Leppien bedankte sich und ging am Strand zurück. Hoffentlich meldete sich Kevin.

KAPITEL 34

Der Alte brüllte nicht los, wie er es erwartet hatte. Er hatte ihn auf dem Golfplatz erreicht, vermutlich war er dort nicht allein. Nüchtern ging er die Lage mit ihm durch. Sie konnten das Schiff so nicht einsetzen, eine Untersuchung durch Techniker der Werft war notwendig. Diese sollten mit der Konkurrenz anreisen oder mit einem Flugzeug aus Nordholz, solange blieb die *MS Nordsee* am Kai. Das bedeutete, dass sie die Heimreise frühestens am Tag darauf antreten konnten.

»Die Passagiere müssen eine Nacht länger bleiben oder mit einer anderen Gesellschaft fahren«, stellte der Reeder fest. »Notfalls chartern wir ein Ersatzschiff. Ihr kümmert euch jetzt dalli, dalli um die Passagiere, ich möchte so wenig Beschwerden wie möglich hören«, wies der Alte an.

»Wir werden alles regeln. Es tut mir wirklich leid«, antwortete Kornelius. »Wo sollen wir übernachten?«

»Weißt du eigentlich, was dieser ganze Spaß kostet?«, der Alte hatte seinen üblichen cholerischen Anfall. »Notfalls bleibt ihr auf dem Schiff, wenn ihr nichts Günstiges findet.«

»Wo warst du eigentlich, als die Monsterwelle kam? Das musst du doch wissen, dass der Wellengang stark ist. Hast du den Jungen nicht vernünftig eingewiesen?«

Er überlegte kurz, ob er die Wahrheit sagen sollte. Aber der Alte wartete seine Antwort gar nicht erst ab.

»Ach ja, der Herr war am Abend feiern, musste sich einen hinter die Binde gießen und hatte einen Kater«, sein Schwiegervater spie die Worte aus. »Glaubst du, das hätte ich als junger Kapitän gewagt?«, fragte er spitz.

»Du warst doch auch mal jung, oder?«

»Schnaps ist Schnaps und Dienst ist Dienst. Ich hatte noch Arbeitsmoral. Ich wusste es schon immer, du taugst einfach nichts. Wenn meine Tochter nicht so naiv wäre«, er seufzte.

Jetzt war es raus, Kornelius hatte ohnehin immer gespürt, wie wenig der Alte von ihm hielt.

»Aber jetzt hast du es überzogen, du bist gefeuert. Wenn du wieder in Cuxhaven bist, kannst du die Papiere abholen.« Dann tutete es in der Leitung.

Kornelius starrte das Handy an. Was war das denn? Meinte der Reeder das ernst oder war es nur einer seiner Anfälle? Vor Gericht konnte er sich nicht gegen den eigenen Schwiegervater wehren. Er würde erst einmal so weitermachen. Noch war er Kapitän dieses Schiffs.

Er ging in sein kleines Büro und nahm sich die Verzeichnisse mit den Quartieren heraus. Über Funk rief er die Mitarbeiter zusammen und erklärte ihnen ihre Aufgaben. Im Frühsommer war die Insel vermutlich gut gebucht. Wenn das Schiff nicht fuhr, blieben die nachkommenden Touristen aus. Sie würden auf diese Zimmer zurückgreifen. Sie hängten sich an die Strippe und reservierten Übernachtungsmöglichkeiten. Yasmina saß neben ihm und fragte Zahlen ab. Michael verhandelte mit der Konkurrenz, einen Teil der Fahrgäste konnten sie auf deren Schiff unterbringen. Er spürte Groll in sich aufsteigen, er badete den Fehler seines ehemaligen Freundes aus. Der war so merkwürdig geworden.

Er beobachtete ihn. Ob er das Schiff absichtlich gegen den Kai gesetzt hatte? Damit brachte er ihn als Kapitän in Bedrängnis, ging es darum, ihm den Job streitig zu machen? Sie hatten früher über ihre Wünsche gesprochen. Michael träumte vom eigenen Schiff, wünschte sich die vier Streifen auf der Schulter, die der Kapitän trug.

Doch er verwarf den Gedanken. Er sah, wie sich der Kollege bemühte und ihm ein Zeichen machte, dass es geklappt hatte. »Ich habe 100 Plätze und noch einen Rabatt rausgehandelt«, berichtete er stolz. Dann schlug er die Augen nieder. »Konny, glaub mir. Es tut mir unendlich leid.«

So hatte er ihn schon lange nicht mehr genannt. Er nickte. Sie kamen voran. Sie tauschten sich aus, da sie die Liste aufgeteilt hatten. Er überschlug die Plätze. »Das war's. Wir haben alle Passagiere untergebracht.« Er sah auf die Uhr, es war höchste Zeit. Allerdings hatten sie ohne Pause durchgearbeitet, nicht einmal für ein kurzes Mittagessen am Hafenimbiss hatten sie sich einen Moment Freizeit genommen. In einer Stunde wäre die normale Abfahrtszeit der *MS Nordsee*. Die ersten Passagiere kamen auf das Schiff zugelaufen. Sie hatten zwar den Knall und die Erschütterung mitbekommen, doch sie wusste nichts vom Ausfall der Fahrt. Schnell hatten sie die Information ausgedruckt und auf einem Aufsteller vor dem Steg positioniert. Daneben standen die Besatzungsmitglieder und nahmen die Buchungen vor. Das erste Grüppchen von Rentnern war schnell abgefertigt, diese fünf kehrten fröhlich in den Ort zurück. Nach und nach kamen weitere Fahrgäste. Lange Schlangen bildeten sich, die Planänderung ging friedlich vor sich. Ein Mann wurde wütend und schrie Michael und Yasmina an.

»Was für eine Sauerei. Wir haben einen Empfang im Sternerestaurant. Das gibt es doch nicht.«

Kornelius ging auf ihn zu.

»Wir bedauern die Unannehmlichkeiten, mein Herr.«

»Ich akzeptiere das nicht, das wird ein Nachspiel haben.«

Er bedeutete ihm zu warten und fragte bei der Konkurrenz nach. Dort konnte er weitere Plätze hinzubuchen. Die beiden eilten zum Abfahrtssteg des anderen Schiffs. Zwei Stunden später hatten sie ihre Fahrgäste untergebracht. Die Techniker kamen an Bord. Sie waren mit einem Flugzeug aus Nordholz angereist und prüften die Bordwand auf Festigkeit und Dichte.

Er rief das *Hotel Atlantik* an, das der Familie eines ehemaligen Schulfreundes gehörte und reservierte für die gesamte Besatzung. Der Alte würde schäumen, doch entlassen war er ohnehin. Lust auf ein gemeinsames Abendessen hatte er nicht, seiner Frau hinterließ er nur eine kurze Nachricht, dass er am nächsten Tag zurückkäme. Er ging auf sein Zimmer und fiel in voller Montur auf das Bett. Einen Moment ruhen. Er war tief eingeschlafen. Ein stechender Schmerz ließ ihn hochfahren. Er öffnete die Augen, vor ihm saß Yasmina. Sie trug einen Lederstring und eine Art Büstenhalter aus schwarzem Leder, der ihre Brüste nur als Band umrundete und die Mitte frei ließ. Sie hatte ihm ins Ohrläppchen gebissen. Mit der Hand ertastete er einen Tropfen Blut. Dieses Biest brachte ihn zur Weißglut, gleichzeitig erregte sie ihn. Sie lachte nur, dann hauchte sie. »Leg mich doch übers Knie, Kapitän.«

Sie war aufgestanden und schlängelte sich vor ihm auf dem Bett. »Oder bist du nicht Manns genug, mein Kapitän?« Sie machte einen Schritt auf ihn zu, packte sein Hemd und riss es ihm herunter. Knöpfe sprangen ab. Sie widmete sich in gleicher Weise seinen Brustwarzen, knabberte, dann wurde ihr Biss fest und schmerzte. Er schubste sie von sich, musste sie im letzten Moment festhalten, damit sie nicht auf den Boden knallte. Sie hangelte sich an seiner Hand wieder auf seinen Körper, schnurrte wie eine Katze, suchte seine Lippen mit den Zähnen, mit der Zunge. Einen Moment dachte er klar. Das Weibsstück musste aus seinem Zimmer raus, so schnell wie möglich.

»Nein, lass es sein«, protestierte er. Dann überströmte ihn eine Woge der Lust, riss ihn hinein ins Verderben dieses Kusses. Er gab sich dem Toben der Elemente hin, es war wie ein Erdbeben gefolgt von einem Vulkanausbruch, ein Bedrängen und Zurückziehen, ein wilder Tanz. Er entdeckte mit seinen Lippen und seiner Zunge ihr Dekolleté, diese Brüste. So prall waren sie, das Leder betonte ihre Form. Waren sie echt oder operiert? Völlig gleichgültig. Er streichelte ihren Busch, riss ihr den Slip herunter. Dann konnte er nicht mehr an sich halten, er fickte sie. Jawoll, ficken. Das wollte sie, das wollte er. Schneller, harter Sex ohne irgendein Gesäusel. Sie schrie mit jedem Stoß, steigerte seine Lust bis auf den Höhepunkt. Sein Schwanz war so prall und hart, dass es schmerzte. Sie entwand sich ihm. Was tat sie da? Sie rannte um das Bett.

»Was ist? Was willst du?« Sie sah ihn an.

»Dich«, stöhnte er. Sie kam wieder auf die Liegefläche, entwischte auf die andere Seite.

»Was willst du von mir?«, gurrte sie.

»Dich ficken!«

»Was, ich habe nichts gehört?« Sie hatte sich ihm wieder entwunden, was spielte sie für ein Spiel mit ihm?

»Dich ficken, Yasmina«, stöhnte er laut auf, sein Schwanz war dermaßen hart, dass er es kaum aushielt. In dem Moment ging die Tür auf. Michael stand im Raum, starrte ihn an, sah sie an. Sein Mund öffnete und schloss sich. Er schien überrascht.

»Raus«, herrschte er ihn an. Mit dem Kollegen würde er sich später befassen. Sein Glied hing wie eine verkümmerte Spreewaldgurke hinab. Die Lust war ihm verflogen. Sie sah ihn erwartungsvoll an, er schüttelte den Kopf.

»Ich bin ein verheirateter Mann. Geh bitte.«

Sie zog einen Schmollmund. Widerspruchslos sammelte sie ihre Sachen auf und rannte aus dem Zimmer. Das war ja auf ganzer Linie gegen den Baum gegangen. Er öffnete die Minibar, nahm sich eine Flasche Whisky. Die setzte er an und ließ die goldfarbene Flüssigkeit in sich hineinlaufen. Wohlige Wärme breitete sich in seinem Bauch aus. Es war keine Lösung, aber in dem Moment tröstete es ihn.

KAPITEL 35

Warten, immer nur warten. Mandy hatte sich nicht gemeldet, jetzt hoffte sie auf den Jungen. Birgit Leppien hatte sich am Dorfbrunnen in Duhnen in eine Bäckerei gesetzt, eine ältere Dame nahm an ihrem Tisch Platz. Eine Einheimische. Durch Zufall kamen sie auf ihre Nachbarn zu sprechen, eine Familie Nickau.

»Der Sohn reist auf einem Schiff mit?«, fragte sie nach.

Ihre gesprächige Tischnachbarin bestätigte: »Auf der *MS Nordsee*. Er ist dort der Steuermann.« Dann plapperte sie weiter und gab Ausflugstipps, die Birgit nur mit halbem

Ohr aufnahm. Schnurstracks fuhr sie zum Helgolandhafen und buchte ihren Fahrschein.

Endlich legte das Schiff an, der Steg wurde vertäut, und die Passagiere stiegen aus. Ein Kran entlud Gepäckstücke und Kisten. In einer Stunde sollte es erneut ablegen. Ungeduldig reihte sie sich in die Warteschlange der Helgolandbesucher ein.

Sie hielt Ausschau nach Kevin. Würde sie ihn wiedererkennen? Sie beäugte den jungen Mann, der die Fahrkarten kontrollierte. Wahrscheinlich hatte ein Offizier andere Aufgaben. Ihr Sitz befand sich in der Mitte des untersten Decks. Sie wartete, bis das Schiff abgelegt hatte. Es schaukelte ein wenig, das bekam sie kaum mit. Sie malte sich aus, wie das Treffen ablaufen würde. Wen sollte sie nach Kevin fragen?

»Kenne ich nicht«, sagte der Mitarbeiter, der zuvor ihre Fahrkarte kontrolliert hatte. Sie beschloss, an der Bar nachzufragen. Eine junge Frau mit dunklen langen Haaren verkaufte dort Kaffee, Kuchen, Würstchen und verschiedene Souvenirs. Sie lächelte sie freundlich an.

»Ich habe eine Bitte, ich möchte gerne mit dem Ersten Offizier sprechen. Kevin ist ein Bekannter von mir.«

Die junge Frau strahlte sie begeistert an. »Da wird er sich bestimmt freuen. Ich frage ihn, wann er einen Moment Zeit für sie hat.«

Sie atmete auf. Wieder einmal hatte sie das Gefühl gehabt, dass ihre Recherchen ins Leere laufen könnten. Sie war erleichtert, dass die junge Frau bestätigt hatte, dass Kevin auf diesem Schiff tätig war.

»Kommen Sie in einer Stunde wieder, in der Zwischenzeit kontaktiere ich ihn«, hatte sie ihr versprochen. Endlich würde sie ihn wiedersehen. Wie mochte er nur als Erwachsener aussehen? Sie spazierte über das Deck, sah auf das Meer und schaute alle paar Minuten auf die Uhr. Wann war die Stunde endlich vorbei. Dann dachte sie an ihren Mann. Er hatte noch mal versucht, ihr das Ganze auszureden.

Sie schickte ihm eine SMS: ›Ich habe ihn gefunden. Gruß von der *MS Nordsee*.‹ Eine tiefe Befriedigung erfüllte sie. Sie war ihren Weg gegangen, trotz seiner Störmanöver, und sie hatte Recht behalten.

Endlich war die Stunde vergangen. Am Bordkiosk hatte sich eine Schlange gebildet. Sie reihte sich ein, wartete eine Viertelstunde. Die junge Frau erkannte sie sofort, winkte ihr strahlend zu: »Er freut sich riesig auf das Treffen. Er ist noch beschäftigt und meldet sich per Telefon.« Sie schrieb ihre Nummer auf und reichte sie über den Tresen. Dann ging sie zurück auf ihren Platz. Die Nachricht traf ein, als sie sich gesetzt hatte.

»Bitte gehen Sie eine Treppe hinab. Auf der Tür neben der Toilette mit der Aufschrift ›Crew‹ kommen Sie in die Personalräume. Hinterste Tür links. Dort können wir uns ungestört unterhalten.« Birgit Leppien schickte einen Smiley zurück und kam zu der beschriebenen Tür. Sie fand den unauffälligen Eingang gleich und trat ein, mehrere Türen gingen von dem düsteren Flur ab. Sie ging durch die Stahltür am Ende und eine Treppe hinab, es war stockdunkel. Sie versuchte, das Licht anzumachen. Als sie auf den Schalter drückte, tat sich nichts. Hinter sich spürte sie einen Lufthauch. In dem Moment kam schon der Schlag, ihr Kopf schmerzte schrecklich, dann fuhr das kalte Eisen erneut auf sie nieder. Ihr Beine gaben nach. »Telefon«, dachte sie, da entglitt es ihr, es wurde dunkel. Vielleicht hatte ihr Mann doch recht. Das war ihr letzter Gedanke, bevor ihr die Sinne schwanden. Sie bekam nicht mehr mit, wie ihr lebloser Körper an Achterdeck geschleift wurde und über eine niedrige Klappe in die Nordsee fiel.

KAPITEL 36

Er war dabei, den Zaun an der Auffahrt auszubessern. Die beiden Esel wichen ihm nicht von der Seite. Sie waren Weltmeister darin, Lücken zu finden und irgendwohin zu entweichen, wo es etwas Essbares gab oder ein lustiges Spiel Unterhaltung versprach. Vor Sonnenaufgang hatte er mit der Arbeit begonnen, ein heißer Tag kündigte sich an. Er liebte diese einfachen Farmarbeiten. Seine Familie schlief noch. Sie hatten eine Woche gebraucht, um die gröbsten Schäden von der Besetzung durch die Guerilleros zu beseitigen, Möbel zu reparieren und ihre Familienbilder zumindest notdürftig zu flicken. Jetzt sah die Halle ihres Gutshauses wieder präsentabel aus.

Der Zaun war fertiggestellt, fast zeitgleich öffnete seine älteste Schwester das Küchenfenster. »Wie wäre es mit einem Kaffee?« Er lächelte und setzte sich mit ihr auf die Veranda. Eli war immer die zweite der Familie, die aufstand. Sie leitete den Betrieb, wenn er nicht da war.

»Was haben wir heute zu erledigen, Eli?«, fragte er.

»Wir haben die Geburtstagsfeier von Carlos.«

John setzte seine Tasse ab, er schlug sich an den Kopf.

»Ich glaube, ich werde alt und vergesslich!«

»Dafür hast du ja mich.« Eli lächelte spitzbübisch.

»Wer kommt denn alles und was hast du vor?«

Sie zählte Namen auf, die ihm nichts sagten. »Zehn Jungs aus seiner Klasse kommen. Wir werden Kuchen essen und dann Reiterspiele machen.«

Er nickte. So hatten sie die meisten Geburtstage gefeiert. Alle Kinder in der Gegend konnten reiten, die Geschicklichkeitsspiele waren beliebt. Doch er hatte den besonderen Tag seines kleinen Bruders wegen all der Probleme komplett vergessen und nun keine Ahnung, was er ihm schenken sollte. Was würde einem Jungen heutzutage gefallen?

»Komm bitte mal schauen«, bat Elisabeth. Sie führte ihn in die Garage, wo sie ihren Wagen und den Traktor aufbewahrten. Sie zog etwas hinter einem Verschlag hervor. »Schau mal, unser Geschenk.«

Es war ein Kinderfahrrad. »Es wird Zeit, dass er das lernt.« Zärtlich strich sie über den Sattel.

»Eli, du bist ein Goldschatz.« Er umarmte sie. Ein Stein fiel ihm vom Herzen. Elisabeth lächelte nur, und ihre Wangen waren leicht gerötet.

»Ich muss dann mal, da brennt gleich etwas an«, sie rannte zur Küche, von wo er einen süßen Geruch wahrnahm. Die Geburtstagsbäckerei. Er war glücklich, dass sie den Kindern unbeschwerte Momente schenken konnten. Obwohl das Leben seit dem Tod ihres Vaters so schwierig war.

Er fuhr mit seinem Quad zu den Feldern, um dort nach dem Rechten zu sehen. Die Sträucher waren nachgewachsen, nirgendwo fanden diese Pflanzen ein so ideales Klima. Er war froh, dass die Banditen sie nach der Ernte in Ruhe ließen. Er drehte eine Runde um das Gelände, sprach mit den Farmarbeitern, die dabei waren, Mangos zu pflücken. Er kontrollierte die Sattelkammer, danach würde er die Möbel für das Fest aufstellen.

Eli rief ihn ins Haus, der Rest der Familie war aus dem Bett gekommen. Es duftete nach Kuchen.

»Herzlichen Glückwunsch, mein Kleiner«, er umarmte seinen Bruder. Dann brachte Eli das Fahrrad, um das sie eine Schleife gemacht hatte. Der Junge sprang vor Freude in die Luft und stieg sofort auf das Rad. »Warte, das üben wir.« Er ließ ihn die Auffahrt hinab fahren, hielt am Gepäckträger fest. Der Kleine balancierte sich aus. Er überlegte, ob er loslassen konnte, als er die Motorengeräusche hörte. Schwere Geländewagen. Einen Moment hoffte er, dass es Gäste waren, die zu früh kamen. Dann sah er das verhasste schwarze Auto des Kommandante, gefolgt von zwei weiteren Wagen. In letzter Minute konnte er Carlos an sich reißen, die Kolonne raste den Weg hoch, dass die Kiesel spritzten. Das Fahrrad lag in Einzelteile zersprengt auf dem Weg. Der Junge heulte auf.

»Geh, versteck dich in der Hütte«, er setzte ihn ab. Doch der Kleine stand weinend neben ihm. Die Banditen waren im Haus, hatten den Kuchenduft gerochen. Er zählte neun Männer und eine Frau. Sie machten sich an der Tafel breit.

»Hey, bring mal das Essen«, grölte der Kommandant, klatschte Eli auf den Hintern.

»Lass die Pfoten von ihr«, sagte John, in dem Moment richteten zwei der Verbrecher ihre Pumpguns auf ihn.

»Wir wollen uns doch nur ein wenig unterhalten, Johnyboy«, der Chef der Truppe entblößte sein Pferdegebiss. »Du hast deinen Job so richtig gut gemacht. Wir wollen dir ein Angebot machen.«

»Da lege ich nun wirklich keinen Wert drauf.«

»Wie schade.« So schnell, wie er gekommen war, sprang der Kommandant auf. Er packte Elisabeth am Arm und zerrte sie in sein Auto. Sie schrie, schlug um sich, er gab ihr eine Ohrfeige, die sie zu Boden fallen ließ. John sprang auf, wollte sie aus dem Wagen ziehen, als die beiden Bewaffneten mit ihren Pumpguns auf Carlos zielten. »Bei dem Geheule verliere ich gleich die Nerven.«

Der Kommandant hatte Eli ins Auto gezerrt und raste los, die beiden anderen Wagen hinterher. John rannte der Kolonne nach. Verzweifelt brüllte er.

»Was wollt ihr? Ich tue es.« Doch sie fuhren weg und nahmen seine Schwester mit sich. So hatte die FARC jahrelang Menschen unterjocht. Manche tauchten nie wieder auf. Sie wurden gequält, vergewaltigt, als Arbeitssklaven eingesetzt. Er mochte sich nicht einmal ausmalen, was sie mit Elisabeth tun würden. Er war verzweifelt und spürte die Tränen aufsteigen. Doch dann sah er die Blicke seiner Mutter und seiner Geschwister. Voller Angst und Erwartung sahen sie zu ihm. »Macht euch keine Sorgen. Wir werden sie finden.« Er versuchte, sich die Ratlosigkeit nicht anmerken zu lassen.

KAPITEL 37

Eine kleine Trottellumme hüpfte über die Steine vor den Felsen. Sie war von ganz oben hinabgestürzt und suchte nach der rettenden Nordsee. Rike kraxelte zu dem Vogel.

»Bleib ruhig. Er weiß ja nicht, dass du ihm helfen möchtest«, riet Charlie, die bereits ein Küken im Arm trug.

Langsam bewegte sie sich an die Stelle, dann nahm sie das Tier behutsam in die Hand. Sie gingen zur Mauer, um die beiden in die Freiheit zu entlassen. Plötzlich hörte Rike eine Stimme.

»Entschuldige bitte die Störung«, rief ihr Harry zu, der in einiger Entfernung stehen geblieben war.

»Harry, wir haben richtig viel zu tun. Was gibt es?«, schrie sie, damit er es hören konnte.

Die Vögel quiekten, piepsten und schrien in einer Lautstärke, die sie den kleinen Geschöpfen nie und nimmer zugetraut hätte. Es waren die Altvögel, die ihre Jungen zum Sprung animieren wollten. Der Nachwuchs stand in einer Reihe oben am Felsen und drückte sich in die Rillen. Manchmal gab der Hintermann einen Schubs, bevor die schwarz-weißen Tierchen nach unten plumpsten. Schon wieder bugsierte Rike ein Exemplar über die Mauer.

»Sorry, wirklich sehr sorry. Ich könnte deine Hilfe gebrauchen.« Er stand jetzt neben ihnen, sie sah, dass sein Gesicht rot gefleckt war vor Aufregung. Harry brachte nichts aus der Ruhe. Also hatte er einen triftigen Grund, sie zu stören.

Es klang dringlich. Rike seufzte, das Wort Nein kam ihr leider immer schwer über die Lippen. Vor allem bei Harry mit seinem Lausbubencharme.

»Was ist denn geschehen?«

»Wir wissen jetzt, wer der Tote war.«

Sie sah zu Charlie. Vögel plumpsten auf die Steine vor den Felsen. Bald kam die Morgenröte, und damit endete die Sprungnacht.

»Ich kann erst in einer halben Stunde hier weg. Dann besprechen wir uns. Du kannst ja helfen«, bat sie ihn.

Er nickte. »Ich weiß, wie es geht. Meine Ex war Vogelschützerin.«

Er ging zu einem Küken und bugsierte es in die Nordsee. Mit den ersten Sonnenstrahlen endete das Spektakel. Harry hatte am Leuchtturm geparkt und brachte sie in die Wache.

»Kaffee?«

Sie nickte. Sie wäre nach dem Einsatz ins Bett gegangen, doch das würde eine Stunde warten müssen. Mit dem Cappuccino reichte er ihr einen Ausdruck.

»Wir haben die DNA untersuchen lassen. Es gibt eine Übereinstimmung zu 99 Prozent mit dem Erbgut von Hinni Meuren«, sagte Harry.

Rike ärgerte sich, dass sie nicht an den Konditor gedacht hatte. Dabei war das naheliegend wegen des Alters. Sie war davon ausgegangen, dass er aus freien Stücken nach dem Streit verschwunden war.

»Warum haben wir das bloß übersehen?«, fragte sie.

»Von ihm gab es keine Vermisstenanzeige. Aber er war in unserer Datenbank«, erklärte Harry.

»War er straffällig?«, fragte sie.

»Es gab in Schleswig-Holstein einen Massengentest wegen eines Sexualdelikts«, sagte Harry. »Das Material war noch vorhanden.«

»Hatte er etwas damit zu tun?«.

Er schüttelte den Kopf. »Jedenfalls nicht nachweislich. Ich habe nicht an dem Fall gearbeitet.«

»Immerhin steht jetzt fest, wer es war. Durch die Obduktion wissen wir auch, wie er zu Tode gekommen ist. Es gibt keine Hinweise auf Fremdeinwirkung. Immerhin dieser Fall ist doch recht klar, oder?«, stellte Rike fest.

Harry schüttelte den Kopf. »Das Ganze ist alles andere als klar. Caroline Maiwald fehlt noch immer, Emke Meuren ebenso, und ihr Mann ist tot. Es kann sein, dass die Fremdeinwirkung nicht nachweisbar ist.«

Da hatte ihr Freund recht. »Deshalb habe ich dich gebeten zu kommen. Wir werden Verstärkung brauchen. Wir sind hier zwar ein erfolgreicher Gemischtwarenladen, wir haben schon einige Fälle gelöst. Aber uns fehlen krankheitsbedingt zwei Leute. Die zuständigen Kollegen aus Itzehoe haben selbst mehrere Fälle, aber du bist ja schon vor Ort. Würdest du uns offiziell unterstützen?«

Sie zögerte. Dann würde Kanter mitbekommen, dass sie arbeitete, und sie vielleicht vorzeitig abziehen.

»Wir können offiziell Amtshilfe beantragen. Das sieht dann so aus, als würde er dir die Anweisung geben.«

Rike überlegte. Obwohl sie ihren Chef lieber für die nächsten Wochen komplett ausgeblendet hätte, war das die beste Lösung.

»Okay, versuche es. Ich muss mich um Prinz kümmern«, sagte sie. Er brachte sie zurück ins Oberland. Vor ihrem Fenster verwandelte die Sonne das Meer vor der Insel in ein Flammenmeer. Sie ließ den schwanzwedelnden Hund aus der Wohnung und wartete. Dann fiel sie erschöpft ins Bett. Als sie eingeschlafen war, klingelte ihr Telefon. Ihr Hamburger Vorgesetzter, Christian Kanter, kam ohne Umschweife zur Sache.

»Rike, ich habe eine Amtshilfeanfrage aus Kiel erhalten. Können Sie die Kollegen bei der Ermittlung in drei Todes- und Vermisstenfällen unterstützen?«

Das ging ja schnell. Rike zögerte mit ihrer Antwort.

»Ich bin privat hier. Und Sie wissen, dass ich diese Auszeit dringend brauche. Gibt es denn keine andere Lösung?«, fragte sie.

»Im Moment haben die Kollegen einen Personalnotstand. Wir reden hier von ein bis zwei Wochen. Sie können Ihren unbezahlten Urlaub um diesen Zeitraum verlängern«, versprach er.

»Das hätte ich gerne schriftlich«, willigte Rike ein. Sie hörte das Tuten im Hörer statt einer Antwort. Typisch Kanter. Also schrieb sie ihm eine Mail. Prinz bellte fröhlich, denn er ahnte, dass sie einen Spaziergang machen würden. Sie liefen durch den Hafen zur kleinen Polizeistation.

Harry war dabei, mit dem Staatsanwalt in Pinneberg zu telefonieren. Sie breitete Prinz eine Decke im Raum hinter dem Empfang aus. Ihr Kollege kam zügig die Treppe hinunter und nahm die letzte Stufe mit einem Sprung.

»Ich habe grünes Licht für eine Hausdurchsuchung bei den Meurens. Begleitest du uns?«

Rike hatte Schwierigkeiten, Schritt zu halten.

»Ich muss euch jetzt offiziell verstärken«, sagte sie, nachdem sie sich vorne in den Wagen gesetzt hatte.

»Danke dir Rike, das werde ich dir nie vergessen«, sagte Harry.

Madeleine nahm hinten Platz. Sie fuhren ins Oberland und parkten in einer Seitengasse. Sie wusste nicht, ob sich die junge Frau, die das Haus gereinigt hatte, in der Wohnung befand. Auf ihr Klingeln meldete sich niemand. Blitzschnell hatte ihr Kollege mit einer Karte die Tür geöffnet.

Im hinteren Bereich rumpelte es, Harry stürmte los, die beiden Frauen hinterher. Als Rike ankam, sah sie eine dunkle Gestalt im Hof verschwinden. Harry war ihm dicht auf den Fersen, sprang auf das Vordach im Hof und dann hinunter. Madeleine und sie rannten durch die Haustür ebenfalls in Richtung Kirche. Sie fand den keuchenden Harry, der lauthals fluchte. Er deutete auf einen unauffälligen Eingang.

»Verdammte Axt, der ist in das Bunkersystem geflohen. Ich habe keinen Schlüssel.«

Fragend sah Rike ihn an: »Sollten wir nicht versuchen, ihn zu kriegen?«

»Unmöglich, das ist ein kilometerlanges Labyrinth. Da bräuchten wir ein paar Leute mehr.« Madeleine, die Jüngste, war als Letzte zur Stelle.

»Am besten, wir gehen schnell zurück, die Tür steht offen«, schlug Rike vor. Im Flur waren Schränke umgekippt, Jacken und Hüte bildeten einen Haufen. Beinah wäre sie über Schubladen gefallen. Da hatte jemand etwas gesucht. Sie erinnerte sich an ihren Besuch, als die Wohnung peinlich sauber und aufgeräumt gewirkt hatte. Dem Wohnzimmer mit Sitzecke und Esstisch lagen Küche und Bad gegenüber, hinten im Flur ging es in das Schlafzimmer. Nur dorthin hatte es der Besucher offenbar nicht geschafft, ansonsten hatte er sich durch sämtliche Schränke gewühlt. Die vorderen Räume boten einen Ausblick wie aus der Helgolandwerbung über den Ort und seinen Hafen mit den Ausflugsschiffen bis zur Düne.

»Sie rechts, ich links?«, schlug sie Madeleine vor.

»Wonach suchen wir eigentlich genau?«, fragte diese.

»Wir sammeln alles ein, was einen Hinweis auf den Verbleib der Frau geben könnte oder ein Motiv darstellt, den beiden Übles zu wollen. Rechnungen, Kontoauszüge, Briefe, Tagebücher«, erklärte sie. »Aber lieber das eine oder andere Stück zu viel mitnehmen, als Entscheidendes zu übersehen.« Sie sah die Schränke im Wohnzimmer durch, fand Buchhaltungsunterlagen des Cafés, Kalender, Adressbücher, warf einen Blick auf die Kontoauszüge. Soweit nichts Auffälliges, aber das würden sie später sortieren. Im Schlafzimmer befand sich ein raumhoher Einbaukleiderschrank, mit ihren Sachen auf der einen und seinen Kleidungsstücken auf der anderen Seite. Beide Hälften waren gut gefüllt, in den Schubladen befand sich nur die Unterwäsche. Unten in der einen Schrankhälfte stieß sie auf Metall. Eine Kassette, deren Schlüssel sogar steckte. Sie entnahm den Inhalt. Perlenketten, Goldketten und Ohrringe, Ringe. Es handelte sich um echten Schmuck. Ob der Einbrecher danach gesucht hatte?

Es gab keine Hinweise darauf, dass etwas fehlte. Sie war

am Ende ihrer Wohnungshälfte angelangt und ging, um nach der Kollegin zu schauen. »Und, wie sieht es aus?«

Harry hatte sich zu ihr gesellt und streckte ihr ein Papier entgegen. »Nichts wirklich Interessantes, außer diesem Dokument über den Verkauf des Gebäudes mit der Konditorei.«

Sie sah es kurz durch, dann fiel ihr Blick auf den Käufer. »Maiwald Investment.« Sie zeigte es dem Kollegen. »Hat das etwas mit Detlef oder Caroline Maiwald zu tun?«

Er sah sich den Firmennamen an. »Diese Firma kenne ich nicht. Möglich ist es.«

»Okay, dann sollten wir diese Gesellschaft mal unter die Lupe nehmen«, schlug sie vor. Sie nahmen sich die Kartons, die sie mit Material gefüllt hatten, und gingen die Treppe hinunter in die Konditorei. Die Kühltheken waren voller exotischer Kreationen wie einer Mango-Rhabarber-Baiser-Torte, einem Schwarzwald-Helgoland-Traum und einem Schokoladenfelsen.

»Ein Jammer, das wird nun alles schlecht«, Harry stand bedauernd vor den Kalorienbomben.

»Tu dir keinen Zwang an«, er war eben ein Lebemensch, der die schönen Seiten sah.

Entschieden schüttelte er den Kopf: »Dienst ist Dienst und kein Kaffeekränzchen.«

Am Tresen entnahmen sie den Kalender und die Geschäftsbücher. Sie verließen das Lokal über den Seiteneingang, der direkt in den Hausflur führte.

»Ich muss dringend ein paar Stunden schlafen«, verabschiedete sich Rike.

»Wir schauen das Material durch«, sagte Harry.

Sie nickte. Vor allem diese Verträge schienen interessant zu sein.

Sie kannte aus ihrer Ausbildung den Spruch »Follow the money«, der in den meisten Fällen ans Ziel führte. Ging es um die Immobilien oder irgendeine geheime Insulanerfehde?

KAPITEL 38

Der Körper des Hummers nahm Gestalt an. Konzentriert wickelten die Schüler Plastiktüten für den Bauch des Schalentieres, aus Draht hatten sie die Fühler gebogen. Im Berg von Abfall auf dem Tisch gab es jede Menge Material.

»Hier«, Clara hielt Taucherflossen in der Hand, ihre Augen leuchteten vor Begeisterung.

Die Blondinen sahen erneut einen Anlass, um das künstlerisch begabte Mädchen anzugreifen.

»Im Müll und Dreck wühlen kann sie, unser Aschenputtel«, spottete Anna, und Franziska stieß demonstrativ ein lautes Gelächter aus. Clara zuckte kurz zusammen, dann sah sie auf ihre Arbeit, das Gesicht starr. Sie kämpfte um Beherrschung, sagte aber nichts.

Margo wies die Blondinen zurecht.

»Freunde, das ist die allerletzte Warnung, oder ihr seid draußen.« Sie fragte sich, warum Clara diese Beleidigungen hinnahm, sich nicht gegen diese beiden Zicken wehrte. Sie war begabt und nicht auf den Mund gefallen. Die Zwillinge hatten sich beruhigt, und die Gruppe arbeitete weiter bis zum Schluss ihres Workshops. Das Strahlen in Claras Augen war verschwunden. Sie nahm sich vor, am nächsten Tag mit dem Mädchen zu sprechen. Jetzt musste sie zu einer Verabredung an den Hafen.

Sie sah ihn auf der Terrasse. Dort studierte er die Karte und lugte hin und wieder suchend über den Rand. So entdeckte er Margo und winkte ihr begeistert zu. Er stand auf und rückte ihr einen Stuhl zurecht.

»Danke, dass Sie gekommen sind. Vielleicht sind Sie etwas überrascht, aber ich habe ein dienstliches und ein privates Anliegen«, sagte Harry Kruss.

Margo war überrascht. Wollte er sie anbaggern? Harry war ein attraktiver Mann. Doch sie hatte sich für Paul entschieden und im Moment keinen Sinn für eine Affäre.

Ein Kellner mit einem Muskelshirt und jeder Menge Tattoos fragte nach ihrer Bestellung. Margo wählte einen Helgoländer Eiergrog. Dieses bisschen Tourismus wollte sie sich gönnen.

»Wissen Sie denn, was mit Caroline Maiwald geschehen ist?«, fragte Margo.

Eibe, der Sohn der Vermissten, litt an der Ungewissheit. Erst wenn das Schicksal seiner Mutter feststand, konnte er trauern. Solange man nichts fand, gab es Hoffnungen. Vielleicht war sie in einem anderen Land. Sie hatte mitbekommen, wie er das Clara erzählt hatte.

Der Kommissar schüttelte bedauernd den Kopf: »Wir sind noch nicht weitergekommen. Aber der Fall hat sich ausgeweitet.« Er berichtete von dem Toten und seiner verschwundenen Ehefrau.

Margo hatte von den Ereignissen wenig mitbekommen. »Also gibt es einen Todesfall und zwei Vermisste?«, fasste sie den Bericht zusammen.

Er nickte. »So sieht die traurige Wahrheit aus.«

Sie rührte in ihrem Glas. Die Flüssigkeit war zuckrig, schmeckte nach Rum und hatte eine klebrige Konsistenz. Dennoch hatte das Getränk einen Suchtfaktor. Sie machte dem Tätowierten ein Zeichen, dass sie einen zweiten davon nahm.

»Hängen diese Fälle zusammen, Caroline Maiwald und das Ehepaar? Haben Sie eine Vermutung?«, wollte Margo Valeska wissen.

Der Polizist schüttelte den Kopf: »Wir haben nicht genug Anhaltspunkte, ob es sich um drei Gewaltverbrechen, Suizide oder Unfälle handelt.«

»Drei Morde?«, staunte Margo. »Das ist ja eine mörderische Insel. Aber warum?«

Harry zögerte einen Moment.

»Die Verbindung, die es gibt, ist ein Kaufvertrag über das Gebäude der Konditorei. Allerdings nicht unterschrieben.«

Margo überlegte. »Wer könnte denn sonst ein Interesse an dem Gebäude haben?«

»So weit sind wir noch nicht«, räumte er ein. Der Kellner trat mit dem zweiten Eiergrog zu ihnen.

»Wohl bekomm's«, er hob sein Glas mit *Spezial*, einem Eiweißdrink für Sportler.

»Wie ist es bei Ihnen gelaufen? Haben Sie etwas herausgefunden?«, wollte er wissen.

Margo überlegte kurz, ob sie ihren Verdacht preisgeben sollte. Er erschien ihr vertrauenswürdig und legte auf ihre Meinung wert. »Die Maiwald schien eine ziemlich dominante Persönlichkeit zu sein, ein Kontrollfreak. Ihr Sohn hat vermutlich einiges erlitten.«

»Halten Sie ihn für verdächtig?« Margo schüttelte entschieden den Kopf. »Auf gar keinen Fall. Aber es gibt ein Geheimnis um seine Freundin Clara, das runde Mädchen.«

»Könnte sie das Mädchen sein, das die anderen verdächtigt haben? Sie erinnern sich an das Gespräch, das Rike auf der Toilette mitbekommen hatte?«

Er bekam ein zweites Glas mit grüner Flüssigkeit und prostete ihr zu.

»Möglich, dass die anderen über sie geredet haben. Die Maiwald hat sie schikaniert. Aber für mordverdächtig halte ich sie nicht«, sagte Margo.

»Aber sie hatte ein Motiv«, hakte Harry nach.

Margo war hin- und hergerissen, denn das Mädchen war ihr sympathisch und sie litt mit, wenn die Kleine gemobbt wurde.

»Ja, sie war wütend auf die Maiwald. Und sie war, während die Frau verschwand, nicht bei den anderen. Aber ich traue ihr das nicht zu. Der Sohn Eibe ist ihr bester Freund.«

»Ich kenne die Kinder flüchtig von einem Besuch in der Schule. Auf jeden Fall sollten wir dieser Spur folgen«, befand er.

»Es gibt auch noch eine merkwürdige Beziehung zwischen einem Zwillingspaar und dieser Clara. Ich habe gesehen, wie sie Geld an die beiden übergeben hat. Ich möchte herausbekommen, was da läuft«, fügte Margo hinzu.

»Einen Drogenhandel traue ich der Kleinen nicht zu. Aber ich wüsste auch gerne, was dahintersteckt«, sagte der Polizist. Auf Margo wirkten alle drei nicht wie die typischen Konsumenten. Und Clara war bestimmt keine Händlerin. Sie musste einen Moment finden, um mit Clara unter vier

Augen zu sprechen. Sie hoffte, dass sie ihr endlich anvertraute, was zwischen den drei Mädchen ablief und was sie über das Verschwinden der Maiwald wusste. Doch vielleicht hatte der Fall eine andere Dimension.

»Bleiben Sie bitte in der Schule dran«, bat er. Das versprach sie ihm, ihr Kopf drehte sich leicht. »Jetzt komme ich zu meinem privaten Anliegen.« Margo war auf einen Schlag hellwach.

Er räusperte sich und schwenkte den Rest der grünen Flüssigkeit im Glas. Grüßte einen Mann mit zwei Krücken, der vorbeilief. »Tja, wie soll ich das sagen.«

»Ich bin glücklich liiert, also lassen wir es doch dabei.« Der Alkohol hatte ihre Zunge gelockert.

Harry sah verlegen aus. »Ähm. Es geht um Rike.«

Margo atmete auf. Wollte er gar nicht sie anbaggern, sondern die Kommissarin? »Sie wissen ja, dass wir zusammen studiert haben?«

Sie schüttelte den Kopf. So genau hatte die Menkendorf sie nicht eingeweiht. »Eine alte Liebe?«, versuchte sie ihm eine Brücke zu bauen.

Er nickte. »Ja, aber nur von meiner Seite. Sie hält mich für einen unverbesserlichen Schwerenöter. Dabei bin ich einfach nur schüchtern. Ich bin schon seit dem Studium unsterblich in sie verliebt.«

»Warum sitzen Sie nicht mit ihr im Café?«, Margo fragte sich, weshalb er sich ihr anvertraute. Er sah sie bittend an. »Sie kennen Sie doch. Meinen Sie, ich hätte eine Chance? Hat sie jemanden?«

Margo wollte aufstehen, doch sie war eher wackelig auf den Beinen. »Mein lieber Harry, das fragen Sie Rike von Menkendorf am besten selbst. Das Leben hat Ihnen diese zweite Chance gegeben, machen Sie etwas daraus.«

Er nickte und sprang zu ihr, als sie schwankend gehen wollte.

»Ich bringe Sie natürlich nach Hause. Danke für Ihren Rat.« Er setzte sie mit dem Polizeiauto vor der Wohnung ab.

*

Sie trug einen Badeanzug aus schwarzem Leder, dabei waren die Intimzonen ausgespart. Ihr Gesicht hatte sie grell geschminkt. Mit einer Kette war er an ein Bett gefesselt, konnte sich nicht bewegen. Er war nackt und fror, etwas stach in seinen Rücken.

»Versager! Du bist und bleibst eine Null.« Sie hatte den Fuß auf seine Brust gesetzt und drehte ihren spitzen Absatz hin und her. Ihr Lachen klang eiskalt und voller Hohn.

»Ein Stück Dreck. Der Sohn einer Nutte, die dich weggeworfen hat wie eine alte Unterhose.« Wieder schallte das höhnische Lachen durch den hohen Raum. Erst jetzt sah er, dass er vor einer Glasscheibe lag, auf der anderen Seite beobachtete das Publikum seine Misshandlung. Solche Räume nutzten sie für die Kandidaten der Todeszelle in den USA. Die Menschen zeigten auf ihn und lachten.

Sie kam mit einer Peitsche zurück und hieb auf ihn ein, bis sich blutige Striemen auf dem ganzen Körper abzeichneten.

»Hast du genug? Sollen wir dem ein Ende bereiten?«

Er nickte hastig.

»Sag es lauter, dass ich es zu Ende bringen soll«, kreischte sie.

»Bring es zu Ende«, er nahm seine Kräfte zusammen, um mit voller Stimme zu sprechen. Sie hatte den Fuß gehoben.

Er sah, dass der Absatz aus einem Eiszapfen bestand, lang und dünn. Die Spitze raste auf sein Auge zu. Er schrie und wachte von seinem verzweifelten Hilferuf auf.

KAPITEL 39

Er war extra früh zum Schiff gekommen. Noch immer hatte er nicht verwunden, was er am Abend mitbekommen hatte. All das nach dem Unfall. Als er sich auf seinem Arbeitsplatz auf der Brücke eingerichtet hatte, kam Kornelius. Ein kurzes Nicken, dann knallte er seine Tasche neben den Sessel. Er sah an ihm vorbei und sprach kein Wort. Als ob er der Ehebrecher wäre.

»Nach der Arbeit möchte ich dich sprechen.« Das klang nicht bittend, sondern wie ein Befehl.

»In Ordnung«, antwortete er ebenso wortkarg. Er hatte mittlerweile mitbekommen, dass die Wellen im Helgoländer Hafen berüchtigt waren. Unsanfte Landemanöver waren nicht selten.

Sie legten ab, die dreistündige Fahrt zurück nach Cuxhaven verlief ohne Zwischenfälle. Leichte Wellen schaukelten das Schiff angenehm, wie eine Wiege. Endlich sah er die Kugelbake wie ein kleines Spielzeug am Horizont. Beim Anblick des alten Seezeichens wurde ihm warm ums Herz.

Die Stadt hatte ihn aufgenommen, ihm eine zweite Chance gegeben. Jetzt hatten sie sich dem Holzmännchen angenähert, die Stadtsilhouette mit dem Leuchtturm und der Alten Liebe lag vor ihnen. Er machte eine Durchsage für die Gäste. Kornelius starrte mit seinen zusammengekniffenen Lippen geradeaus.

Sein Magen krampfte sich zusammen, wenn er an das Gespräch dachte. Ohnehin fühlte er sich zittrig, seine Gedanken rasten, denn er hatte nichts eingenommen.

Er ahnte, worum es gehen würde. Und er hatte wenig entgegenzusetzen. Der Unfall hätte nie passieren dürfen. Aber er würde nicht zulassen, dass Kornelius ihm seine Karriere verbaute. Die *MS Nordsee* legte an. Nachdem die Menschen das Schiff verlassen hatten, trat er schweren Herzens in das kleine Kapitänsbüro ein.

Sein Vorgesetzter saß am Schreibtisch und hatte Dokumente in der Hand. Nur kurz sah er halb nach oben, deutete auf den Stuhl, dann senkte er den Blick wieder über seine Papiere. Michael hasste solche Machtspiele.

Endlich sah Kornelius ihn an. »Ich werde den Reeder bitten, dich aus unseren Diensten zu entlassen. Seit du dich mit diesem Typen eingelassen hast und auch noch irgendein Zeug einnimmst, kann ich mich nicht mehr auf dich verlassen«, kam er direkt auf den Punkt.

Er fühlte sich, als hätte er einen Faustschlag in die Magengrube erhalten. Keine Frage, wie es ihm ging. Das Urteil war gefällt, egal, was er sagte. Blitzschnell überlegte Michael. Was sollte er tun? Die Wahrheit sagen? Doch dann wäre er nicht mehr zu halten. Er stand kurz davor, alles zu verlieren.

Welche Schande. Was für eine Schmach für seine Eltern, die so stolz auf ihn waren. Die Entscheidung fiel in Sekunden.

»Pass auf, mein Freund. Mach das gerne. Es wird dich ja sicher nicht stören, dass ich deine Frau Isabelle und den Alten über die kleine außereheliche Affäre ins Bild setze!«

Kornelius war aufgesprungen, sodass der Tisch umgefallen war. Die Hände hatte er zu Fäusten geballt.

»Das kannst du nicht tun!«

Er hatte ihn am Kragen gepackt. »Wir waren doch mal allerbeste Freunde.«

Michael versuchte, sich zu befreien, die Hände von sich wegzuschieben.

»Ach und Freunde schmeißt man einfach so raus, wenn die nicht funktionieren«, keuchte er.

»Funktionieren ist das eine, aber sich auf Drogen einzulassen als Schiffsoffizier das andere. Du bist für hunderte Menschen verantwortlich«, brüllte ihn der Kapitän an.

»Willst du behaupten, ich sei drogensüchtig?«, er schubste Kornelius so von sich weg, dass dieser nach hinten taumelte und sich auf seinem Schreibtisch abfangen musste. Er hatte Probleme, wieder auf die Beine zu kommen. Er sprang auf ihn zu und grapschte an seinen Brusttaschen herum.

»Dann zeig doch mal, was da drin ist. Wenn du da keine Drogen hast, nehme ich das zurück.« Nachdem es ihm nicht gelungen war, zur Jacke vorzudringen, sprang er auf, um Michaels Aktentasche an sich zu reißen. Er bekam sie in die Hand und versuchte, sie zu öffnen.

»Mal sehen, was der feine Herr Erste Offizier so von der Insel schmuggelt.« Er entriss ihm die Tasche wieder und ließ Kornelius seine Faust ins Gesicht krachen. Das war so schnell und voller Wut geschehen, dass er sich nicht hatte bremsen können. Dieser stöhnte, Blut lief ihm aus der

Nase. Er ließ sich nicht abbringen und rangelte weiter, bis die Schnallen abrissen und der Inhalt zu Boden fiel, dabei das mit schwarzem Plastikband verklebte Paket. Pulver rieselte heraus. Er hatte keine Ahnung gehabt, dass John ihm wieder eine Ladung in die Tasche gepackt hatte.

»Na also. Da haben wir es ja«, triumphierte Kornelius.

»Das ist überhaupt nicht so, wie du denkst«, widersprach Michael, der seine Felle dahinschwinden sah. Er trat gegen die Hand seines Freundes, als der das Päckchen nehmen wollte. »Lass deine Hände weg. Wenn du das irgendjemandem meldest, bist du ebenfalls längste Zeit Kapitän gewesen. Dann informiere ich Isa über den Ehebruch.«

»Du Schwein«, stieß Kornelius aus. »Du hast mich beim Alten angeschwärzt.«

»Da täuschst du dich. Ich war immer fair und habe weggesehen.« Obwohl es ihm gegen den Strich ging, dass er seine Ehefrau betrog. Leben und leben lassen, war sein Motto.

»Ich wurde erpresst, deshalb habe ich mich mit dem Kolumbianer unterhalten.« Er überlegte, ob er dem früheren Freund die ganze Wahrheit offenbaren sollte. Doch das wäre sein berufliches Ende. Er musste unauffällig bleiben, bevor er sein eigenes Schiff bekam.

»Erpresst, so, so. Es will mir auch nicht in den Kopf, wie man Kapitän werden will und mehrmals täglich eine Linie zieht. Oder spritzt du es dir? Bei der nächstbesten Kontrolle fliegst du sowieso«, knallte Kornelius ihm an den Kopf.

Er holte wieder mit der Faust aus. »Halt die Fresse. Ich bin kein verdammter Drogensüchtiger. Ich bin auf einen Erpresser hereingefallen!«

Kornelius fiel mit dem Kopf gegen den Tisch, er blieb liegen. Besorgt sah er ihn an, doch der würde sich schon wieder aufrappeln. Der Raum drehte sich um ihn herum, er brauchte frische Luft. Er stürmte aus der Tür nach oben an Deck. Dort erbrach er sich. Ihm wurde schwarz vor Augen.

KAPITEL 40

Rike wollte sich bei *Helgonatur* für die Zeit der Ermittlungen abmelden. Tomke saß am Computer. Leise Klaviermusik plätscherte aus den Lautsprechern.

»Hallo, Rike«, begrüßte die Naturschützerin sie mit einem herzlichen Lächeln. »Ich hätte einen Ayurveda-Tee. Du siehst gestresst aus.«

Rike befiel das schlechte Gewissen, dass sie die Vogelschützer vorübergehend im Stich lassen musste.

»Ich hätte gerne eine Tasse«, bat sie und legte die richtigen Worte zurecht. Sie nahm in der Sitzecke mit den bunten Kissen Platz.

»Du musst deinen Kollegen von der Polizei helfen?«, sagte ihr Tomke auf den Kopf zu, als sie mit zwei Tassen zu ihr kam.

Rike nickte schweren Herzens. »Vorübergehend bin ich leider abkommandiert worden. Ich soll die örtliche Polizei unterstützen.«

Tomke nickte. »Ich verstehe, dass die Aufklärung Priorität hat. Ein solches Verbrechen muss geklärt werden.«

Erleichtert sah Rike, dass sie nicht verärgert aussah. Doch wer sollte ihre Arbeit übernehmen? Sie war fest für die Spätschichten eingeplant.

»Ich habe noch Unterstützer in der Schule, mach dir keine Sorgen«, sagte Tomke. Sie reichte ihr die Hand, als sie aufstand. »Bis bald?«, fragte sie.

»Bis bald«, bestätigte Friederike. Sie würde schnellstmöglich zu dem Projekt zurückkehren.

Es war ihr leichter ums Herz, als sie das kleine Büro verließ. Dann fiel ihr noch eine Frage ein.

»Noch etwas, Tomke. Was weißt du über die Geschäfte von Caroline Maiwald? Du sagtest, dass sie keine Freunde hat? Ich werde es vertraulich behandeln.«

Tomke überlegte, dann suchte sie ein Prospekt raus. »Hier, das wollte sie im Hafen bauen. Ich gehöre zu den Gegnern, so wie alle anderen Geschäftsleute im Hafen auch.« Die Broschüre zeigte ein lang gezogenes, dreigeschossiges Shoppingcenter. Statt der vielfarbigen Hummerbuden waren in dem Glaspalast bunte Platten eingefügt.

Tomke deutete darauf. »Das war ihre ›Hommage an die Hummerbuden‹. Mit ihrem Ehemann hatte sie noch viel bekloppterere Ideen. Sie wollte eine Brücke bis zur Düne bauen. Dann hat er sich eine Jüngere geschnappt.«

Das musste die Assistentin sein, die sie gemeinsam mit Harry befragt hatte. »Dann war immerhin Schluss mit den Projekten«, fragte Rike.

Tomke lachte auf. »Von wegen. Jetzt wollte sie richtig was beweisen. Die und aufgeben!«

»Würde jemand sie deshalb verschwinden lassen?«, überlegte Rike laut. Tomke sah nachdenklich aus.

»Vielleicht jemand, dessen Existenzgrundlage auf dem Spiel stand? Die Kapitäne der Börteboote zum Beispiel.«

Rike bedankte sich. Das würden sie überprüfen. Sie brauchte dringend Schlaf und hatte Prinz schon zu lange alleine gelassen. Sie ging zurück in ihre Wohnung und füllte Hundefutter ab. Ihr Blick fiel aus dem hinteren Fenster. Das Helgoländer Polizeiauto parkte ein. Gab es schon wieder einen Notfall?

Rike konnte sich kaum auf den Beinen halten. Wenigstens zwei Stunden Ruhe brauchte sie nach dieser Nacht und dem folgenden Einsatz. Als sie wieder hinausblickte, sah sie, dass Margo Valeska aus dem Wagen stieg. Sie lief komisch, als hätte sie einen über den Durst getrunken. Dieser Schwerenöter! Hatte er eine Liaison mit der Malerin?

Sie hatte sich den Wecker gestellt und wachte vollkommen zerknittert auf. Ihr Handy zeigte eine neue Nachricht an. Harry schrieb, sie solle so schnell wie möglich in die Dienststelle kommen. Rike nahm eine kurze Dusche, zog sich an und ging wieder zur Wache ins Unterland. Der leichte Nieselregen weckte sie.

»Endlich. Schau mal, Durchsuchungsbeschluss für den Maiwald«, Harry wedelte mit dem Dokument, als Rike eintrat. Sie sollte sich von Madeleine die Schnellfassung der Neuigkeiten geben lassen. Die junge Frau saß am Computer im Gemeinschaftsbüro im oberen Stockwerk und schien vertieft in ihre Arbeit. »Moin. Was gibt es Neues?«, fragte Rike.

»Wir haben die Unterlagen der Meurens durchgearbeitet und auch Material von Caroline Maiwald. Dabei haben wir Schreiben gefunden mit einer Anzeige wegen Steuerhinterziehung gegen ihren Ex, darunter Dokumente aus Panama, Kolumbien und Schweizer Nummernkonten«, berichtete Madeleine.

»Und was hat das mit den Meurens zu tun?«, fragte Rike.

»Auf jeden Fall wollten beide die Immobilie der Meurens kaufen. Er hat versucht, seine Frau zu überbieten. Sie hatte gedroht, ihm wegen ausbleibender Unterhaltszahlungen die Konten sperren zu lassen.«

»Und wie hat er reagiert?«, fragte Rike. Eine Kontensperrung konnte Unternehmen monatelang lahmlegen.

»Es gab einen heftigen Streit, aber es kam nicht mehr zu der Sperrung«, berichtete die junge Polizistin.

»Auf, auf zur Jagd«, Harry steckte seinen Kopf durch die Tür und trällerte ein Liedchen. »Wer kommt mit?«

»Ich bin dabei«, sagte Rike. Auf den Gesichtsausdruck des Schnösels war sie gespannt. Zwei weitere Kollegen von der Wasserschutzpolizei sollten sie bei der Durchsuchung unterstützen.

»Was soll das?«, brüllte Maiwald, als sie direkt in sein Büro marschierten. Er unterhielt sich in einem Videostreaming mit einem Kunden, der gebrochenes Englisch mit arabischem Akzent sprach. »Excuse me, there is a delivery coming«, entschuldigte er sich.

Harry präsentierte ihm die richterliche Anordnung.

»Was soll denn der Scheiß?«, polterte der Unternehmer.

Die Kollegen begannen mit der Durchsuchung. Rike wählte für ihn die Nummer seines Anwalts und reichte ihm den Hörer.

»Sie werden etwas erleben. Das wird Konsequenzen haben«, wetterte Maiwald.

»Brauchen wir das?«, rief ein Kollege aus dem Nebenraum. Er hatte Schubladen eines Archivs geöffnet, Rike sah Kontounterlagen.

»Mitnehmen«, sagte sie.

Den Moment hatte Maiwald genutzt, er war von seinem Büro auf die darunter stehenden Mülltonnen gesprungen und rannte in Richtung Hafen.

»Halt, stehen bleiben! Sie kommen nicht weit«, rief ihm Rike hinterher.

Zeitgleich sprintete Harry ihm nach. Maiwald war schon auf seiner Jacht *Shark I* und ließ den Motor an. Ihr Kollege sprang gerade noch rechtzeitig an Bord und legte ihm die Handschellen an.

»Sie sind vorläufig festgenommen wegen Fluchtgefahr. Sie werden zu einer Straftat zum Nachteil Ihrer Ehefrau Caroline Maiwald sowie des Ehepaars Meuren vernommen. Sie haben das Recht zu schweigen und können Ihren Rechtsvertreter benachrichtigen«, sagte er.

Während die Kollegen weiterhin die Büroräume durchforsteten, brachten sie den Mann in die Polizeistation. Sie setzten sich in den Konferenzraum. Maiwald weigerte sich, irgendetwas ohne seinen Anwalt zu sagen.

»Wie war es gestern im Bunker?«, fragte Rike ihn. »Im Bunker ist es immer hochinteressant«, erwiderte er provokativ. Vermutlich war er es, der bei den Meurens nach Unterlagen gesucht hatte.

»Wie erklären Sie Ihrem Sohn, dass Sie seine Mutter ermordet haben?«, versuchte Harry, ihn aus der Reserve zu locken.

»Wann kommt endlich mein Anwalt?«, fragte Maiwald zurück.

KAPITEL 41

Sie trug ein enges schwarzes Kleid, das er nie gesehen hatte. Ihre Augen hatte sie geschminkt, die Haare hochgesteckt, so wie er es mochte. Am liebsten hätte er sich direkt nach der Arbeit in sein Büro zurückgezogen, den Whisky aus seinem Schreibtisch angesetzt und laufen lassen. Es war ein beschissener Tag gewesen, eine schlimme Woche.

»Liebster, ich habe uns einen Tisch im *Albert Ballin Salon* reserviert«, riss ihn Isabelle aus den trüben Gedanken. Er brachte es nicht über sich, sie wegzuschieben. Zusammenreißen. Er liebte seine Frau. Trotz aller Probleme. Es rührte ihn, dass sie einen Tisch in seinem Lieblingsrestaurant reserviert hatte.

Es befand sich am Steubenhöft, in der oberen Etage des alten Kreuzfahrtanlegers. Nirgendwo bot sich ein so atemberaubender Ausblick über die Elbmündung. Die Küche war erlesen, dazu gab es eine gute Weinauswahl.

»Was hast du da?«, fragte sie und fuhr über sein blaues Auge. Das war die einzige sichtbare Verletzung, die er von der Prügelei davongetragen hatte, die restlichen Hämatome befanden sich unter der Kleidung. Doch er würde einen Teufel tun und über die Auseinandersetzung berichten. Sie würde sich nur fürchterlich aufregen. Und das Ganze könnte eine Lawine lostreten.

»Da bin ich auf dem Weg auf die Brücke ausgerutscht, wir hatten einen ziemlichen Wellengang.«

Sein Oberkörper schmerzte von den Schlägen, er fühlte sich müde und abgeschlagen. Es war ungewiss, ob er am nächsten Tag noch Kapitän war.

Er hatte keine Ahnung, ob der Alte seine Drohung wahrmachte und ihn feuerte. Aber das konnte er Isabelle besser vor dem Blick auf die Nordsee im Sonnenuntergang beibringen. Nachdem sie ihr Essen bestellt hatten, berichtete er von der missratenen Helgolandfahrt. Die Ereignisse auf der Insel ließ er lieber aus.

»Ich werde mit Papa sprechen. Er kann dich nicht einfach feuern«, Isabelles Augen funkelten wütend.

Er schüttelte den Kopf. »Lass ihn. Vielleicht ist es besser, das Kapitel abzuschließen. Ich werde mich umsehen, wer mir etwas anbietet.«

»Papa ist nicht der Jüngste, wer soll denn die Firma übernehmen?«, protestierte seine Frau. »Ich werde die Firma jedenfalls nicht leiten.«

Sie verstummte, da der Wirt, den sie gut kannten, das Essen brachte und sie die Komposition bewunderte. Auf einem rot-grünen Untergrund mit Süßkartoffelmus und Spinat war der Seebarsch mit Garnelen dekoriert.

»Das sieht aus wie ein Kunstwerk, Antonio«, lobte sie den Küchenchef.

»Grazie mille, schöne Dame«, bedankte er sich mit einer Verbeugung. Der Fisch war genau auf den Punkt gegart, für einen Moment konzentrierte er sich auf sein Essen. Sah seiner Frau zu, die ebenfalls ihr Essen zu genießen schien.

»Ich muss dir etwas sagen«, sagte sie, nachdem sie ihre Teller geleert hatten. »Du weißt ja, dass ich die Möbel bestellt habe.«

Er nickte. »Und du kennst meine Meinung dazu.« Wie schade, dass sie den Moment zerstört hatte.

Betreten blickte sie zu Boden. »Ja, ich wollte das von meinem Konto finanzieren, aber ich bin im Minus. Die Bank gibt mir nichts mehr.« Er hatte immer gedacht, dass sie Vermögen auf ihrem Konto liegen hatte. »Und gestern war ich bei Papa, als du auf Helgoland warst.«

»Und da hat er mich verflucht und dir zur Scheidung geraten?«, riet Kornelius.

Sie schüttelte den Kopf. »Das würde Papa nicht tun. Aber er hat gesagt, dass er mir keinen Cent gibt, solange ich mit dir verheiratet bin. Das sollst du bezahlen.«

Er nickte. So setzte er ihn indirekt unter Druck, seine Kreditlinie war längst ausgeschöpft.

»Was sollen wir denn nur machen?«, fragte sie verzweifelt.

Er ging um den Tisch herum und nahm sie in den Arm.

»Schatz, das bekommen wir in den Griff. Mach dir keine Sorgen.« In der Nacht lag er wach bis in die frühen Morgenstunden, dann fasste er einen Entschluss. Er hatte sich 10.000 Euro von einem Geldverleiher in Bremerhaven besorgt. In drei Monaten wurden der Betrag und 50 Prozent Zinsen fällig. Er würde nicht warten, bis der Typ ihm einen Finger abschnitt. Vor der Arbeit ging er ins Lotsenviertel. Sein alter Kumpel hauste in einem ehemaligen Stall im Hinterhof eines Kapitänshauses. Er klopfte und trat dann ein.

»Was willst du?«

Michael hatte Augenringe und sah ihn wütend an, er wollte die Tür direkt wieder zuschlagen, doch er hatte einen Fuß hineingesetzt.

»Ich will nur reden«, erklärte er. »Hast du 'nen Kaffee?«

Der andere ging voran in eine winzige Küche, in der sich das Geschirr türmte. Er wusch eine Tasse unter kaltem Wasser aus und knallte sie vor ihm auf den Tisch. Dann stellte er seine italienische Silberkanne auf den Herd. Die Kanne blubberte, er nahm sie vom Herd und goss Kornelius und sich einen Espresso ein. War da ein Geräusch im Nebenraum? Irgendjemand hielt sich noch in der Wohnung auf.

Der abweisende Blick hielt ihn davon ab, den ehemals guten Freund auszufragen. Der machte ein Geheimnis aus seinem Privatleben. Michael stellte sich mit dem Rücken vor die Tür, hinter der er Schritte hörte, und taxierte ihn.

»Falls das so eine Art Therapiegespräch werden soll, vergiss es, Alter. Du steckst nicht in meinen Schuhen.«

Kornelius schüttelte den Kopf. »Schwamm drüber, wir waren Freunde. Ich habe mich beschissen verhalten. Und ganz ehrlich. Ich habe ein Problem.« Aufmerksam sah Michael ihn an.

»Wegen der Havarie?«

Er schüttelte den Kopf.

»Nicht nur. Der Alte lässt mich am langen Arm verhungern. Meine Gläubiger machen mir die Hölle heiß. Ich brauche Geld, und zwar dringend. Ich würde also mit in das Business mit dem Kolumbianer einsteigen.«

Michael sagte nichts, überlegte. »Ich habe mir das nicht ausgesucht, ich will damit nichts zu tun haben. Wie gesagt, er setzt mich unter Druck. Das sind Leute, mit denen nicht zu spaßen ist.«

Kornelius nickte. »Mit meinen Gläubigern auch nicht, und ich werde alles tun, um dem Alten nicht den Triumph zu lassen. Ich brauche 25.000 dringend. Sind wir im Geschäft?«

Michael streckte ihm die Hand entgegen. »Willkommen im Klub.« Sie tranken den Kaffee, gingen zum Kai und bereiteten das Schiff für die Überfahrt vor. In den nächsten Tagen war wieder eine Lieferung angekündigt.

KAPITEL 42

Der Anwalt von Detlef Maiwald sollte am Morgen mit dem Katamaran aus Hamburg eintreffen. Rike hatte alle zu einer Besprechung einberufen, um den aktuellen Stand auszutauschen.

»Wir haben ihn«, Madeleines Stimme war hoch, und sie redete so schnell, dass sie kaum zu verstehen war. »Er hatte Unterlagen der Meurens. Er muss der Einbrecher gewesen sein.«

»Meinen Sie Maiwald?«, wollte Rike wissen.

Die junge Kollegin nickte. »Ganz genau, hier ist ein ganzer Packen von Unterlagen der Meurens, verschiedene Briefe. Ganz oben lag ein Angebot über zwei Millionen Euro von ihm, das von einer isländischen Bank bestätigt wurde.« Sie überreichte Rike das Dokument.

»Damit wollte er seine Ex überbieten. Es gab also einen Wettstreit um die Immobilie«, stellte sie fest, nachdem sie das Schriftstück überflogen hatte. Nur ein Beweis war das leider nicht.

»Aber warum soll er sie dann umgebracht haben?«, fragte Rike.

»Das war die billigere Lösung«, bemerkte Harry. Er stellte ein Tablett mit Keksen und Kaffeetassen auf den Tisch.

»Wenn wir ihn nicht überführen, vielleicht«, sagte Rike, die sich ihren Cappuccino nahm.

»Am besten, wir fragen ihn selbst«, schlug Harry vor und holte den Untersuchungshäftling.

»Kaffee?«, bot er ihm an. Dieser schüttelte angeekelt den Kopf.

»Ich trinke nur goldene Milch, aber so etwas haben Sie bestimmt nicht«, er hatte nichts von seiner Arroganz verloren.

»Wir hängen hier noch an der Kaffeebohne, rückständig, wie wir sind«, spottete Harry.

»Dachte ich mir. Kann ich endlich gehen?«, fragte Maiwald genervt.

Offenbar hatte der Aufenthalt keine bleibenden Spuren hinterlassen. Rike konfrontierte ihn mit den neuen Erkenntnissen des Streits um die Immobilie.

»Ach ja, deshalb bringt man niemanden um!«, der Verdächtige blieb gelassen.

»Ein Zwei-Millionen-Objekt kann schon ein Motiv sein«, widersprach Rike.

Er rümpfte abschätzig die Nase. »In Ihrer Welt vielleicht! Ich habe sehr viel zu tun, die Börse schläft nicht.«

»Aber mit gesperrten Konten wäre das recht ungemütlich geworden«, sagte Harry.

Maiwald machte eine wegwerfende Handbewegung: »Ach was, das hätte sie nicht durchbekommen, und wir hatten uns geeinigt. Lassen Sie mich nach Hause, oder das hat ein teures Nachspiel!« Er hieb wütend auf den Tisch.

»Ins Hotel ohne Klinke können Sie, mein Lieber. Sie hatten es ja gestern recht eilig wegzukommen. Warum eigentlich?« Da er keine Antwort bekam, brachte Harry ihn zurück in die Zelle. Der Mann war ein Unsympath, unerträglich arrogant und nutzte vermutlich jede Gesetzeslücke, um Steuern zu sparen, doch war er ein Mörder? Für Rikes Geschmack war er zu ruhig geblieben, oder sie hatten nicht das richtige Motiv gefunden.

»Er hatte mehrere Gründe, seiner Ehefrau übel mitzuspielen. Sie hatte Anzeigen gegen ihn laufen und versuchte, ihm geschäftlich Konkurrenz zu machen«, sagte Harry. »Das ist ein solches Schwein, dem traue ich alles zu!«

Aber Rike fand es nicht schlüssig, warum er das ältere Ehepaar ermordet haben sollte. »Er hat ihnen ein Angebot gemacht, weshalb sollte er die beiden verschwinden lassen?«

»Das müssen wir noch herausfinden«, sagte Harry. »Noch ein Getränk, um die Lebensgeister zu wecken?«, bot er an. Kurz darauf kehrte er mit einem Tablett, darauf ein Cappuccino für Rike und ein Espresso für ihn selbst, zurück. Ihr Milchschaum war mit einem Herzen verziert. Was dachte er sich dabei?

»Es freut mich, dass du dich so gut mit Margo Valeska verstehst.« Diese Spitze wollte sie sich nicht nehmen lassen.

»Ja, äh, sie ermittelt ja für uns«, Harry druckste herum.

»Telefon«, rief Madeleine in den Raum. »Ihr Chef ist dran.«

»Oh, nein. Kanter?«

Sie verdrehte die Augen. Denn das war einer der Hauptgründe, warum sie eine Auszeit brauchte. Sie hatte keine Lust, mit ihm zu sprechen. Widerwillig nahm sie den Hörer.

»Hallo, Frau von Menkendorf. Vielen Dank für Ihren Einsatz. Leider gibt es schlechte Nachrichten«, hörte sie die Stimme ihres Vorgesetzten.

Die gab es meistens, wenn er sie anrief. Sie biss sich auf die Zunge. Insgeheim befürchtete sie, dass er sie nach Hamburg zurückbeordern würde. Doch ihr Häuschen hatte sie untervermietet, sie hätte nicht einmal eine Wohnung.

»Was gibt es?«

»Noch einen Fall. Die Unterlagen bekommen Sie per Mail. Eine Rentnerin aus Berlin ist zuletzt mit der *MS Nord-*

see nach Helgoland gefahren, bevor sie verschwand. Meinen Sie, das könnte etwas mit den anderen Fällen zu tun haben?«

Noch hatte sie keine Ahnung, ob die Person mit Detlef Maiwald, ihrem Hauptverdächtigen, oder den anderen Opfern in Verbindung gestanden hatte. »Das kann ich nicht sagen, bevor ich die Einzelheiten kenne.«

»Wir haben alles zusammengefasst und an Sie geschickt. Ich erwarte morgen Ihren Bericht.« Es klang wie ein Befehl, nicht nach einer Bitte.

»Ich erinnere, dass ich gerade im Urlaub bin«, rief sie ihm ins Gedächtnis, dann legte sie auf. Sie war nicht gewillt, sich von dem Herrn herumkommandieren zu lassen. Er war der Grund, warum sie über eine Versetzung oder eine Kündigung nachdachte. Und die Ereignisse an dem Abend, als sie mit der Abteilung essen waren. Da war das Ganze in einen üblen Streit eskaliert.

»Wir haben leider einen neuen Fall«, berichtete sie den Kollegen. Madeleine druckte die Informationen aus.

»Es handelt sich um eine Birgit Leppien aus Berlin. Sie war Rentnerin und hat sich am Abend gemeldet, bevor sie mit der *MS Nordsee* fuhr. Sie war auf dem Weg nach Helgoland«, fasste sie zusammen.

»Was hatte sie auf der Insel vor?«, fragte Rike.

Harry verdrehte die Augen. »Na, was die alle an einem Tag so vorhaben. Im Gänsemarsch zur Langen Anna laufen und billige Zigaretten einkaufen.«

An seiner lakonischen Feststellung war etwas dran. Die Insel lebte im Rhythmus der Ausflugsschiffe, die täglich zu festen Zeiten ihre Passagiere ausspuckten. In den Geschäften in der Fußgängerzone drängten sich die Menschen, mit zunehmender Entfernung vom Hafen dünnte die Kolonne der Tagesbesucher aus. Ein Teil von ihnen gelangte bis an den nördlichen Rand der Insel mit der roten Steilküste. So schnell wie die Touristenmassen eingefallen waren, verschwanden sie wieder.

»Man weiß es also nicht«, stellte Rike fest. »Nach der Sichtung des neuen Falls sollten wir die Verbindungen zu Maiwald und den anderen Fällen prüfen.«

Sie nahmen am Konferenztisch Platz und versenkten ihre Köpfe in die Lektüre. Es war der Ehemann, der die Vermisstenanzeige gestellt hatte. Demnach hatte er am Vorabend der Reise nach Helgoland zum letzten Mal mit seiner Frau gesprochen. Seit dem Tag der geplanten Fahrt hatte sie sich nicht mehr gemeldet. Am Abend war sie nicht, wie vorgesehen, ins Hotel in Cuxhaven zurückgekehrt. Sie mussten prüfen, wo sie zuletzt gesehen wurde, ob sie die Fahrt angetreten hatte, und eingrenzen, wann sie verschwunden war.

»Gehen wir doch am besten die Fälle durch. Dann kommen wir vielleicht auf eine Verbindung. Über das Ehepaar weiß ich kaum etwas«, sagte sie.

»Hinni Meuren ist eine Legende. Er war einer der Männer, die Anfang der 50er für die Rückgabe Helgolands an Deutschland protestiert haben«, berichtete Harry.

»Gegen die Briten?«, fragte Rike. Die Insel hatte in der Vergangenheit mehrfach den Besitzer gewechselt. Er nickte. »Helgoland war noch nach dem Krieg von den Engländern besetzt, es war ein Bombenabwurfplatz. Meuren und andere Studenten haben friedlich protestiert, indem sie Fahnen auf der Insel gehisst haben, das ging durch die Zeitungen.«

»Soziale Netzwerke gab es ja damals noch nicht«, warf Madeleine ein.

Harry fuhr fort. »1952 war es endlich so weit. Helgoland wurde zurückgegeben. Die Familien konnten aus dem Exil zurückkehren.« Rike kannte diesen Teil der Geschichte nicht und fragte sich, ob das etwas mit den Fällen zu tun hatte. Die übrigen Vermissten hatten das vermutlich gar nicht erlebt.

»Gibt es Parallelen zu den anderen?«

Harry schüttelte den Kopf.

»Meuren übernahm die Konditorei seiner Vorfahren, seine Frau war eine Urlauberin aus Berlin, die auf der Insel hängen blieb.«

Schon wieder Berlin. Die Verschwundene kam aus der Hauptstadt und die Maiwald war dort auf Klassenreise.

»Gibt es irgendeinen Zusammenhang mit Berlin?«, fragte Rike.

Harry zuckte mit den Schultern. »Auf jeden Fall kam die Maiwald in den 90er-Jahren nach Helgoland. Sie war die Inselmaklerin und hat einige Neubauprojekte wie dieses Fünf-Sterne-Hotel am Lung Wai umgesetzt«, fasste er zusammen.

»Kam sie auch aus Berlin?«, hakte Rike nach.

Der Kollege studierte die Akten.

»Nein, sie war gebürtige Hamburgerin. Dort war sie auch schon Maklerin.«

»Woher kannte sie denn ihren Gatten?«

»Sie haben sich auf einer Weiterbildung für Vermögensverwalter kennengelernt. In der Schweiz. Das hat er gestern erwähnt«, sagte Madeleine.

Harry war aufgesprungen. Er hatte auf seinem Bildschirm gesehen, dass unten ein Gast im Empfang stand.

»Das ist der Anwalt. Vermutlich müssen wir den Maiwald ohnehin freilassen. Er kann ja mit dem aktuellen Fall nichts zu tun haben, da er bei uns war, oder?«

»Lassen wir ihn das Mandantengespräch führen, dann können wir ein paar Fragen loswerden«, sagte Rike.

Harry nahm den Juristen in Empfang und schloss die Zelle auf. Dann kam er zurück in den Konferenzraum.

»Ich weiß nicht, wie es euch geht, aber ich brauche etwas Helgoländer Frischluft, um wieder klar zu sehen.« Er öffnete die Fenster. »Danach gehen wir essen!«

Sie nickte. »Ich würde den Fall visualisieren. Dann kommen wir vielleicht auf weitere Zusammenhänge«, schlug Rike vor. Sie kritzelte die Namen in Kreise, zeichnete Verbindungslinien. Es war unklar, welche davon bei den Fällen eine mögliche Rolle spielten.

»Wir haben drei Frauen, die verschwunden sind, im Alter zwischen 45 und 65 Jahren und einen Mann, über 70. Die Frauen hatten etwas mit Berlin zu tun, Leppien und Meuren kamen aus der Stadt, die Maiwald war dort nur für eine Klassenreise. Verschwunden sind alle auf der *MS Nordsee*«, fasste sie zusammen.

Madeleine kam in den Raum zurück. »Auf der *MS Nordsee* wurde sie gesehen, das bestätigt der Kapitän. Aber danach nicht mehr. Der Ehemann ist nicht erreichbar.«

»Also drei Vermisste, deren Spur sich auf dem Schiff verliert«, sagte Rike. »Drei Personen sind in ein Immobiliengeschäft verwickelt, wir müssen klären, ob die Berlinerin auch eine Verbindung hat.«

»Dann hatten wir noch bei der ersten Vermissten einen Verdachtsfall in der Schule«, sagte Harry. »Caroline Maiwald hatte Konflikte mit einer Schülerin, die sich während ihres Sturzes nicht bei den anderen befand.«

Harrys Telefon klingelte. »Der Anwalt ist nun bereit für die Vernehmung. Der Kollege fragt, ob er sie nach oben schicken kann«, sagte er. Sie baten die beiden in das Konferenzzimmer.

Auf der einen Seite des Tischs nahmen Maiwald und sein Anwalt Platz, die Ermittler setzten sich direkt gegenüber.

»Warum halten Sie meinen Mandanten fest?«, wollte der Jurist wissen.

»Er steht im Verdacht, mit dem Verschwinden seiner Ehefrau Caroline Maiwald zu tun zu haben. Zudem sind Unterlagen aus einem Einbruch bei dem Ehepaar Meuren bei ihm gefunden worden. Er wurde festgenommen, da er versuchte zu flüchten«, sagte Harry.

»Damit kommen Sie doch bei keinem Untersuchungsrichter durch. Also lassen Sie uns am besten gleich gehen«, schnauzte ihn der Jurist an.

»Gut, machen wir. Die Unterlagen leiten wir umgehend an die Steuerfahndung weiter.«

»Moment mal«, ließ sich Maiwald vernehmen. Er sah nicht mehr so gegelt wie am Vortag aus. Sein Anzug war zerknittert, seine Haare standen in alle Richtungen. »Ich habe nichts mit Carolines Tod zu tun. Ich wusste von den Anzeigen und war dabei, mich friedlich mit ihr zu einigen. Ich hätte ihr diese Immobilie abgetreten, zudem habe ich mich bereit erklärt, ihr die gewünschte Abfindungssumme zu bezahlen. Da können Sie die beiden Anwälte fragen.« Sein Vertreter nickte dazu.

»Warum nicht gleich?«, wollte Rike wissen.

»Das ist ja privat«, stammelte er kleinlaut.

»Das prüfen wir nach. Wenn nicht, wartet das Hotel ohne Klinke. Hier gilt das Recht für alle, auch wenn Sie etwas mehr auf dem Konto haben.«

»War es das?«, fragte der Anwalt genervt.

»Er kann gehen, zumindest vorerst«, sagte Harry. Die beiden verließen die Dienststelle.

»Jetzt lade ich euch auf einen Knieper ein«, Harry tänzelte freudig zur Tür hinaus, obwohl sie wieder einmal keinen Schritt weitergekommen waren. Rike wusste nicht, wovon er sprach.

»Ein Taschenkrebs, eine Helgoländer Spezialität. Das musst du kosten, solange du hier bist«, sagte Harry. Sie liefen die 200 Meter zum Hafen. Neben den Hummerbuden befand sich sein Stammlokal. Sie sahen die Passagiere zur Fähre laufen. Rike hatte in dem Moment eine Idee.

»Ich werde mich auf der *MS Nordsee* umsehen, vielleicht ergibt sich etwas zur Berliner Spur.« Sie rief den Kapitän an.

»Kommen Sie so bald wie möglich«, bat er. Harry schlug vor, Prinz zu betreuen, wenn sie mitreiste.

KAPITEL 43

Margo hatte im Hafen einen Hummer erstanden und zur Anschauung in einem Eimer mitgebracht. Ihre Schüler waren motiviert bei der Sache. Die Scheren und der Schwanz des Hummers fehlten an ihrem Kunstwerk aus Abfällen.

»Wie möchtet ihr vorgehen?«, fragte sie in die Runde.

»Wir entwerfen Abschnitte, dann verteilen wir die Arbeit«, schlug Clara vor.

Margo nickte. Es war wichtig, die Gruppe einzubeziehen. Die Schüler entschieden, dass Clara den Entwurf zeichnen sollte, die anderen den Rest ihrer Fundstücke nach Material und Größe sortierten. Ein paar Mal sah sie der Schülerin über die Schulter. Sie hatte Talent.

»Fertig«, rief sie. Die Jugendlichen schnitten und kneteten Plastikreste nach der Vorlage zurecht. Einen festen Draht von einem Hausabriss verwendeten sie für den Unterbau.

Margo setzte die Augen an. Das zwei Meter lange Krustentier lag fertig auf dem Tisch. Sie trat zurück und betrachtete das Ergebnis. Es war so still, dass jeder ihrer Schritte durch den Raum hallte. Die Augen ruhten auf ihr. Das Gemeinschaftswerk begeisterte sie.

»Es ist fantastisch, ihr habt ein wunderbares Kunstwerk geschaffen«, lobte sie. »Und ihr habt das als Team gebaut. Vergesst nie, wozu ihr fähig seid, wenn ihr zusammenarbeitet und nicht gegeneinander.« Einigen aus der Klasse standen Tränen in den Augen, die jungen Künstler umarmten sich.

»Wollen wir das Werk vorzeigen? Geht ihr bitte mal die Schulleiterin holen?« Zwei der Jungs kehrten mit der Direktorin zurück, die innehielt und das Kunstwerk betrachtete.

»Beeindruckend, das ist ja nicht zu fassen!«, die Lehrerin war ebenso begeistert wie Margo.

Als Umrahmung hatten die Jugendlichen aus weiteren gefundenen Plastikstücken Algen geformt. Eine Tafel informierte über die Geschichte des Hummers, der einst die Fischer ernährte. Im zweiten Teil ging es um die Bedrohung der Art durch die Weltkriegsmunition. Das Werk wurde in der Aula aufgehängt und sollte später feierlich eingeweiht werden. Margo wollte nach dem Kurs mit Clara sprechen und wartete vor dem Raum.

»Sie kommt gleich«, sagte Eibe.

»Würdest du Hummi wieder in die Freiheit entlassen?«

Sie übergab ihm den Eimer, und er brachte das lebende Exemplar ins Meer.

Fünf Minuten darauf stand das Mädchen vor ihr. Sie hatte verweinte Augen.

»Was ist denn passiert?«, fragte Margo.

Doch Clara schüttelte nur den Kopf. »Ich würde gerne mit dir sprechen. Können wir eine Runde spazieren gehen?«, fragte sie. Das Mädchen nickte.

»Du kannst stolz auf deine Leistung sein. Haben dich Anna und Franziska wieder beleidigt?«

Clara antwortete nicht. »Es ehrt dich, dass du niemanden denunzieren willst. Ich unternehme auch nichts, wenn du es nicht willst. Aber wie lange willst du dir das noch bieten lassen?«

Clara schluchzte. »Das bringt doch alles nichts.«

Margo legte den Arm um sie. »Vielleicht bringt es doch was. Du musst es wollen. Was haben die gegen dich in der Hand?«

Das Mädchen stammelte. »Sie haben mich erwischt, die Giftspritzen. Das war auf dem Schiff.«

Margo wurde hellhörig. »Wobei erwischt?«

»Ich war auf dem Klo. Ich hatte mir ein Eis gekauft, und die Maiwald hat mich am Bordkiosk beschimpft, wie fett ich bin und so.«

»Das ist unfair. Hast du dich gerächt?«

Das Mädchen schniefte und schüttelte den Kopf, sie schluchzte so, dass Margo nichts verstand.

»Ganz ruhig, es gibt für alles eine Lösung«, tröstete sie. »Was genau ist auf dem Schiff passiert?«

Die Schluchzer ebbten ab. »Die haben mich erwischt und gefilmt.«

»Hast du irgendwas mit dem Tod von Frau Maiwald zu tun? Haben sie dich dabei gefilmt?«, wollte Margo wissen.

Clara schüttelte den Kopf:

»Nein, auf dem Klo. Ich habe es ausgekotzt. Das Eis, und die haben gefilmt«, sie heulte wieder.

»So etwas dürfen die nicht. Warum hast du es nicht angezeigt?«

Claras Augen funkelten empört. »So was ist doch voll peinlich. Ich wollte nicht, dass jemand davon erfährt.«

Das erschien Margo verständlich. »Hast du irgendwas mitbekommen, wie die Maiwald gestorben ist?«

Clara schüttelte den Kopf. »Ganz ehrlich, ich habe mir gewünscht, dass sie verschwindet. Die war einfach nur gemein. Sie wollte nicht, dass ich mit Eibe zusammen bin.« Sie blickte zu Boden.

»Das ist zwar nicht schön, aber auch nicht strafbar. Jeder von uns hat mal böse Gedanken«, tröstete Margo.

»Da war eine ganz liebe Frau auf dem Schiff, die mich getröstet hat. Sie hat das alles mitbekommen. Sonst wäre ich vielleicht gesprungen.«

Das wirkte ehrlich, und Margo hatte keinerlei Zweifel daran, dass sie die Wahrheit sagte. Sie wollte dem Mädchen helfen. »Clara, dich auf der Toilette zu filmen, ist verboten. Was hältst du davon, wenn ich den beiden einen Besuch abstatte? Damit muss Schluss sein.«

»Wenn Sie meinen, dass es hilft.« Sie brachte das Mädchen zu Eibes Haus und machte sich auf den Weg zu den Zwillingen. Sie ging zu dem luxuriösen Stelzenhaus im Hafen, eine junge Frau mit perfektem Make-up öffnete. Sie war die Assistentin des Chefs, und die Art das zu sagen, verriet, dass sie privat eine Rolle in dessen Leben spielte. Ihr Vorgesetzter war kein anderer als Detlef Maiwald, der Ehemann der Vermissten.

»Oh ja, das Kunstprojekt, meine Töchter sind ja so begabt«, schwärmte diese. Margo sagte nichts dazu.

Das Zimmer der beiden befand sich oben und nahm die ganze Etage ein. Die Mädchen saßen am Computer und waren dabei, ihre Filme zu schneiden. Auf einem weiteren Tisch standen Kosmetikartikel ordentlich beschriftet. Auf dem Boden waren Pakete aufgereiht.

»Was macht ihr da mit den ganzen Sachen?«, fragte Margo.

»Wir sind Influencer, falls Ihnen das etwas sagt«, erklärte Anna kühl.

»Das heißt, wir stellen auf unserer Seite Produkte vor und bekommen Geld dafür«, ergänzte Franziska. »Den Kunstfilm haben wir auch fast fertig.«

»Den Film von der Toilette mit Clara habt ihr auch?«

Die beiden sahen sich an. »Die Petze!«, stieß Franziska aus.

»Das ist eine Straftat. Ihr löscht das jetzt sofort, oder ich erzähle das eurer Mutter. Die ist nämlich sehr stolz auf euch!«

»Okay.« Anna fingerte an ihrem Telefon herum. Dann zeigte sie den Dokumentennamen und drückte auf »Löschen«. Das schien erledigt. »Sobald ihr das Thema noch einmal ansprecht, werde ich das direkt an die Schulleitung, eure Eltern und die Polizei weitergeben!« Die beiden nickten.

»Was habt ihr noch auf dem Schiff gesehen? Wisst ihr, was mit Caroline Maiwald passiert ist?«

Anna zuckte mit den Schultern. »Clara hat geflennt und ist aus dem Klo gerannt. Eine Gestalt in Schwarz kam uns auf der Treppe zum Oberdeck mit der Kapuze im Gesicht entgegen.«

»War die Person groß oder klein? Mann oder Frau? Kann es jemand von eurer Klasse gewesen sein?«

Anna zuckte mit den Schultern. »Keine Ahnung, das

ging alles viel zu schnell.« Margo bedankte sich. Sie würde direkt auf die Polizeiwache gehen und dort über das Ergebnis ihrer Recherchen berichten.

KAPITEL 44

Er hatte keine Ahnung, wo sich diese Bastarde aufhielten. Eine einzige Möglichkeit gab es, mit dem verkommenen Kommandante Kontakt aufzunehmen. Zwei Stunden von ihrer Farm entfernt, in den Bergen, lebte ein Ziegenhirt. Auf dem Gebiet befand sich eine heruntergekommene Hütte. Im Inneren war sie sauber betoniert. Nichts deutete ansonsten auf die Verwendung des kleinen Hauses hin. Dort verarbeitete die Gruppe ihre Blätter zu einem Zwischenprodukt. Die Labore wurden nach getaner Arbeit ausgeräumt, um Spuren zu beseitigen. Er bat seine Familie, sich im Wald zu verstecken, wenn er abwesend war. Auf keinen Fall sollten die Verbrecher weitere Verwandte zu fassen bekommen.

Er hatte die Koordinaten der Hütte, das Gelände war steinig. Einen Fluss konnte er nicht mit dem Wagen queren, weil das Wasser zu hoch stand. Am Ende des Weges lagen Bäume auf der Strecke. John ging zu Fuß weiter, er würde alles geben, um seine Schwester zu finden. Nach einer Stunde Marsch traf er bei dem ehemaligen Stall ein. Von dort aus sah er die Ziegen, in der Nähe der Tiere bemerkte er etwas Dunkles. Der Hirte lag auf einer Decke und schlief. Er rief »Holà« und ging mit erhobenen Händen auf ihn zu, damit dieser sehen konnte, dass er unbewaffnet war.

»Holà«, grüßte er ihn.

Der Hirte legte zwei Finger an den Mund und sah ihn fragend an. Er wollte offenbar rauchen. John gab ihm eine Zigarette. Als er diese entzündete, sah er, dass der Alte keinen einzigen Zahn im Mund hatte. Er stank bestialisch.

»Kommandante?«, fragte er. Der Mann stieß einen langen Fluch aus. »Kannst du etwas ausrichten? Es geht um meine Schwester.«

Der Alte nickte und fluchte wieder. Zumindest schien er mit den Banditen nicht unter einer Decke zu stecken.

»Sag ihm, John war hier. Ich bin einverstanden, sobald Elisabeth wieder bei uns ist«, erklärte er.

Der Alte nickte. Wenn er sein Genuschel verstanden hatte, sollten die Banditen in zwei bis drei Tagen kommen. John bedankte sich. Dann übergab er dem Alten die komplette Packung Zigaretten und verabschiedete sich. Er machte sich an den Abstieg, denn er musste versuchen, vor Einbruch der Dunkelheit durch das unwegsame Gelände zu kommen. Er würde später darüber nachdenken, wie er den Transport der kompletten Ware ins Gringoland abwickelte.

Michael war dabei, die Nerven zu verlieren. Der Idiot. Statt den geschenkten Stoff zu Geld zu machen, hatte er selbst von den verbotenen Früchten gekostet. Das konnte nicht gut ausgehen.

✶

Zarte Kinderseelen, nicht gewappnet für die Boshaftigkeit. Schlimme Grausamkeiten unter dem Mantel der Barmherzigkeit. Schläge, Folter, die seelischen Qualen. Stundenlang im Dunkeln stehen, hungern, verspottet und beschimpft werden. Das hinterließ Spuren, Narben auf der Seele. Niemandem trauen, keine Hoffnung, für immer gefangen im Grauen. Was blieb noch?

Die Erde reinigen von solchen Monstern. Für die anderen. Nur ein schneller Stoß. Das Schiff, welch saubere Lösung. Aber für dich, meine Liebe, die schlimmste von allen, habe ich mir etwas ausgedacht. Du wirst nicht nur den kurzen Moment der Erkenntnis haben. Du wirst ein langes Erwachen feiern. Ich werde dich in mein Reich locken. Du wirst mir das nicht zutrauen, dem kleinen verängstigten Wesen. Nie und nimmer. Aber ich habe die Wunden geleckt. Bin stark geworden. Niemals soll mehr eine unschuldige Seele so leiden.

KAPITEL 45

Als die *MS Nordsee* am Kai festmachte, sah er mit Erleichterung, dass Rike von Menkendorf auf ihn wartete. Als sie festgemacht hatten, bat er sie in seinen Besprechungsraum.

Offiziell sollte sie auf dem Schiff mitfahren, um eine Marketingkampagne aufzubauen. Die Stewardess, die am Tag des Verschwindens von Caroline Maiwald gearbeitet hatte, war nicht an Bord. Michael hatte vermutlich nicht mitbekommen, dass sie Polizistin war. Er händigte ihr die Dienstkleidung aus. Über Funk rief er die Besatzung zusammen. Sie versammelten sich im großen Salon.

»Das ist Frau von Menkendorf, künftige Mitarbeiterin der Marketingabteilung. Sie wird uns einige Tage begleiten, um eine Kampagne vorzubereiten«, stellte er sie vor. Fragen gab es keine, die Kollegen hatten es eilig, sich in die Pause zu verabschieden.

Er war erleichtert, dass sich die Hamburger Kommissarin endlich bereit erklärt hatte, das Schiff zu begleiten. Solange das inoffiziell lief, konnte er das vor seinem Schwiegervater verbergen. Schon wieder hatte es einen Fall gegeben, eine Rentnerin aus Berlin.

Es musste irgendetwas miteinander zu tun haben. Er hatte Michael in den letzten Tagen genau beobachtet. Der Freund steckte in einer üblen Sache fest. Mal wirkte er hellwach, strahlend, motiviert. Fast so wie früher, wenn auch hyperaktiv. Einige Zeit später war er fahrig, seine Augen tränten, seine Hände zitterten. Worin war er da nur hineingeraten. Er hatte vor, das herauszufinden.

Er musste Michael aus diesem Kreislauf herausbekommen, ihn von einer Entziehungskur überzeugen. Er wollte das System verstehen. Dieser John war der Kopf der Angelegenheit, er hatte Handlanger. Doch wie landete die Ware in Helgoland, wie funktionierte der Rest der Lieferkette?

In der Pause ging er mit Rike von Menkendorf alle Mitarbeiter durch. Er hatte ihr nichts von dem Drogenproblem mitgeteilt, solange er da selbst nicht durchblickte, wollte er seinen Kollegen nicht verraten. Hatte beides miteinander zu tun? Sein Schwiegervater behauptete ohnehin, dass alle nur lebensmüde waren, die vom Schiff sprangen. Angeblich gab es das schon immer. Er hatte ihn ausgelacht. Serienkiller. Das sei ein Hirngespinst. Die Probleme mussten sie selbst in den Griff bekommen.

Die Kommissarin hatte sich die Personalbogen auf dem Computer angesehen und Notizen gemacht. Sie hatte eine Liste von denjenigen erstellt, die an bestimmten Tagen an Bord waren, als die drei Verschwundenen auf dem Schiff mitfuhren.

»Soweit ich sehen kann, war die Besatzung an allen drei Tagen komplett«, fasste sie zusammen. »Haben Sie jemanden von Ihren Leuten unter Verdacht?«, wollte sie wissen.

Er überlegte. »Ich würde für alle von ihnen die Hand ins Feuer legen.« Insgeheim dachte er an Michael, er musste genauer die Vorgänge verstehen. Doch ans Messer wollte er den Freund nicht liefern.

»Was haben Sie da eigentlich gemacht?« Ihr war das Veilchen, was sich mittlerweile gelb gefärbt hatte, nicht entgangen. Er bemühte sich, mit fester Stimme zu antworten.

»Da bin ich bei Wellengang die Treppe hinuntergefallen.« An ihrem skeptischen Blick sah er, dass sie Zweifel hatte.

»Besitzt jemand einen schwarzen Kapuzenpulli?«, fragte sie.

Das war kein Kleidungsstück, das einen Seltenheitswert hatte. Er überlegte.

»Wenn es an Bord so richtig stürmt, dann haben viele solche Pullover an. Was wollen Sie jetzt tun?«

»Mit möglichst allen Besatzungsmitgliedern ins Gespräch kommen und mir einen Eindruck verschaffen«, sagte Rike von Menkendorf.

»Werden Sie weitere Todesfälle verhindern können?«

Sie sah ihn an. »Wenn Sie das Schiff im Hafen lassen, wäre das wahrscheinlicher.« Doch das konnte er bei seinem Schwiegervater niemals durchsetzen.

KAPITEL 46

Margo saß im Speisewagen des ICE nach Berlin und trank einen Cappuccino. Harry Kruss hatte ihr einen Packen Papier mit den bisherigen Ermittlungsergebnissen ausgedruckt. Natürlich hätte sie den Auftrag für eine weitere Recherche ablehnen sollen, sie hatte es wieder nicht geschafft, Nein zu sagen. Es ging darum, mehr zur Verbindung der Personen herauszufinden. Der Ehemann der letzten Verschwundenen war am Telefon nicht auskunftsfreudig gewesen.

Die Leiterin der Helgoländer Schule hatte ihr überschwänglich für den Workshop gedankt. Das Kunstwerk aus Müll wurde auf der Homepage vorgestellt. Sogar mehrere Zeitungen hatten sie und die Jugendlichen vor ihrem Werk abgelichtet, das Fernsehen wollte eine Reportage drehen. Sie hatte vor den Vorbereitungen ihres Kunstevents noch etwas Zeit, deshalb hatte sie der Reise in ihre alte Heimat Berlin zugestimmt. Da war wieder dieses Kribbeln, diese Spannung. Sie hatte mit Paul telefoniert, er hatte sie ermahnt, sich auf nichts Gefährliches einzulassen. Das konnte sie ihm besten Gewissens zusagen, sie hatte selbst nur wenig Lust, wieder mit gebrochenen Rippen im Krankenhaus zu landen.

Ihr Ziel lag in Berlin-Hohenschönhausen. Ein schlichtes Einfamilienhaus mit Kieselflächen im Vorgarten befand sich an der angegebenen Adresse. Sie klingelte, und ein älterer Mann im Trainingsanzug öffnete ihr.

»Herr Leppien?«, fragte sie.

»Kommen Sie wegen meiner Frau?«

Sie nickte. »Wir wissen noch nicht, wo sich Ihre Frau aufhält. Wir sind aber dran«, erklärte sie.

Er war stehen geblieben, ohne sie hineinzubitten.

»Vielleicht können wir hineingehen und uns setzen«, bat Margo.

Er starrte sie unbewegt an, ohne sich von der Stelle zu bewegen. »Sie haben Ihren Ausweis noch nicht gezeigt.«

Sie hatte es mit einem Pedanten zu tun, dem die Förmlichkeiten wichtiger waren als der Verbleib seiner Gattin.

»Ich unterstütze die Ermittler. Sie können gerne bei der Polizei Helgoland anrufen.«

Er zögerte, schüttelte dann den Kopf. »Kenn ick. Hatten wir früher auch, det hieß IM. Ist egal, ich will, dass Birgit schnell gefunden wird.«

Sie gingen in ein Wohnzimmer mit einer wandbedeckenden dunklen Schrankwand mit Biergläsern und Zinngeschirr. Die andere Wand war mit Urkunden bedeckt. Stand da Ministerium für Staatssicherheit? Er musste ihren Blick bemerkt haben.

»Das war genauso ein Sicherheitsorgan wie der BND heute. Ich war Offizier und schäme mich in keiner Weise für meinen Lebenslauf.«

»Mit dem Unterschied, dass wir heute in einer Demokratie leben«, bemerkte Margo.

»Demokratie hin oder her. Ein System, dass Menschen massenhaft aus ihren Wohnungen werfen lässt, ist für mich indiskutabel. Aber deshalb sind Sie ja nicht hier«, schloss er ärgerlich. Sie spürte, dass eine politische Diskussion mit ihm wenig Sinn machte, obwohl ihr der Verweis auf die Mauertoten auf der Zunge lag.

»Kaffee?«, fragte er, und sie lehnte dankend ab.

Mit diesem Menschen wollte sie nicht mehr Zeit als notwendig unter einem Dach verbringen.

»Würden Sie mir erzählen, was Ihre Frau vorhatte und wann Sie sie zum letzten Mal gesprochen haben?«

Er nahm einen Block zur Hand. »Ich habe sogar die genauen Uhrzeiten notiert. Das können Sie mitnehmen.« Er wiederholte, was er schon Rike von Menkendorf gesagt hatte. Der Ablauf stimmte, aber sie wussten nicht, ob sie Bekannte oder eine Reisebegleitung hatte.

»Kannte sie jemanden auf Helgoland oder war mit Bekannten unterwegs?«

»Soweit ich weiß, kannte sie da keine Menschenseele. Sie war auf der Suche nach einem Jungen. Sie hat mir ohne Pause die Ohren von diesem Kevin volllamentiert.«

Margo horchte auf. »Wissen Sie noch irgendetwas über ihn, zum Beispiel den Nachnamen?«

Er rutschte nachdenklich auf seinem Sofa hin und her. »Viel weiß ich nicht. Aber das war ein Kind, mit dem sie auf ihrer alten Stelle zu tun hatte. Ich schaue gerne in ihrem Arbeitszimmer nach, ob es noch irgendetwas gibt.«

Er stand auf, und sie fragte, ob sie sich mit ihm umschauen könnte. Wieder taxierte er sie, dann nickte er. Das Arbeitszimmer befand sich in der oberen Etage. Der quadratische Raum überblickte den Garten und hätte geräumig sein können, wäre er nicht von Aktenschränken und Regalen vollgestellt, die allerdings leer waren. An den Wänden hingen handgemalte Kinderbilder und einige Kinderfotos.

»Ihre Kinder?«

Er schüttelte den Kopf. »Das war uns leider nicht vergönnt. Aber meine Frau war beim Jugendamt. Sie betrachtete ihre Schützlinge als ihre Kinder.« Auf dem Tisch lag ein Notizbuch. Er reichte es ihr, und sie sah handschriftlich notierte Telefonnummern. Bei der ersten stand »Jugendamt Marzahn«, es folgten Namen.

»Sagt Ihnen das etwas?« Sie zeigte ihm die entsprechende Seite. Er nickte.

»Das war ihre frühere Arbeitsstätte und Kollegen von dort.«

Sie sah sich weiter auf dem Schreibtisch um. Dann öffnete sie die Schubladen, blätterte Akten durch. Zu einem Kevin fand sie nichts. In einem Regal standen Gesetzestexte und Fallakten.

»Sie muss den Jungen gefunden haben, und zwar auf einem Schiff«, erklärte er dann.

»Was meinen Sie, wie alt dieses Kind ist?«, wollte Margo wissen. »Dieser Fall ereignete sich 1989, kurz bevor sie entlassen wurde. Sie hat dieses halbverhungerte Kind gefunden und ins Krankenhaus eingeliefert. Dann stand sie von einem Tag auf den anderen auf der Straße.«

»Warum das?«, hakte Margo nach.

»Wendezeit. Sie wurde außerdem als informeller Mitarbeiter enttarnt«, gab ihr Mann zu.

»Wissen Sie mehr darüber?«

»Sie hat sich an ihrer Arbeitsstelle umgehört. Nach der Wende kam das leider raus, und deshalb ist sie kurz darauf entlassen worden.«

Margo ging dieser Mann zunehmend auf die Nerven. Er schien das Denunzieren anderer rechtfertigen zu wollen.

»Hat denn jemand durch sie Schaden erlitten?«

Er schüttelte den Kopf. »Das ist doch die falsche Frage. Sie hat für den Staat gearbeitet, um Schaden vom Kommunismus abzuwenden.«

Margo stöhnte innerlich auf: »Herr Leppien. Lassen Sie bitte die Ideologie von vorgestern beiseite. Wir wollen Ihre Frau finden. Es könnte ein Motiv sein, sie zu entführen.«

Er überlegte. »Es ging um Kollegen, aber soweit ich weiß, hat keiner davon irgendwelche Nachteile erlebt. Das Einzige, was mir einfällt, ist dieser Kevin.«

»Der muss also erwachsen sein, wenn er damals ein Kind war«, vermutete Margo.

Herr Leppien nickte. »Ja, es geht um einen erwachsenen Mann. Ich habe das immer für eine absolute Schnapsidee gehalten. Was hätte sie ihm schon sagen können?« Margo fand diese Suche zumindest verwunderlich.

»Sagen Ihnen die Namen Caroline Maiwald und Hinni und Emke Meuren etwas?«

Er überlegte längere Zeit. Dann schüttelte er den Kopf und sah sie fragend an.

»Wer ist das? Woher kannte meine Frau diese Leute?« Noch wussten sie nicht, ob die drei sich überhaupt gekannt hatten.

»Das wissen wir nicht, sie lebten auf Helgoland. Möglicherweise ging es um ein Immobiliengeschäft.«

»Das kann ich bei Birgit ausschließen. Weder war sie jemals in ihrem Leben auf Helgoland, noch hätte sie sich als überzeugte Sozialistin auf solche Geschäfte eingelassen.«

Margo verabschiedete sich, am U-Bahnhof fand sie ein kleines Café und setzte sich an einen Tisch. Sie rief die beiden Telefonnummern an, die sie auf dem Schreibtisch gefunden hatte.

Sie erreichte eine frühere Kollegin von Birgit Leppien in Brandenburg und vereinbarte für den Nachmittag einen Termin. Sie fuhr bis zum Bahnhof Südkreuz, nahm dort einen Zug nach Ludwigsfelde. Die Frührentnerin winkte ihr, als sie den Zug verließ. Sie hatte vom Verschwinden Leppiens berichtet.

»Lassen Sie uns in ein Café gehen, wir haben gerade Plenum. Das ist unsere wöchentliche Hausversammlung. Ich wohne in einer WG auf einem Bauernhof«, erklärte sie. Erst vor zwei Wochen hatte Birgit sie besucht.

Margo berichtete von der Suche nach der Vermissten.

»Haben Sie irgendwelche Hinweise auf den Jungen, den sie suchte?«

»Ich habe den Fall damals mitbekommen. Aber ich weiß nicht, was aus den Kindern geworden ist.«

»Kinder, ich weiß nur von einem Kevin.«

»Das war der kleine Junge, dazu gab es noch eine Schwester«, erinnerte sich die Kollegin.

»Haben Sie eine Erklärung, warum sie verschwunden sein könnte?«

»In der Ehe stand es nicht gerade zum Besten. Ihr Mann war ja früher hauptamtlicher Stasimitarbeiter und hat vermutlich ziemlichen Druck auf sie ausgeübt, für die Behörde zu spitzeln.«

»Hat sie dabei jemandem geschadet?«

»Also über mich hat sie auch berichtet, ich hatte Unannehmlichkeiten dadurch, aber mehr war es nicht«, sagte sie.

»Könnte jemand sie deshalb entführt haben?«

Die Kollegin dachte nach.

»Soweit ich weiß, hat sie keinem so übel mitgespielt. Und das liegt auch ziemlich lange zurück.« Margo war enttäuscht, bislang hatte der Besuch keinen konkreten Ansatz erbracht.

»Sagen Ihnen die Namen Hinni und Emke Meuren oder Caroline Maiwald etwas?«

»Nie gehört. Tut mir leid«, bedauerte die Kollegin. Sie brachte sie zurück zum Bahnhof. »Ach ja, sie hat mich noch angerufen und erzählt, dass sie den Jungen bald treffen würde«, sagte ihr die Kollegin zum Abschied.

Margo bedankte sich. Sie fuhr nach Berlin zurück und übernachtete bei einer Freundin in Friedrichshain. Die beiden anderen früheren Arbeitskolleginnen hatten keinerlei Anhaltspunkte über den Verbleib der Frau.

KAPITEL 47

Das Boot hatte wieder Probleme, der Motor stotterte. Erst vor einigen Monaten hatte Erik Nommsen es reparieren lassen. Das Jahr war verregnet, nur wenige Touristen unternahmen Bootstouren um Helgoland und die Düne, das Geld fehlte. Heute musste die *Leonora* anspringen, seine Hummerkörbe waren nach zwei Tagen vermutlich gut gefüllt. Der Pächter vom Atlantik wollte ihm eine Prämie für die Lieferung bezahlen, er hatte eine riesige Hochzeitsgesellschaft – und der Hummer sollte das Bankett krönen. Zu allem Überfluss hatte sich der Himmel zugezogen, schwarze Wolken hingen dicht über der Düne, Wellen schwappten an die Bugwand. Endlich röhrte der Antrieb, er fuhr aus dem Hafen und nahm Kurs auf die Tonne Süd.

20 Hummerkörbe hatte er ausgelegt, Seezungen eingefüllt, das verspeisten die Biester am liebsten. Hoffentlich waren sie zahlreich in die Öffnungen gekrochen. Das Geschäft war schwierig geworden. Sie fingen vor allem Taschenkrebse, da die wenigsten Restaurants ihnen Hummer abnahmen. Zu groß waren die Exemplare, die aus der Nachzucht hervorgegangen waren, ungeeignet als Touristenmenü. Denn das Meeresgetier wollte auf dem Teller zelebriert werden, das passte nicht zu dem kurzen Tagesbesuch. Seinen Vorfahren hatte die Helgoländer Delikatesse Wohlstand eingebracht. Fischer, das waren damals reiche und angesehene Leute.

Heute rümpften sie die Nase. Selbst seine eigene Frau hörte nicht auf herumzunörgeln. Warum konnte er nicht in der Forschung arbeiten wie der Schnösel nebenan oder auf dem Rettungskreuzer, hoch angesehene Menschen waren das. Er musste fast monatlich mit der Bank feilschen, um den Kredit für das Boot zu bedienen. Seine Frau Inja konnte nicht zu Hause bleiben, musste mitverdienen.

Das Schiff schwankte, aber das machte einem echten Fischer nichts aus. Er folgte der Bewegung der Wellen. Schwimmen konnte er nicht, genauso wie die Generationen vor ihm. In den eisigen Tiefen der Nordsee half das keinem. Der Katamaran raste an ihm vorbei, nach einer Minute schaukelte seine *Leonora* stärker, Wasser schwappte über den Rand. Er musste bald angekommen sein, 500 Meter. Er schöpfte die Brühe von Bord, so ein Schiff kann schnell Übergewicht in eine Richtung bekommen.

Da war er endlich. Er ankerte und zog den Korb mit einer Winsch nach oben. »Mist, immer klemmt das im entscheidenden Moment.« Er zerrte das Seil mit den Händen, doch der Korb war ungewöhnlich schwer. So einen Fang hatte er nie gemacht. Alte Fischer hatten von solchen Glückstagen erzählt. Er sank einen Moment auf den Boden. Nach der Pause arbeitete er mit voller Kraft weiter, der Korb musste übervoll sein. Das hatte er in den 20 Jahren Berufsleben noch nie gehabt. Doch was war das? Da hing etwas Großes in den Seilen, und leider kein Hummer. Es platschte auf den Boden seines Schiffs. Er schrie auf. Ein entsetzlicher Anblick!

KAPITEL 48

Rike war mit dem Polizeiboot schnellstens zurück auf die Insel gekommen. Sie ging direkt zur Polizeidienststelle.

»Da bist du ja«, Harry klang erleichtert, als sie den Kopf durch seine Tür steckte. Er saß am Schreibtisch, der Finder auf seinem Sofa.

»Du kannst nach Hause gehen, Erik«, sagte er dem Fischer, der verwirrt aufstand.

»Und mein Boot? Wann kann ich wieder raus?«

»Nimm dir heute mal frei, da kannst du die Sache verdauen«, Harry verabschiedete ihn mit einem Klaps auf die Schulter.

Er brachte Rike zum Steg im Jachthafen, wo die *Leonora* festgemacht war, und lüftete die Plane über der Leiche. Es handelte sich um eine Frau. Das Gesicht war aufgequollen. Algen hingen in den blonden Haaren. Vermutlich war sie nicht lange tot.

»Das ist doch Birgit Leppien«, sagte Rike. Die Tote sah aus wie die Frau auf den Fotos der Suchanzeige. Sie sah sich den Leichnam an und untersuchte die Taschen. Leider war darin nichts Brauchbares zu finden.

Gefunden hatte er sie bei den Fanggründen an der Tonne Süd, das lag südlich von der Nebeninsel Düne.

»Kann man feststellen, wo die Frau ins Wasser gefallen ist?«, wollte Rike wissen.

»Wir können von Glück reden, wenn wir eine Leiche finden. Die Strömungen sind so unterschiedlich. Es kommt auf den Wind an, den Stand der Gezeiten in dem Moment, aber auch, was die Tote gegessen hat. Aber wir können davon ausgehen, dass sie auf dem Schiff war«, bemerkte Harry.

»Wie ist es mit der Obduktion?«, wollte Rike wissen.

»Die Gerichtsmedizinerin müsste schon in der Luft sein. Sie kommt mit dem Polizeihubschrauber aus Hamburg«, sagte Harry.

»Wo ist denn mein Kunde?« Hinter ihnen hatte lautlos der schwarze Elektrowagen des Beerdigungsunternehmens geparkt. Die beiden Männer verluden die Tote in einen Sarg, um sie ins Krankenhaus zu bringen.

»So langsam komme ich nicht mehr mit. Helgoland war immer eine friedliche Insel. Es gab mal einen zünftigen Familienstreit oder betrunkene Pöbler, Drogengeschichten sowieso. Aber ein Toter oder Vermisster nach dem anderen. Und es gibt überhaupt kein Muster«, klagte Harry.

Rike beruhigte ihn. »Verlier nicht die Nerven, wir müssen ganz analytisch weiter vorgehen, die Parallelen prüfen. Die Fälle hängen vermutlich zusammen, müssen es aber nicht.«

Es konnte ein Motiv sein, dass die Frau als informelle Mitarbeiterin Kollegen angeschwärzt hatte. Aber wo lag der Bezug zu den übrigen Opfern? Die Arbeit in einem Jugendamt war konflikträchtig, es gab immer wieder Angriffe von unzufriedenen Eltern. Die Frau war zudem erst seit kurzer Zeit Rentnerin. Vielleicht war sie selbst ins Wasser gegangen?

Ein kleiner Punkt am Horizont wurde langsam größer. Das Dröhnen in der Luft kündigte den Hubschrauber an.

»Schau mal, das müsste die *Libelle 1* sein.«

Sie gingen zum Auto, um die Kollegin vom Landeplatz der Bundesmarine abzuholen.

»Wie halten Sie das eigentlich so lange auf diesem winzigen Felsen aus?«, fragte die Gerichtsmedizinerin, als sie Rike entdeckt hatte.

»Man liebt Helgoland, oder man will sofort wieder weg«, antwortete sie. Ihr gefiel die Insel ausgesprochen, auch wenn sie lieber mehr Zeit in der Natur verbracht hätte.

»Ich würde das nicht einen Tag aushalten«, sagte Mutlu auf dem Weg zum Polizeiauto.

»Die 100 Meter hätten wir laufen können. Immerhin ist die Luft besser als in Hamburg«, sagte Mutlu.

Harry schüttelte den Kopf: »Wir sind in Eile und brauchen Ergebnisse, dringend.« Die Todesfälle waren Inselgespräch, die Menschen waren beunruhigt, und der Bürgermeister meldete sich mittlerweile täglich mit der Frage, ob die Vermisstenfälle endlich aufgeklärt wären. Es gab zahlreiche Stornierungen von Touristen nach Berichten in überregionalen Zeitungen über den Fall.

»Dieses Mal ist Ihr Fang immerhin etwas frischer«, sagte Doktor Mutlu, als sie am Sektionstisch stand.

»Eine Frau im Alter zwischen 60 und 70, mitteleuropäische Herkunft, keine besonderen Kennzeichen.«

»Was haben wir denn da?«, sagte sie plötzlich. Sie untersuchte eine Stelle am seitlichen Kopf.

»Was ist das?«, wollte Rike wissen.

»Hier gibt es eine größere Wunde mit einem Hämatom, das sieht noch frisch aus«, stellte Mutlu fest. »Die befindet sich so weit oben, dass es sich nicht um einen Sturz handelt, sondern um eine Verletzung durch Dritte. Es gibt die Hutkrempenregel. Alles oberhalb der Krempe deutet auf ein Fremdverschulden.«

»Also eher kein Suizid?«, vermutete Rike. Denn das hätte bedeutet, dass es zwei verschiedene Fälle sind.

»Es sieht nach einer Verletzung mit einem stumpfen

Gegenstand aus, meiner Meinung nach hat sie einen Schlag abbekommen. Aber Genaueres in meinem Bericht«, sagte Mutlu.

Sie untersuchte den Körper von beiden Seiten, dann öffnete sie den Brustkorb und entnahm die Organe.

»War sie tot, als sie ins Wasser fiel?«

Mutlu schüttelte den Kopf. »Allenfalls bewusstlos. Ich finde hier Wasser in der Lunge, diese ist aufgebläht, ebenso sind Kieselalgen vorhanden. Ich kann mir nicht vorstellen, dass die Frau nach einem solchen Schlag noch selbst ins Wasser gegangen ist.«

Das war eine brauchbare Information.

»Hinni Meuren ist ja auch ertrunken, wenn er auch keinen Schlag abbekommen hat. Oder könnten Sie eine Verletzung übersehen haben?«, wandte sich Harry an die Gerichtsmedizinerin.

Diese sah ihn mit funkelnden Augen an. »Herr Kruss. Denken Sie, weil ich eine Frau mit türkischem Namen bin, könnte ich eine schwere Verletzung an einem kahlen Schädel übersehen?«

Harry sah betreten aus. »Ich halte Frauen für mindestens ebenso kompetent wie Männer, und Rike kennt mich seit Jahrzehnten, sie weiß, dass ich nicht ausländerfeindlich bin.«

»Ha, Ausländer. Da haben wir es! Ich bin in Hamburg geboren, in zweiter Generation! Für Sie bin ich also eine Ausländerin.« Ihr Gesicht war rot vor Wut, und ihre Augen funkelten wütend.

»Halt, Moment. Hier geht es darum, was dem Opfer passiert ist. Können wir bitte wieder zur Sache kommen? Eure Differenzen könnt ihr danach ausfechten«, schritt Rike ein. Solche Diskussionen konnten sie angesichts der Ereignisse nicht gebrauchen.

»Finden Sie das etwa in Ordnung?«, empörte sich Mutlu.

»Frau Mutlu, ich kenne Harry seit Jahrzehnten. Er möchte niemanden ausgrenzen und hat keine Vorurteile gegen Frauen mit türkischen Namen. Auch wenn er sich unsensibel ausgedrückt hat.«

»Wann ist der Todeszeitpunkt?«, schnitt sie die nächste Runde der beiden Streithähne ab.

»Innerhalb der letzten drei Tage. Genauer geht es leider nicht«, sagte Mutlu.

Sie ging in die Umkleide. »Näheres im Bericht.« Dann wandte sie sich an Harry. »Im Übrigen gehe ich lieber zu Fuß.«

*

Ein Schubs und die Erde war ein besserer Planet. Das Monster konnte niemanden mehr quälen. Andere kleinmachen, Kinderseelen brechen, Leben zerstören, das konntet ihr. Jeder hat seinen Teil beigetragen. Für die Schreibtischtäterin gab es eine eigene Anordnung. Ein kleines Dankeschön für die Arbeit. Sich schnell der Blagen von der Nutte entledigen. Vom Büro aus. Ihnen Moral beibringen, Zucht und Ordnung, ohne mal hinter die Kulissen zu sehen.

Aber die Scheinheiligen, das sind die Schlimmsten. Lieber Hunger leiden und Vernachlässigung, als dauernde Demütigungen und Schläge. Die Verbrechen unter dem Deckmantel der Barmherzigkeit. Dabei steckte das Böse nicht in den Kindern, sondern in den Erwachsenen. Euch sollte man den Teufel austreiben.

KAPITEL 49

Von der Brücke aus entdeckte er mit Erleichterung die schlanke Gestalt der Kommissarin am Anleger. Kornelius war erleichtert, dass sie das Schiff wieder begleitete. Sie mussten ausschließen, dass weitere Menschen verschwanden.

»Moin, schön, dass Sie wieder da sind«, begrüßte er sie an Bord.

»Ich hatte eine Mitfluggelegenheit«, erklärte von Menkendorf. Der Polizeihubschrauber hatte sie in Cuxhaven abgesetzt.

Er bot ihr einen Stuhl neben sich an und gab die Kommandos, um die *MS Nordsee* sicher aus dem Hafen in Richtung des Elbfahrwassers zu steuern. Dann übergab er das Kommando an Michael und bat sie in sein Büro.

Er musste wissen, was sie herausgefunden hatte. Denn sie war auf Helgoland zu einem Leichenfund gerufen worden. Das hatte er mitbekommen, und es hatte mit den Fällen vom Schiff zu tun.

»Was ist der Passagierin geschehen?«, fragte er.

»Es war keine natürliche Todesursache, das steht fest«, berichtete sie.

Wann immer ein Mensch ins Meer fiel, war das für ihn nicht natürlich. Das sagte wenig, es konnte ein Unfall sein oder ein Sprung aus eigenem Willen.

»Weiß man schon mehr?«

»Das ist noch zu früh«, erklärte sie. Aber die Tote sei identifiziert. »Das war die letzte Vermisste, Birgit Leppien, eine Rentnerin aus Berlin.«

»Wie geht es denn weiter?«, wollte er von ihr wissen.

»Da es sich um ein Tötungsdelikt handelt und es zwei weitere Verdachtsfälle gibt, könnte eine Soko übernehmen.«

Er atmete auf, endlich würde jemand wegen der Fälle intensiver ermitteln. »Wann kommt diese Soko?«

Das konnte die Kommissarin nicht sagen.

»Könnten Sie das Schiff vorerst weiter begleiten?«, fragte er.

Sie nickte. »Ich bräuchte ohnehin ein paar Informationen von Ihnen. Wenn das möglich ist, alle Personalakten. Außerdem Passagierlisten zu den Daten des Verschwindens und jeweils die aktuellen Passagierlisten.«

Das würde nicht einfach werden, doch er würde es versuchen. Zwar hatte er die Unterlagen nicht am Schiff. Aber Isas Freundin war die Leiterin des Büros und konnte diese hoffentlich besorgen. Die Buchungen hatte die Reederei gespeichert, die Namen wurden zudem erfasst, ebenso Adresse und Telefonnummern. Er hoffte, dass Isabelle ihm behilflich war. Der Alte würde keine einzige Information freiwillig herausrücken. Er überlegte, ob er von Menkendorf über den Drogenschmuggel informieren sollte.

KAPITEL 50

Als Michael ins Hotel kam, blieb ihm kurz die Luft weg. Ohnehin hatte er Herzrasen, Schweiß lief ihm über die Stirn. Er musste dringend wieder das Mittel zu sich nehmen. Dann hätte er eine Idee, wie er dies bewältigen konnte. John hatte eine Nachricht an der Rezeption hinterlegt und teilte ihm lapidar mit, dass er in den nächsten zwei Wochen die Ladung von vier Containern transportieren müsse. Sein ehemaliger Mitbewohner aus dem Heim war nicht selbst anwesend. Er setzte sich an die Bar und bestellte sich einen Whisky, obwohl er arbeiten musste. Anders konnte er die Neuigkeiten nicht verdauen. Verladen werden sollte der Stoff mit den Postsendungen. Ein Kran bewegte eine Masse gelber Transportbehälter in den Frachtbereich, in einem davon kam die Droge an Bord. Er müsse die Entladung in der Nacht organisieren, damit die Ware nicht dem Zoll in die Hände fiele.

Zum Glück war Kornelius auf seiner Seite, doch der Kapitän war wegen der Todesfälle an Bord schon nervös. Zudem machte die neue Mitarbeiterin, die angeblich ein Praktikum auf der *MS Nordsee* absolvierte, einen merkwürdigen Eindruck. Vielleicht war sie wegen der Vorfälle eingeschleust. Er kannte die Frau.

Er ging auf die Toilette, schob zwei Spuren des Mittels zusammen und nahm einen Fünfziger, den er zusammenrollte. Er atmete tief aus und sog das Pulver ein, Sekunden später fühlte er sich um Jahre jünger. Glasklar sah er vor sich, was er zu tun hatte. Federnden Schrittes ging er zurück zur *MS Nordsee*, der Vorgang musste abgeschlossen sein, wenn die Passagiere an Bord kamen. Die Container standen schon da. Er gab selbstbewusst die Kommandos, diese zu verladen. Niemand stellte irgendwelche Fragen. Den Kapitän sah er nicht. Doch als er in Richtung Büro ging, hörte er von dort Geräusche wie aus einem billigen Porno. Mein Gott, Yasmina.

Was wollte sie von Kornelius, einem verheirateten Mann? Er ging weiter zur Brücke, wo er die Neue fand, die Dokumente studierte. Er erhaschte einen Blick darauf und entdeckte den Namen des Mitarbeiters aus der Kombüse. Eindeutig, die schnüffelte herum. Er musste sich vor der Frau in Acht nehmen.

KAPITEL 51

Endlich war die Nachricht angekommen. Der Kommandante kam mitten in der Nacht. Er sah aus dem Fenster, wie er Eli aus dem Wagen stieß. Sie stand auf und rannte, so schnell sie konnte, in Richtung Dschungel. Gott sei Dank, sie lebte!

»Gringo«, schrie der Bandenchef.

Damit war er gemeint, da er in Deutschland gelebt hatte. Er sah aus dem Fenster. »Du willst also die vierfache Menge ins Gringoland verschicken! Am Montag meldest du dich in unserer Logistikzentrale«, brüllte der Terrorist. Er fuchtelte mit seiner Pumpgun in Richtung Haus.

»Ansonsten hole ich mir hier Ersatz«, er lachte dröhnend, schoss drei Mal in die Luft, dann raste der Jeep mit aufheulendem Motor wieder los.

John beruhigte seine Geschwister. Danach rannte er in Richtung der Hütte. Er entdeckte seine Eli unter der Bank, sie zitterte. Sanft berührte er sie, dann zog er sie hoch.

»Eli, was haben sie dir angetan?«, fragte John und nahm seine Schwester behutsam in die Arme. Schluchzend klammerte sie sich an ihm fest. Sie antwortete nicht, weinte nur.

»Ich rufe einen Arzt«, sagte John. Doch Eli schüttelte entschieden den Kopf. Er nahm sie an die Hand, suchte die beiden Esel Sandiego und Antonio. Eli drückte den Grauen lange an sich, sie schien in sein Fell zu weinen. Er hob sie auf seinen Rücken. Sie wirkte so erschöpft, dass sie den Fußweg nicht geschafft hätte. Sie schafften es nach Hause. Seine Mutter und seine Geschwister umringten Eli, küssten sie. Doch seine Schwester stand mit unbewegtem Gesicht da. Er hoffte, dass sie später mit ihm über das Erlebte sprechen würde. Es war nicht gut, so etwas in sich hineinzufressen. Die meisten Gefangenen kamen nicht mit ihrem Leben davon. Hatten die Schweine sie gefoltert, vergewaltigt? Er musste vorerst auf die Forderungen dieser Kriminellen eingehen. Er ballte seine Hände zu Fäusten. Bald schon würde er sie vernichten. Das war seine Aufgabe. Und wenn es das Letzte war, was er tat.

Michael hatte seine Anweisungen erhalten. Hoffentlich drehte der nicht durch. Bei ihrem Telefongespräch hatte er dringend nach Stoff verlangt. Der Dummkopf war abhängig. Er verstand es nicht. Aber er konnte seinem früheren Mitbewohner nicht helfen. Seine Familie brauchte ihn. Und er musste sich dieser Kriminellen entledigen. Lange hatte er über den Plan nachgedacht. Es war ein Risiko, mit den Amerikanern zu kooperieren, aber einen anderen Ausweg sah er im Moment nicht. Anfang der Woche sollte er zu diesem Treffen kommen, um die Logistikorganisation der Banditen zu übernehmen. Dann würde der Verbrecher da sein. Eine einmalige Gelegenheit. John nahm sein Telefon und wählte die Nummer von dem Flugblatt. Die Amerikaner warben darin um diejenigen, die aussteigen wollten. Das war ein Wagnis, aber seine einzige Chance.

KAPITEL 52

Die Felsen leuchteten dunkelrot auf blauem Grund, als gelbe Farbtupfen vollführten die Basstölpel über ihrem Kopf waghalsige Flugmanöver. Sie hatte Prinz zur nördlichen Steilküste ausgeführt und hielt einen Moment inne, um den Postkartenmoment zu genießen. Als sie zurückkehrte, traf sie Harry vor ihrer Tür.

»Schön, dich zu sehen«, begrüßte er sie. Verlegen zog er eine Rose hinter dem Rücken hervor. »Selbst geklaut«, er lächelte wie immer wie ein großer Lausbub. »Rike, ich muss mit dir reden«, sagte er dann. »Wir haben ja keine Minute Ruhe!«

»Du meinst, wegen Margo Valeska? Ich weiß, dass sie dir gefällt«, unterbrach ihn die Kommissarin.

Er sah betreten auf den Boden. »Da hast du etwas falsch verstanden.« In dem Moment klingelte sein Telefon. »In Ordnung, wir kommen sofort und fordern Verstärkung an.«

»Was ist los?«, fragte Rike. Er stürmte zum Auto und bat Rike, ihm zu folgen. »Wir haben den Hinweis erhalten, dass auf der *MS Nordsee* größere Mengen von Kokain geladen werden sollen.«

»Dann lagen wir wohl die ganze Zeit falsch«, vermutete Rike.

»Vielleicht führt uns das zur Lösung«, sagte Harry.

Sie rasten zur Dienststelle, wo Harry seine Kollegen zusammentrommelte und den Staatsanwalt informierte. Madeleine hatte den Anruf entgegengenommen.

»Wer hat das denn gemeldet?«, wollte Rike wissen.

»Das war eine Männerstimme, er wollte anonym bleiben«, sagte die junge Kollegin.

»So, wir durchsuchen das ganze Schiff. Die Kollegen vom Zoll unterstützen uns«, kündigte Harry an. Sie fuhren vor, die Zollkollegen kamen mit einem eigenen Fahrzeug. Als sie am Ableger eintrafen, wurden gelbe Postcontainer verladen. Sie sah den Ersten Offizier, der die Aktion steuerte.

»Stopp, sofort die Arbeiten einstellen. Jeder bleibt auf seinem Platz. Wir kontrollieren das Gepäck«, sagte Harry über Lautsprecher. Rike ging direkt zu Kornelius Nymann. Aus dessen Büro neben der Brücke kam die junge Frau hinausgestürmt, die im Bordkiosk arbeitete. Sie fuhr sich über die Haare und rückte ihre knappsitzende Bluse zurecht. Dieser überkorrekte Seemann schien seine Geheimnisse zu haben.

»Was ist das für eine Aktion? Der Reeder wird sich dagegen zur Wehr setzen«, sagte Nymann empört. Plötzlich war der Kapitän nicht mehr kooperativ.

»Es gibt Hinweise auf Drogenschmuggel. Haben Sie etwas Ungewöhnliches mitbekommen?«, fragte Friederike.

Er schüttelte den Kopf. »Nee, so etwas schließe ich aus. Das gibt es auf meinem Schiff nicht, und da lege ich die Hände für alle meine Leute ins Feuer«, erklärte er.

»Gut. Dann ist ja alles bestens. Wir müssen trotzdem das Gepäck kontrollieren, Ihre Abfahrt wird sich also etwas verzögern.«

»Dürfen Sie das überhaupt?«, empörte sich Nymann.

»Der Staatsanwalt hat grünes Licht gegeben«, sagte Rike. »Und ich denke, Sie wollen die Fälle auch aufklären?«

Er schwieg, nahm den Hörer und sie hörte, wie er jemanden über die Razzia informierte.

Noch waren die meisten Passagiere nicht zugestiegen, sodass bislang nur das verladene Postgepäck zu kontrollieren war. Harry hatte angewiesen, dass die komplette Ladung wieder ausgeschifft wird. Zwei Kollegen hatten den Bereich abgesperrt. Systematisch arbeiteten sich die zehn Leute durch Kisteninhalte, bis einer von den Zollmitarbeitern schrie. »Hier, ich habe etwas.« Die Ware befand sich in einem Container, der als »Rücktransport Schulausflug« deklariert war. Innen stapelten sich Koffer einer Nobelmarke, darin lagen säuberlich geordnete braune Päckchen. Diese waren in Folie eingeschweißt und nochmals gründlich mit schwarzem Tape umklebt.

»Na, das ist ja mal eine kreative Variante«, stellte Harry fest. »Kommt bestimmt aus Lateinamerika.« Mit seinem Taschenmesser schlitzte er eines der Pakete auf und roch daran. Er verzog die Nase. »Typischer säuerlicher Kokaingeruch.« Das Team sollte alles sicherstellen.

»Wir werden jeden Winkel des Schiffs durchkämmen«, kündigte Harry an. Rike rief Nymann an, um ihm mitzuteilen, dass sich die Abfahrt auf unbestimmte Zeit verschieben würde.

»Das glaube ich nicht. Unfassbar«, sagte er, als er die aufgestapelten Drogenpäckchen sah. Er wirkte betroffen.

In der Zwischenzeit hatte die Cuxhavener Wasserschutzpolizei Verstärkung geschickt.

Rike war dabei, in einem der Salons nacheinander Crewmitglieder zu verhören, als Madeleine in den Raum gestürmt kam.

»Komm bitte schnell«, bat sie und eilte voraus. Sie ging zu den Damentoiletten, wo es eine Tür mit der Aufschrift »Crew« gab. Von einem Flur aus gingen jeweils vier Türen ab. »Das sind die Kammern für die Mitarbeiter. Sie öffnete ein Zimmer. In den winzigen Raum passten ein schmales Bett, ein Tisch mit Stuhl und ein Schrank. »Hier. Das sieht aus wie Blut«, sie zeigte unter das Bett. Rike kniete sich hin und beleuchtete die Lache mit dem Handy. Da stand etwas, »Kev« entzifferte sie, der Rest war verschmiert. Sie machte Bilder und benachrichtigte Harry. Das Material musste gesichert und mit den Opfern verglichen werden. »Die Kabine gehörte dem früheren Schiffskoch. Im Moment haben wir nur eine Aushilfe in der Kombüse, die keinen eigenen Raum hat«, sagte Kornelius Nymann. Theoretisch könnte sich jeder den Schlüssel in der Personalmesse wegnehmen.

Erst kurz nach 22 Uhr konnte die *MS Nordsee* ablegen. Die Drogen hatten sie in einem Gebäude des Zolls sicher untergebracht.

»Ich habe noch eine Flasche Wein auf dem Boot. Wollen wir das Ganze noch auswerten?«, schlug Harry vor, nachdem sie das Schiff freigegeben hatten.

Sie nickte und begleitete ihn auf seine *Mariannick*. Kurze Zeit darauf hielt sie ein Glas Rosé in der Hand, er hatte Käsestücke geschnippelt.

»Jetzt sind wir doch leider keinen Schritt weiter«, stellte Rike fest.

»Prost«, sagte Harry und stieß mit einem Bier an. »Das ist alkoholfrei, ich fahre dich natürlich nach oben. Nicht, dass dir etwas passiert.«

Rike kostete den Wein, der genau nach ihrem Geschmack war, fruchtig, leicht und trocken. Im Wasser spiegelten sich die Lichter der Insel, der Leuchtturm schickte seine Signale wie ein geometrisches Muster. »Was stimmt eigentlich mit uns nicht? Ein Helgoländer Sommerabend auf einem Segelboot – und wir reden über Todesfälle und Drogenschmuggel«, fragte Rike. »Waren wir schon immer so?«

»Tja, ich kenne dich eigentlich kaum anders. Aber das heißt nicht, dass es schlecht ist. Im Gegenteil …«, entgegnete Harry, bevor Rike ihm das Wort abschnitt.

»Du warst immer ganz anders. Ein Lebemensch. Immer lachend und auf der sonnigen Seite stehend.«

»Warum sprichst du in der Vergangenheitsform?«, er lächelte sein Lausbubenlächeln. Sie hielt seinen Blick nicht, sah zur Seite. Sein Charme wirkte auch bei ihr, doch sie wollte nicht in seinem Netz landen. Rike nahm sich etwas Käse und ließ sich mit der Antwort Zeit.

»Bist du immer noch. Aber dieser Beruf!« Sie sprach ihre Gedanken nicht aus, auch er hatte sich verändert. Früher hatte sie Harry manchmal für oberflächlich gehalten, doch er war ein hervorragender Polizist und durchaus gründlich.

»Aber sag mal, was du von unseren Funden hältst. Waren die Opfer Zeugen eines illegalen Drogengeschäfts?«

Er räumte den Tisch ab und stand auf. »Durchaus möglich«, sagte Harry. »Lass uns morgen darüber reden.« Er fuhr sie ins Oberland und verabschiedete sich mit einem Küsschen auf die Wange.

*

Die Hexe ist an Bord. Am Ende war alles so einfach. Sie wirkte nicht mehr bedrohlich. War hereingefallen auf billige Schmeicheleien, hatte geglaubt, dass es zur großen Versöhnung kommen würde. Vergebung. Mit diesen Worthülsen schmissen die Fanatiker gerne um sich. Erziehung heißt nicht, Streicheleinheiten verteilen, hatte sie sich gerechtfertigt. Kinder brauchen Strenge, auch wenn es wehtut. Nur hat dir gar nichts wehgetan.

Ich habe es gesehen, wie du es genossen hast, die Schläge, das Übergießen mit eiskaltem Wasser oder das Hungern lassen. Von den Stunden im Keller und den verletzenden Worten mal abgesehen. Strafen verteilen war für dich das Größte. Und nun glaubst du an eine Versöhnung. Wie soll das gehen mit einer kaputten Seele, einem Leben, das du zerstört hast?

Sie fiel auf mit ihrem komischen Kopftuch, ihrem knöchellangen Rock und der langärmeligen Bluse mitten in der Sommerhitze. Sie schrie, als sie hinter der Tür zum Maschinenraum einen Stoß erhielt. Sie stolperte in den Käfig, wo Werkzeuge um sie herum aufgehängt waren. Sie fiel zu Boden, bekam Fesseln um Hände und Füße. »Dich hört hier keiner, aber sicher ist sicher«, sagte die Stimme und stopfte ihr etwas in den Mund. Die Maschinen stampften und dröhnten nebenan, man hörte sein eigenes Wort nicht. Man konnte die Kraft des Antriebs spüren, es war unerträglich stickig.

»Weiß ich nicht«, nuschelte sie auf die Frage, warum sie hier war. Dann prasselte der Rohrstock auf die bloße Haut, den langen Rock musste sie ablegen. Das sollte dem Gedächtnis helfen.

KAPITEL 53

In dem hässlichen Plattenbau befand sich die damalige Arbeitsstelle von Birgit Leppien. Margo hatte einen Termin bekommen. Der Leiter erinnerte sich an die frühere Mitarbeiterin. Er bat sie in einen Besprechungsraum, in dem im Regal Spielzeuge lagen und an den Wänden Poster mit Tigerenten. Vermutlich waren hier auch öfter Kinder zu Besuch. Sie hatte mittlerweile von Rike von Menkendorf erfahren, dass Birgit Leppien durch ein Tötungsdelikt ums Leben gekommen war.

»Wer sind Sie eigentlich?«, wollte er wissen.

»Margo Valeska. Ich unterstütze die Polizei extern. Sie können gerne bei der Helgoländer Dienststelle nachfragen«, erklärte sie.

»Personalmangel, das kennen wir«, seufzte er und gab sich mit der Erklärung zufrieden.

»Was war das für ein letzter Fall, den Frau Leppien recherchiert hat?«, wollte sie wissen.

»Da ging es um Kinder, die von ihrer Mutter nach der Wende zurückgelassen wurden. Sie hat sie vor dem Verhungern gerettet«, sagte er.

»Warum wollte sie diesen Kevin finden?«

»Sie war nach der Rettung der Kinder entlassen worden. Die Kinder blieben dann eine Zeit lang im Kinderheim. Eigentlich fällt das alles unter Datenschutz.«

»Es ist möglich, dass Birgit Leppien den Jungen gefunden hat und dieser etwas mit dem Mord zu tun hat Ein verzweifeltes, heiseres Nein. Daher wäre es wichtig, dass Sie mir alles über diesen Fall zur Verfügung stellen«, sagte Margo.

Er zögerte. »Das ist mir klar. Ich muss ins Archiv, in der Zwischenzeit liegt hier etwas.« Er schob ihr den Stapel Papiere zu, die er in der Hand hielt. Als er den Raum verlassen hatte, begann sie zu lesen und fotografierte alles ab. Es war die Akte eines sechsjährigen Jungen namens Kevin Schmidt. Er hatte Zeit im Krankenhaus verbracht, da er dehydriert und unterernährt war, dann lebte er drei Jahre im Kinderheim in Berlin, bevor er adoptiert wurde. Von einem Ehepaar Nickau aus Cuxhaven. Das war der nächste Anlaufpunkt. Sie legte die Akte zurück auf ihren Platz, dann ging sie nach draußen, um Friederike von Menkendorf anzurufen.

»Vielen Dank«, sagte diese. Sie klang gestresst.

»Hilft das weiter?«, wollte Margo wissen. »Wir haben gerade einen riesigen Drogenfund gemacht, aber das hilft, um das Puzzle zusammenzusetzen«, erklärte die Kommissarin. Damit schien Margos Mission beendet. »Ich wende mich dann wieder den schönen Künsten zu«, folgerte Margo. Es war höchste Zeit, den nächsten Malrausch-Abend vorzubereiten.

KAPITEL 54

Harry hatte die Drogenfahndung aus Itzehoe und den Zoll hinzugezogen. Vier Kollegen kamen als Unterstützung angereist und sollten sich um den Fund kümmern. In der Dienststelle wurde es eng, da die neuen Ermittler den Konferenzraum belegten. Bei dem Pulver handelte es sich um reines Kokain, insgesamt hatten sie 1,5 Tonnen davon sichergestellt. Nach einem Hinweis stießen sie auf das alte Lager eines Bäckereibetriebs im Industriegebiet am Hafen, wo noch weiterer Stoff gebunkert war. In der Datenbank wurden sie fündig. Der Aushilfskoch war wegen Drogenhandels vorbestraft. Sie hielten ihre Besprechung auf Harrys Sofa. Er brachte wie immer Getränke auf einem Tablett. Rike lächelte, als sie das Herz auf ihrem Kaffee sah. Ihre Blicke trafen sich, sie musste einräumen, wie sehr sie seine Anwesenheit genoss. Sie würde ihn bei ihrer Abreise vermissen.

Madeleine hatte die Fleißarbeit übernommen und seinen Dienstplan mit den Reisedaten verglichen. »An den Tagen, als Caroline Maiwald und Birgit Leppien verschwanden, hatte der Koch keinen Dienst«, stellte sie fest.

Harry seufzte in seine Teetasse. »Dieser Fall ist wie eine glitschige Krake. Kaum greift man ein Tentakel, rutscht es wieder weg.«

Rike dachte über Margos Anruf nach. Sie hatte einen Moment gebraucht, um die Information zuzuordnen, nachdem sie den Namen der Adoptiveltern gehört hatte. Nickau. Das war der Nachname des Ersten Offiziers, wie sie den Personalakten entnommen hatte.

»Margo Valeska hat etwas Wichtiges herausgefunden. Frau Leppien hat nach einem früheren Heimkind gesucht, Kevin. Und im Amt stieß sie auf die Adoptiveltern, Nickau. Michael Nickau könnte also Kevin sein«, sagte sie.

»Da war doch diese Schrift. Kev«, rief Madeleine aufgeregt. In dem Moment erinnerte sich Rike an die mit Blut geschmierten Buchstaben. Dieses Mal schien alles zu passen.

»Den Ersten Offizier sollten wir dringend vernehmen«, schlug sie vor.

Harry sah auf die Uhr. »Das Schiff ist schon auf dem Wasser, wir müssen warten, bis die *MS Nordsee* anlegt.« Er wollte eine Runde laufen, Rike holte Prinz, um ihn zu begleiten. An ihrer Tür steckte ein dicker Umschlag, den sie kurz ansah und dann auf den Küchentisch legte. Komisch, ihre Adresse stand nicht darauf, vielleicht war er für die Vermieterin.

Von der Wohnung aus liefen sie in den Norden und bogen auf den Rundweg ein, noch waren kaum Touristen unterwegs, sodass sie sich bequem nebeneinander bewegen konnten. Prinz sprang fröhlich bellend um sie herum.

»Was meinst du, hat dieser Kevin alle vier auf dem Gewissen? Ist das der Serienkiller?«, fragte Harry.

Er lief locker und so schnell, dass Rike ins Keuchen kam. Doch sie versuchte, mit ihm mitzuhalten. »Bei der Leppien gibt es ja eine persönliche Verbindung. Bei den anderen müssen wir sehen, jedenfalls war er häufig in Helgoland«, keuchte Rike.

Besorgt sah er zu ihr. »Soll ich etwas langsamer laufen?«

»Lass mal, ich muss auch wieder in Form kommen«, sie spürte, dass sie ihr Training in den letzten Wochen vernachlässigt hatte.

»Was hatte er wohl mit Maiwald und den Meurens am Hut?«, überlegte Harry laut. »Aber das finden wir hoffentlich gleich heraus. Eine Nacht im Hotel ohne Klinke hat schon manchen zum Reden gebracht.«

Sie trafen in der Wohnung ein. »Darf ich dein Bad nutzen?«, wollte er wissen. Er hatte Wechselkleidung dabei. Sie zogen sich um. Dann zeigte er aus dem Fenster auf das Meer, wo die *MS Nordsee* als klitzekleines Spielzeugboot am Horizont zu sehen war. »Noch einen Cappuccino?«, fragte er.

Rike ging zu ihrer Maschine. »Dieses Mal bin ich dran.« Als er sich auf den Barhocker vor dem Tresen setzte, fiel sein Blick auf den Umschlag.

»Anonyme Post?«, fragte er.

»Ach ja, das habe ich ganz vergessen.« Sie öffnete das Kuvert und entnahm ein kleineres handbeschriebenes heraus, das an Emke Meuren adressiert und geöffnet war.

Rike nahm sich Küchenhandschuhe und entnahm den Inhalt, eine handgeschriebene Seite steckte darin. Die Schrift wirkte altmodisch, sie hatte Schwierigkeiten, alles zu entziffern.

Sie las laut:

»Meine Liebe,
Ich möchte Dir heute Adieu sagen. Es tut mir leid,
dass ich zuletzt so geheimnisvoll getan habe. Ich
bedaure, dass Du mich verdächtigt hast, wieder
eine Affäre zu haben. Die Zeiten sind vorbei, als
ich der Disco-King war und das solltest Du wissen.
Verzeih mir die wilden Jahre, ich habe immer nur
Dich geliebt.
Ich wollte Dich nicht beunruhigen. Ich war in der Klinik in Hamburg, da ich unerträgliche Kopfschmerzen hatte. Leider ist es ein aggressiver Hirntumor.
Da ich so lange gezögert habe, war das Geschwür
zu groß. Nicht mehr operabel. Die Schmerzen sind
nicht auszuhalten, selbst mit den stärksten Mitteln.
Vielleicht hätte ich ein paar Monate gewinnen können, mit einer Chemotherapie, Bestrahlungen. Doch
zu welchem Preis? Und ich hätte nicht auf meiner
geliebten Insel bleiben können.
Ich habe entschieden, diesem Elend ein Ende zu setzen. Die Nordsee soll mich zur letzten Ruhe betten.
Bitte verzeih mir. Für Dich ist bestens gesorgt, du
musst nur den Kaufvertrag unterschreiben. Dann
bist Du mehrfache Millionärin und kannst den
Ruhestand genießen.
In Liebe
Dein Mann Hinni

Rike reichte das Schreiben weiter. »Wir haben also einen Fall, in dem es um die drei Frauen geht. Eine Tote und zwei Vermisste«, überlegte sie laut. Doch wo lag der Zusammenhang? Erst stürzte Caroline Maiwald, potenzielle Käuferin der Konditorei, ins Meer. Der Meuren sprang in die Nordsee, und seine Frau, die vermutlich erben würde, verschwand. Harry las den Brief und entdeckte weitere Zettel in dem großen Umschlag.

»Das sind die Untersuchungsergebnisse«, sagte er. Es waren die Laborberichte der Hamburger Klinik. »Demnach hatte er ein Glioblastom, einen bösartigen und nicht heilbaren Hirntumor«, las er vor. Dann sprang er auf. »Wir müssen los, das Schiff kommt.«

Sie trafen ein, nachdem die *MS Nordsee* festgemacht wurde. Sie gingen direkt zur Brücke und baten Michael Nickau mitzukommen. Er blickte einen Moment zur Tür, doch dort stand Harry wie ein Fels.

»Haben Sie einen Haftbefehl?«, wollte er wissen.

»Das ist lediglich eine Zeugenvernehmung, wir können Sie aber auch offiziell festnehmen und in Handschellen abführen«, entgegnete Rike.

»Okay, ich komme. Worum geht es überhaupt?«

»Um den Tod von Birgit Leppien, die Sie ja gekannt haben«, sagte Friederike.

Nickau sah sie verdutzt an.

»Wer soll das sein?«

»Das klären wir besser in der Dienststelle«, sekundierte Harry. Während der Verdächtige mit in die Wache ging, befragte sie den Kapitän.

»Er kannte die Tote, sie war seine Betreuerin beim Jugendamt in Berlin. Hat er mal über diese Zeit berichtet?«

Der Kapitän wirkte überrascht.

»Ich wusste nicht einmal, dass er in Berlin gelebt hat. Ich kenne seine Eltern in Cuxhaven. Sehr nette Leute«, sagte Kornelius Nymann.

»Er war einige Jahre im Kinderheim, seine Mutter hatte ihn und seine Schwester alleine in der Wohnung zurückgelassen«, erklärte Rike. Kornelius Nymann wirkte überrascht. Nichts davon hatte sein Freund ihm erzählt. »Vielleicht war ihm das peinlich, bei einem Heimkind kommen jede Menge Vorurteile.«

Das konnte Rike von Menkendorf bestätigen. Sie folgte Harry zur Wache und fand ihn in seinem Büro, da die Drogenfahndung den Konferenzraum belegte. Er saß an seinem Schreibtisch, der Verdächtige davor.

»Ach ja, das habe ich mir doch gedacht, dass Sie keine Praktikantin sind. Was bitte werfen Sie mir vor?«, fragte er, als sie eintrat. Michael Nickau alias Kevin wirkte selbstsicher und keinesfalls beunruhigt. Das sprach für eine besondere Kaltblütigkeit.

»Sie stehen im Verdacht, die frühere Jugendamts-Mitarbeiterin Birgit Leppien ermordet zu haben. Sie können einen Anwalt hinzuziehen und haben das Recht, die Aussage zu verweigern, wenn Sie sich damit selbst belasten«, klärte Rike ihn auf.

Hatten Sie Wut auf Birgit Leppien?«, knallte sie ihm unvermittelt an den Kopf.

»Ich sage gerne aus, wenn Sie mir erklären, wer das sein soll.«

»Sie hießen doch einmal Kevin und wurden von dieser Frau aus einer zugemüllten Wohnung befreit mit Ihrer kleinen Schwester«, sagte Rike. Er schwieg.

Harry knallte eine Seite aus den Akten auf den Tisch.

»Lügen Sie doch nicht. Sie war Ihre Betreuerin. Hat Ihnen sogar das Leben gerettet!«

Er nahm das Dokument und rief aus. »Ach ja, Tante Birgit. Ich kann mich dunkel daran erinnern. Meine biologische Mutter hat uns zurückgelassen. Wir wurden gerettet und kamen ins Krankenhaus.«

»Das ist ja lange her«, lenkte Rike ein. »Wie war es denn, Tante Birgit nach so vielen Jahren wiederzusehen?«, fragte sie vermittelnd.

Er hieb mit der Faust auf den Tisch: »Verdammt noch mal, ich habe sie nicht wiedergesehen seit damals. Übrigens hat die mich zwar gerettet, aber dann im Heim sitzen lassen. Sie hatte irgendwas von Besuchen gesagt.«

»Deshalb waren Sie so wütend auf sie und haben Sie umgebracht?«, fragte Harry.

»Weder habe ich sie getroffen noch hätte ich einen Grund dafür.« Er hatte sich beruhigt, sah sie offen an und wirkte in keiner Weise beunruhigt.

Rike hatte mittlerweile im Gespür, wie leicht oder schwierig eine Vernehmung laufen würde. Dieser Mann schien schwer zu knacken. Es tangierte ihn kaum, was sie über die bestimmt traumatischen Ereignisse in seiner Kindheit sagte. Spaltete er das Geschehene ab? Oder er war doch nicht der Täter. Sie ging einen Moment aus dem Raum und ließ ihn mit Harry allein. Niemand wusste von seiner Vergangenheit. Das konnte ein Grund für seine Tat sein. Er wollte nicht, dass sein Vorleben in einer problematischen Familie und die Umstände seiner Rettung bekannt werden.

Sie konfrontierte ihn mit ihrem Verdacht. Er nickte. »Es stimmt, als Heimkind wird man stigmatisiert. Aber ich habe Karriere gemacht, und auf diesem Level ist das kein Problem mehr. Am Beginn meiner Laufbahn wäre es hinderlich gewesen.« Er saß ihr ruhig gegenüber, war nicht nervös, antwortete, ohne zu zögern. Rike fragte sich, ob sie komplett auf dem falschen Weg waren. War diese Verbindung der richtige Ansatz oder hatten sie etwas übersehen?

»Wie war das eigentlich mit den Containern, die Sie gestern verladen haben? Haben Sie nicht mitbekommen, dass da Drogen geschmuggelt wurden?«, fragte ihn Harry. Er blinzelte und schien zu stutzen.

»Ich habe nur meinen Job gemacht. Es gehört nicht dazu, den Inhalt der Warensendungen zu kontrollieren«, entgegnete er. Doch sie sah, dass seine Augen wachsam geworden waren.

»Erzählen Sie mir von Ihrer Kindheit und der Rettung«, bat sie.

Er überlegte einen Moment. »An viel mehr kann ich mich eigentlich nicht erinnern. Im Heim ging es mir gut, ich war in einer kleinen Wohngruppe mit einem netten Erzieher. Dann hatte ich Glück mit meinen Adoptiveltern und zog nach Cuxhaven.«

»Erinnern Sie sich an Birgit Leppien?«

»Das ist alles ziemlich im Nebel. Sie war öfter zur Kontrolle. Als unsere Mutter weg ist, hat sie uns abgeholt. Wir hatten länger nichts mehr zu essen, konnten aber nicht aus der Wohnung. Die war abgeschlossen.«

Sie nahm ihr Tablet und rief ein Foto von Birgit Leppien nach dem Fund ihrer Leiche auf. Dann zeigte sie es ihm, gefolgt von dem Suchbild ihres Mannes.

»So wurde Ihre ehemalige Betreuerin gefunden. Vor ihrem Tod war sie Passagierin auf der *MS Nordsee*.«

Er sah sich die Bilder an, dann würgte er.

»Kann ich bitte auf die Toilette?« Er war aufgesprungen, hatte ein paar Schritte in Richtung Ausgang gemacht. Dort erbrach er sich auf der blauen Auslegeware. Er sah nach unten und entschuldigte sich.

»Bitte, ich muss dringend auf Toilette«, bat er. Harry eskortierte ihn zum Waschraum. Nach einer Viertelstunde kam er zurück. Seine Uniform war vorne nass, er hatte die Spuren seiner Übelkeit entfernt. Harry holte Eimer und Lappen und reinigte die Lache im Besprechungsraum. Nickau setzte sich wieder an den Tisch. Er sah Rike offen an:

»Sie haben recht. Ich habe sie umgebracht. Ich gestehe alles, was Sie mir vorwerfen.«

Rike war überrascht. Erst wirkte er komplett unbeteiligt, nun kippte er völlig um.

»Möchten Sie einen Anwalt? Ich kann ihn gerne für Sie anrufen, oder Sie können mein Telefon benutzen.« Sie schob ihr Handy über den Tisch, aber er schüttelte nur den Kopf.

»Das brauche ich nicht, ich habe es getan, und da kann kein Anwalt etwas dran ändern.«

»Was war Ihr Motiv?«, wollte Rike wissen. Wieder bemerkte er, wie sich seine Stirn in Falten legte, er war dabei, angestrengt nachzudenken. Das wirkte nicht stimmig für einen Täter, der unbändige Wut gehabt haben musste.

»Ich fühlte mich einfach ungerecht behandelt. Wollte nicht ins Kinderheim.« Das schien ihr eine Erklärung, obwohl er kurz davor das Gegenteil behauptet hatte. Sie bemerkte, dass ihm Schweißperlen über die Stirn rollten und er fahrig wirkte, fast, als wäre er unterzuckert.

»Geht es Ihnen nicht gut?«

»Doch, ich sehe nur nicht jeden Tag eine Wasserleiche, dazu noch jemanden, der mir schon einmal begegnet ist.«

»Und für dessen Tod Sie verantwortlich sind?«, hakte Rike nach. Sie mochte keine Polizisten, die dauernd von ihrem tollen Bauchgefühl oder ihrem Superinstinkt schwafelten. Doch hier stimmte irgendetwas hinten und vorne nicht. Der Schiffsoffizier hatte das Bild gesehen und dann den Schalter umgelegt. Sie konnte sich den Grund dafür nicht erklären.

Sie ging nach draußen und bat Harry, ihn im Auge zu

behalten. Sie atmete einen Moment durch. Zuerst hatte er normal ausgesagt, wirkte wach und ein wenig auf der Hut. So reagierten die meisten Menschen auf eine polizeiliche Befragung. Nach dem Blick auf die Tote dagegen schwenkte er auf Musterschüler um. Er belastete sich selbst. Sie hielt das für gelogen. Oder irrte sie sich und das schlechte Gewissen hatte sich bei dem Anblick des Opfers gemeldet?

Sie ging in den Raum zurück und warf Harry einen Blick zu:

»Möchten Sie einen Kaffee oder etwas zu essen?«, fragte er den Mann. Dieser schüttelte den Kopf. Harry stellte ihm dennoch eine Flasche Wasser und ein Glas hin. Noch immer schwitzte er auffällig.

Sie nahm wieder ihm gegenüber am Tisch Platz. »Können Sie mir bitte noch mal für das Protokoll den genauen Tatverlauf schildern?«

»Warum das denn, ich habe doch gestanden?« Er wirkte fahrig und begann, auf seinem Stuhl hin- und herzurutschen, eines seiner Lider zuckte. Nervös schraubte er die Flasche auf und hatte wegen seiner zitternden Hand Mühe, das Glas zu treffen. Er trank gierig aus.

»Einfach gestoßen. Wups, war sie über die Reling gefallen.« Das stimmt schon mal nicht mit dem Untersuchungsergebnis überein.

»Und wie kam es, dass Sie sich wiedergetroffen haben?«

»Das war reiner Zufall. Sie war bei meinen Eltern gewesen, doch die wollten keinen Kontakt zu ihr. Irgendwie hat sie rausbekommen, wo ich arbeite. Da stand sie dann, und ich habe sie gestoßen.«

»Haben Sie sich unterhalten nach dieser langen Zeit? Er kniff seine Augen zusammen und schien zu überlegen. »Nein, worüber denn?«

»Sie hätten ihr ja die Vorwürfe mitteilen und nach ihren Gründen fragen können.«

»Wie ist das mit Emke Meuren und Caroline Maiwald? Haben Sie die auch auf dem Gewissen?«, fragte Harry.

»Ja, die habe ich genauso von Bord geschubst«, erklärte er lapidar.

»Wie war das mit Hinni Meuren?«, fasste Rike nach. Er nickte.

»Genau, das war die Nummer vier.«

Das bestätigte Rikes schlechtes Gefühl. Da der Konditor selbst ins Wasser gegangen war, konnte Nickau nicht die Wahrheit sagen.

Dann streckte er seine Hände vor. »Bin ich jetzt festgenommen?«, fragte er. Sie nickte.

»Wir nehmen Sie vorläufig fest wegen des Verdachts einer Straftat zulasten von Birgit Leppien. Sie werden schnellstmöglich dem Ermittlungsrichter vorgeführt.«

Zum Glück war die Zelle im Untergeschoss frei. Sie flüsterte Harry zu, ihn wegen der Suizidgefahr gut zu durchsuchen und ständig zu beobachten. Es schien ihm nicht gut zu gehen, bei einer Verschlechterung sollten sie den Arzt rufen. Vor allem durfte er keine Gegenstände in der Zelle haben, mit denen er Suizid begehen konnte.

KAPITEL 55

Er stand kurz davor, das Kommando zum Ablegen zu geben, als er auf dem Kai Rike von Menkendorf sah. Sie steuerte schnellen Schrittes auf die *MS Nordsee* zu, er befahl, den Steg erneut herunterzulassen. Die Reederei hatte eine Nachwuchskraft als Steuermann geschickt. Michael war in Untersuchungshaft. Er hatte geahnt, dass das nicht lange gut gehen würde mit seinen Drogengeschäften. Wie das mit dem Verschwinden der drei Frauen zusammenhing, konnte er sich nicht erklären. Doch es musste einen Zusammenhang geben. Vielleicht waren sie Zeuginnen, hatten etwas mitbekommen, was sie nicht sehen sollten?

Er selbst würde alles abstreiten, obwohl er bei dem letzten großen Transport 5.000 Euro von seinem Kumpel erhalten hatte. Die konnte er durchaus gebrauchen, der Geldverleiher hatte wieder so einen Vogel mit aufgepumpten Muskeln zum Hafen geschickt, der ihm mit einem Motorrad gefolgt war.

»Du schuldest dem Boss noch was.« Er konnte ihn mit der Anzahlung und dem Versprechen abwimmmeln, dass er in dieser Woche zahlen würde. Auch wenn es nur ein Bruchteil der Summe war, gaben die sich vorerst damit zufrieden.

»Was ist mit Michael?«, fragte er die Menkendorf, als sie auf die Brücke kam.

»Ihr Kollege ist in Untersuchungshaft«, teilte sie mit. Er bot ihr einen Platz an, bevor er die Befehle zum Ablegen erteilte und seinen Begrüßungsspruch für die Passagiere aufsagte.

»Haben Sie noch die Dienstpläne der letzten Wochen von Michael Nickau?«, fragte sie. Er hatte die Steuerung auf Autopilot gestellt, übergab das Kommando an seinen Nebenmann und ging in sein Büro, um den Ordner zu holen.

»Sind diese Pläne genau und enthalten Krankschreibungen?«, fragte sie.

Er nickte. »Im Prinzip wird das noch nachgetragen, denn danach richtet sich auch die Lohnabrechnung. Da wird erfasst, wenn jemand krank ist.« Sie deutete auf den Kalender.

»An dem Tag, als Birgit Leppien verschwand, war Michael Nickau krank. Kann das ein Irrtum sein?« Er sah sich den Plan an. Dann fiel es ihm ein.

»Nein, ich erinnere mich, dass er einen Tag krank war. Das hat alles seine Richtigkeit.«

»Hat Ihr Kollege irgendwelche psychischen Auffälligkeiten oder Erkrankungen?«

Er öffnete den Mund, schloss ihn wieder. Er schien etwas sagen zu wollen, zögerte aber. »Er wirkte in letzter Zeit sehr gehetzt, war nervös und unkonzentriert.« Das entsprach der Wahrheit, ohne dass er sie auf die Spur der Drogen lenkte.

»Und Sie wussten nichts von seiner Vergangenheit im Kinderheim?«

Da war er vollkommen überrascht worden.

»Wir haben zusammen die Seefahrtsschule besucht, ich dachte, ich kenne ihn in- und auswendig. Aber davon hatte ich keine Ahnung«, bestätigte er. Michael war sein bester Kumpel, er wusste nicht, warum er ihm nicht vertraut hatte. Er hatte gedacht, dass er ebenfalls ein Auge auf Yasmina geworfen hatte. Doch er hatte die Kollegin nicht einmal am Abend ihres großen Streits erwähnt. Es schien nicht so, als wäre er eifersüchtig, er hatte ihm eher Vorwürfe gemacht, weil er Isa betrog.

Die Menkendorf studierte die Listen.

Dann zeigte sie ihm ihre Auswertung. »Hier, das ist die Passagierliste und hier der aktualisierte Dienstplan. Michael kann Birgit Leppien nicht getötet haben, weil er an dem Tag nicht an Bord war.« Er nickte.

»Das traue ich ihm auch in keiner Weise zu«, sagte er. Andererseits hätte er niemals geglaubt, dass sein Freund Geschäfte mit einem Drogenhändler abwickeln würde. Und wer sonst kam für die Tötungsdelikte in Frage? Er würde für jeden aus seiner Mannschaft die Hand ins Feuer legen.

»Kann ich bitte auch die Frachtpapiere für den Zeitraum einsehen?«, fragte die Kommissarin. Er konnte den Vorgang verzögern.

»Die habe ich nicht vorliegen und bestelle sie von der Reederei.« Er würde nicht umhinkommen, diese vorzulegen. Sie würde auf den zusätzlichen Container stoßen, der mit seinem Wissen transportiert worden war. Er überlegte fieberhaft, wie er verhindern konnte, dass der Transport aufflog.

KAPITEL 56

Es war wie immer eine Schnitzeljagd. Über den Messengerdienst *Telegram* erhielt er im Minutentakt von unbekannten Quellen Nachrichten auf sein Handy, die ihn mal hier, mal dahin schickten. Vermutlich beobachteten sie ihn während seiner Fahrt, wollten sichergehen, dass er nicht verfolgt wurde oder sie verriet. Dieses Mal war er ihnen zuvorgekommen. Seine Familie war auf dem Weg in die USA. Der Kommandante hatte das Pärchen geschickt, um seine Verwandten zu überwachen.

Sie postierten sich vor dem Haus. Er würde ihnen nicht auf die Nase binden, dass seine Angehörigen nicht zu Hause waren. Er hatte Radio laufen lassen und das Licht so programmiert, dass es an- und ausging. Erst wenn sie das Haus betraten, würden sie mitbekommen, dass sie die leerstehenden Mauern bewachten. Immerhin waren seine Liebsten in Sicherheit. Er wusste nicht, ob er aus der Aktion lebend herauskommen würde. Die Drogenfahnder hatten ihm erklärt, dass sie schon lange nach dem Kommandante und seinen Auftraggebern suchten. Sie hatten ihn verkabelt und einen Sender an seinen Wagen geheftet, um ihm folgen zu können. Hubschrauber mit Spezialkräften standen bereit. Die Revolutionären Streitkräfte Kolumbiens waren aufgelöst, der Friedensprozess lief. Doch dieser Trupp hatte sich mit seiner kriminellen Organisation selbstständig gemacht. Sie zählten zu den größten Lieferanten für den amerikanischen und europäischen Markt.

Die Anweisungen führten ihn im Zickzack durch die Gegend. Mal sollte er in den Süden fahren, dann wieder in den Norden. Sie lotsten ihn in eine Kleinstadt bei Buenaventura, er fuhr durch ein Gewerbegebiet und sollte auf den Parkplatz einer Lagerhalle von einem Möbelunternehmen fahren. Er folgte den Anweisungen und ließ sich durchsuchen, bevor er zum Eingang ging. Im Innenraum befand sich ein Glaskäfig, in dem Schreibtische mit Computern aufgestellt waren. An einem Besprechungstisch saß der Kommandante mit einem Mann, der ihm entfernt bekannt vorkam.

»Chef, das ist der Mann, der die Route über die Nordsee ausgearbeitet hat.«

»Setz dich«, bat ihn der Mann mit grau melierten Haaren.

»Wir können ihm vertrauen?«, fragte er den Bandenchef.

Dieser lachte schallend: »Vertrauen ist gut, Kontrolle ist besser. Ich halte es mit Lenin.« Er dachte an das leere Haus, hoffentlich bekamen sie nicht zu schnell mit, dass seine Familie ausgeflogen war. In dem Moment klingelte beim Bandenchef das Telefon, er sah ihn an.

»Was ist da los, warum sind die Blagen nicht im Haus?«, brüllte er.

»Die sind bestimmt im Dschungel unterwegs«, sagte John beiläufig. Doch der Kommandante schrie, dass sie gelinkt wurden. Der andere Mann brüllte nach dem Sicherheitsdienst. In dem Moment, als seine sechs bewaffneten Bodyguards in den Raum stürmten, splitterte die Scheibe. Eine Tränengaspatrone war durch das Fenster geflogen. Kurz darauf standen weitere bewaffnete Männer in dem Büro und brüllten »Alle auf den Boden.« Er warf sich nach unten und dachte an seine Familie, vor allem an Eli. Was hatte sie nur durchmachen müssen. Nun konnte sie in Sicherheit leben. Sie würden eine neue Identität erhalten. Das Geld aus dem letzten Verkauf lag auf einem Nummernkonto auf den Bahamas. Die Zugangsdaten hatte er in ihre Jacke eingenäht.

Er hatte Instruktionen erhalten und robbte, so schnell er konnte, in Richtung Tür. Etwas traf ihn am Kopf, ein unheimlicher Schmerz durchraste seinen Körper, und er verlor das Bewusstsein.

KAPITEL 57

Sie trafen sich am späten Abend an der *Alten Liebe*.

»Ich muss dir etwas sagen«, hatte Paul angekündigt. Sie bekam einen heftigen Hustenanfall. Hoffentlich kam jetzt keine kitschige Liebeserklärung. Er hatte eine Tafel aufgebaut mit weißem Tischtuch und reichte ihr ein Glas Sekt.

»Auf deine Rückkehr. Ich hoffe, das war es mit den Ermittlungen.« Sie stießen an, kurz bevor Margos Telefon klingelte. Fast erleichtert nahm sie den Anruf von Friederike von Menkendorf entgegen. Sie ging ein paar Schritte nach vorn zum Geländer und sah hinaus auf die vorbeifahrenden Schiffe.

Wieder waren die Ermittlungen ins Leere gelaufen. Der Mann, der einmal Kevin hieß, kam als Täter nicht in Frage. Er hatte zwar ein Geständnis abgelegt, es fehlte ihm jedoch das Täterwissen.

»Ich sehe da noch Lücken im Fall Leppien. Vielleicht gibt es weitere kontroverse Fälle?« Ehe die Kommissarin gefragt hatte, sagte sie ihre Unterstützung zu.

»Da gab es noch die Sache mit der Stasi. Sie hatte Kollegen bespitzelt und musste deshalb gehen«, erklärte sie. Paul war einsilbig, er hatte mitbekommen, dass sie weiterhin herumschnüffelte.

»Miss Margo Marple, du lässt dich von der Polizistin ausnutzen«, sagte er und verstaute das Picknick wieder im Korb.

»Paul, ich kritisiere auch nicht, wenn du Schiffswracks hinterherjagst. Das ist gefährlich, aber deine Leidenschaft«, Margo gab ihm das leere Glas zurück, das er achtlos in den Korb warf.

»Das ist mein Beruf. Ich lasse mich von niemandem verheizen.«

Sie deutete auf das Meer, das samtblau die Pfeiler des historischen Anlegers umspülte.

»Wir können uns weiter angiften oder den Abend genießen. Darum geht es im Leben, glückliche Momente zu sammeln, und nicht, den anderen an die Kette zu legen.«

Er grummelte etwas Unverständliches, dann stellte er den Korb wieder ab und setzte sich.

»Noch ein Glas?«, fragte er.

»Auf die Leidenschaften«, sagte Margo und stieß mit ihm an.

Den Amtsleiter im Jugendamt hatte sie vom Zug aus erreicht. Er erklärte sich bereit, sie zu empfangen. Als sie ankam, war die Tür des Besprechungsraums geschlossen. Eine Familie befand sich in dem Raum, eine Frau mit hochrotem Gesicht rannte hinaus. Hinter ihr gingen ein Mann und ein etwa zwölfjähriges Mädchen aus dem Zimmer gen Ausgang. Der Amtsleiter kam gebeugt aus dem Raum. Er fuhr sich nachdenklich über sein spärliches Haar.

»Sie bringen mich in Teufels Küche.«

»Es geht darum, einen Mörder zu fassen«, appellierte Margo an sein Gewissen. Am Konferenztisch lag die Hälfte der Stühle am Boden, er stellte sie wieder auf und bot ihr einen Platz an.

»Kaffee oder Tee?«, fragte er.

»Einen Kaffee nehme ich gerne, wenn es keine Umstände macht.«

Er kam mit zwei gefüllten Tassen zurück und setzte sich ihr gegenüber. »Ich habe mir vor Kurzem die Stasiakte angesehen. Ich war damals der neue Chef hier im Amt und musste für die Kommission des Senats eine Empfehlung abgeben.«

»Wie viele Menschen hat sie bespitzelt, und gab es jemanden, dem sie geschadet hat?«

»Sie hat das komplette Amt bespitzelt und ebenso unsere Klienten. Am Anfang nur Belanglosigkeiten, später meldete sie kritische Bemerkungen über den Sozialismus.«

»Das klingt jetzt nicht gerade so gravierend. Dann hat sie keinen größeren Schaden angerichtet?«

»So sehe ich das gar nicht«, seine Stimme war scharf geworden. »Jeder wusste, dass ihr Mann hauptamtlich bei der Stasi ist, deshalb hat sie nur Belanglosigkeiten erfahren. Sonst hätte sie Menschen ins Verderben gestürzt. Und auch so hat sie Beförderungen verhindert, die Angeschwärzten mussten Stasi-Verhöre über sich ergehen lassen, wurden schikaniert«, endete er. »Ach ja, und einen Fall gab es. Sie hatte mitbekommen, dass der Sohn von Frau Holling im Sommer 89 nach Ungarn wollte, und ihn angezeigt.«

»Was ist mit ihm geschehen?«

»Zum Glück war er schon abgereist, als die Stasi-Leute kamen. Aber der hätte im Gefängnis landen können.«

Es schien, als wäre die Leppien eine Hundertachtzigprozentige.

»Gab es da jemanden, dem sie Rache für die Denunziation zutrauen?«, fragte Margo.

Er überlegte. »Nicht hier in unserem Amt. Dafür hat sie zu wenig in Erfahrung bringen können.«

»Vielleicht wollte sich ein Kind an ihr rächen, weil sie die falsche Entscheidung getroffen hat«, überlegte Margo.

»Darüber habe ich schon nachgedacht. Aber fachlich war sie gut und prüfte die Adoptiveltern und Pflegefamilien eher zu sorgfältig.«

Das klang entmutigend, fand Margo. Wenn es keinerlei Ansätze für ein mögliches Motiv gab, dann war sie nur ein Zufallsopfer. In Gedanken hörte sie Rike von Menkendorf schon sagen: »Es gibt keine Zufälle.«

»Und dennoch haben Sie Frau Leppien entlassen?«, fragte sie ohne Hoffnung, etwas Greifbares herauszufinden.

»Ganz genau, und das fiel dann leider mitten in die Nachwendezeit, als sie diese beiden Kinder befreit hatte. Dieser kleine Kevin war halb verhungert, seine Schwester Mandy war so schwach, dass sie nicht mehr stehen konnte. Die war ganz kurz davor zu sterben.«

»Mandy? Was ist aus der eigentlich geworden?«, fragte Margo. Dass es eine Schwester gab, hatte sie gar nicht auf dem Schirm gehabt. Es war immer nur von Kevin die Rede.

»Das Mädchen war noch klein und niedlich, für die fanden wir sofort eine tolle Familie«, entgegnete er. »Wie immer habe ich da eine strenge Schweigepflicht.« Er zwinkerte ihr zu und ging aus dem Raum. Nach zwei Minuten kehrte er mit einer Akte zurück. Er schob sie ihr über den Tisch. »Das wird Ihnen sicher nichts nützen, aber der Vollständigkeit halber haben Sie hier das Dokument.« Er verabschiedete sich zu seinem nächsten Termin und bat sie, die Akte in den Briefkasten des Amts zu stecken.

Margo schlug das Dokument auf. Das Foto des ausgemergelten kleinen Mädchens war erschütternd. So sahen sonst nur Kinder aus Entwicklungsländern aus. Sie war im Krankenhaus und dann im Heim. Einen Monat verbrachte sie dort, bevor eine Familie sie aufnahm und nach einem Jahr adoptierte. Sie überblätterte die Besuchsprotokolle. Das Mädchen hatte ein eigenes Zimmer, die Eltern kümmerten sich vorbildlich. Es klang, als hätte die kleine Mandy es gut getroffen. Auf einem Foto sah man den Unterschied zu dem unterernährten Würmchen, auch wenn das Kind ernst in die Kamera blickte. Sie schlug die Akte enttäuscht zu. Daraus ließ sich mit Sicherheit kein Motiv ziehen. Sie sah noch mal nach, wie Mandy heute hieß. Magdalena Pech. So ein Name und so ein Glück, dachte Margo. Sie bedankte sich und trat den Rückweg an.

Die Reise hatte sich nicht unbedingt gelohnt, doch es war wichtig, alle Aspekte des Falls zu klären. Sie tippte die Informationen direkt in ihr Telefon, um sie nach Helgoland weiterzuleiten.

KAPITEL 58

Rotes Licht flutete das Büro. Die Sonne ging auf, sie hatten die ganze Nacht durchgearbeitet. Eine Frau im Blazer kam nach kurzem Klopfen ins Büro.

»Vanessa Pinke, Anwältin von Michael Nickau«, stellte sie sich vor. »Ich bin direkt aus Nordholz eingeflogen. Das gibt wieder ein paar Flugstunden.«

»Ihr Mandant ist entlastet, obwohl er ein umfassendes Geständnis abgelegt hat. Aber wir wüssten dennoch gerne, was er zum Fall zu sagen hat«, erklärte Harry.

Sie nickte. »Ich schaue, was ich für Sie tun kann.«

Madeleine, die müde gähnend aus ihrem Büro kam, bot den Raum für das Mandantengespräch an. Nach einer halben Stunde klopfte die Juristin an Harrys Tür.

»Mein Mandant möchte eine Aussage machen«, erklärte sie. Beide nahmen auf dem Sofa Platz, Rike und Harry setzten sich gegenüber. Michael Nickau wirkte übernächtigt, seine Uniform zerknittert. Er hatte tiefe Augenringe, seine Hände zitterten. Er verbarg sie hinter seinem Rücken.

»Ich habe gelogen. Mit den Todesfällen habe ich nichts zu tun«, erklärte er.

»Warum haben Sie das Geständnis abgegeben?«, fragte Friederike. Sie verstand nicht, weshalb er am Vortag umgeschwenkt war und jetzt alles wieder zurücknahm. Wollte er jemanden schützen? Doch wen und wieso?

»Dazu macht mein Mandant keine Aussage«, erklärte Pinke schnell, bevor er reagierte, und warf ihm einen warnenden Blick zu. Er nickte. »Wir haben noch eine wichtige Information für Sie«, nun sah die Anwältin ihn auffordernd an.

»Ich habe mitbekommen, dass der Kapitän an den Drogentransporten beteiligt war. Zufällig habe ich gesehen, dass ihm ein Mann dafür 5.000 Euro gegeben hat«, erklärte er.

»Was war das für ein Mann?«, hakte Rike nach.

»Ein gewisser John, ein Kolumbianer, der regelmäßig nach Helgoland kommt. Ich kenne ihn und habe die beiden einander vorgestellt. Ich selbst wollte mit diesen Geschäften nichts zu tun haben.«

»Gibt es noch mehr Details darüber?«

Die Anwältin verneinte. »Ich denke, dass wir Ihnen damit eine sehr wichtige Information gegeben haben, die mit Ihren Fällen zusammenhängt. Wir sind dann mal weg.«

»Moment noch. Kennen Sie den Täter oder die Ursache des Verschwindens der drei Frauen?«, fragte Harry, während die Anwältin aufstand.

Michael Nickau stand ebenfalls auf und folgte ihr zur Tür. »Das gab es schon immer, Leute, die lebensmüde waren. Leider!«, sagte er.

Friederike hatte daran ihre Zweifel. Vor allem im Fall von Caroline Maiwald sprach vieles dagegen, die Frau steckte voller Kampfgeist und hatte jede Menge Pläne.

»Sie müssten die Aussage bei den Kollegen von der Drogenfahndung wiederholen«, erklärte Rike. Sie brachte die beiden nach nebenan. Später war eine gemeinsame Sitzung mit den Drogenermittlern geplant, um herauszufinden, inwiefern der Schmuggel zum Verschwinden der drei Frauen geführt hatte. Auch die Information über den Kapitän hatte Madeleine weitergeleitet, er sollte deshalb vernommen werden.

»Eine Runde joggen?«, schlug Harry vor.

»Das ersetzt ein paar Stunden Schlaf«, Rike versuchte ein Lächeln. Sie hätte im Stehen einnicken können. Prinz, der mit auf der Dienststelle war, verstand sofort, dass es nach draußen ging. Der Himmel war strahlend blau, Sonnenstrahlen tanzten auf der glatten Wasseroberfläche im Hafenbecken.

Harry trabte gemächlich an den Hummerbuden vorbei und setzte den Weg fort in Richtung Jugendherberge. Prinz folgte ihm, dahinter Rike. Sie kamen an einen herrlichen Sandstrand, hinter dem sich die Steilküste mit der Vogelkolonie befand. Treppen führten steil nach oben.

Er hatte mittlerweile seine Geschwindigkeit erhöht, sodass sie kaum hinterherkam. Der Schweiß lief ihr in Strömen in den Nacken und über das Gesicht, sie wischte sich notdürftig mit dem Ärmel ab. Auf der Treppe vergrößerte sich der Abstand. Er saß oben auf einer Bank und grinste, als sie sich schnaufend hinaufquälte. Sie ließ sich keuchend neben ihn plumpsen. Ihr Handy vibrierte. Sie las die Nachricht von Margo Valeska und reichte das Telefon weiter.

»Diese These über andere kontroverse Fälle trägt leider nicht«, bedauerte Rike. »Die Stasivergangenheit wäre ein Ansatz«, überlegte sie.

»Leider nicht«, entgegnete Harry. »Wir haben die Anfrage gemacht, keiner der anderen ist bei der Stasi-Unterlagenbehörde in Erscheinung getreten.«

»Da gibt es noch die Schwester von Kevin, vielleicht sollten wir das überprüfen«, bemerkte Rike.

Harry nickte. »Genau, das haben wir ein wenig aus den Augen verloren, es waren ja zwei Kinder damals.«

»Birgit Leppien hat die vierjährige Mandy in Obhut genommen, die beinah verhungert wäre. Da sie noch klein war, fand sie schnell eine gute Adoptivfamilie«, fasste Rike zusammen.

»Da sehe ich aber kein Motiv, sauer auf die Leppien zu sein«, bemerkte Harry.

»Ich auch nicht, aber das ist im Moment die einzige Spur.« Rike las weiter, was die Malerin recherchiert hatte.

»Die Familie hieß Pech, Mandy heißt heute Magdalena Pech. Da hat sie so ein Glück und bekommt so einen Namen!«

In dem Moment fiel ihr ein, dass sie den Nachnamen Pech erst kürzlich in den Unterlagen gelesen hatte. Sie sprang auf.

»Irgendwo kam der Name schon einmal vor. Das muss ich unbedingt prüfen«, bat sie.

Sie hatte das Gefühl, dass sie kurz davorstanden, den Fall endlich zu lösen. Zu verstehen, warum all diese Menschen, die nichts miteinander zu tun hatten, verschwanden oder starben.

»Okay, dann lass uns das prüfen«, auch Harry spurtete los. Statt dem Weg weiter in den Norden zu folgen, rannte er zwischen den Schrebergärten entlang in Richtung Oberland. Sie mussten am Friedhof vorbei und liefen die Hauptstraße hinab zum Aufzug. Rike keuchte, ihre Lunge begann zu schmerzen, und ihre Beine waren bleischwer. Die kurze Fahrt war eine willkommene Pause. Prinz knurrte, als er die Kabine besteigen sollte, sie beruhigte ihn.

In der Dienststelle nahmen sie in Harrys Büro Platz und teilten sich die Unterlagen auf. Schweigend und konzentriert gingen sie die Daten durch.

»Hier, ich habe etwas gefunden«, schrie sie. In den Personalakten vom Schiff hatte sie den Namen entdeckt. »Hier gibt es eine Yasmina Pech. Ob das die Schwester ist?« Über die Suchfunktion fand sie einen zweiten Eintrag unter Pech.

»Harry, das ist verrückt. Es gibt noch eine Person auf der Passagierliste, die Magdalena Pech heißt.«

Er blieb stehen. »Wir müssen auf das Schiff und die Sache klären.«

Harry bat seine Kollegin Madeleine, schnellstmöglich einen Flug nach Cuxhaven zu organisieren. So konnten sie rechtzeitig das Schiff erreichen. Sie gingen direkt zum Hubschrauberflugplatz der Bundesmarine, der nur wenige Schritte von der Wache entfernt lag. Prinz bezog seinen Platz in Harrys Büro. In der Zwischenzeit sollte die Kollegin eine Datenbankabfrage zu den Frauen machen. Während sie warteten, rief Madeleine an.

»Also Yasmina gibt es offiziell nicht, sie heißt laut Melderegister Magdalena Pech, genauso wie die Mutter«, gab die Kollegin durch. Sie hatte die Einträge zum Namen Pech überprüft und war dabei auf die Eltern gestoßen.

»All die Daten schicke ich euch. Darüber hinaus habe ich noch die Suchmaschinen bemüht«, sagte Madeleine.

Die Mutter, Magdalena Pech, war in Berlin-Grunewald gemeldet, verheiratet mit Elmar Pech. Über eine Internetrecherche hatte die Polizistin mehr herausgefunden.

»Dieser Elmar ist Leiter des Finanzamts Kreuzberg und leitet außerdem eine Kirchengemeinde. Seine Frau ist da auch sehr aktiv.« Sie machte eine Pause. »Und jetzt kommt es. Das feine Paar ist vorbestraft. Wegen gefährlicher Körperverletzung und der Misshandlung von Schutzbefohlenen. Da gab es einen großen Skandal, Adoptivkinder hatten ausgesagt, dass sie regelmäßig misshandelt wurden«, las die Kollegin vor. »Schläge mit dem Rohrstock, Einschließen im Dunkeln, Fesseln, Entzug von Nahrung – das waren so die geläufigen Erziehungsmethoden.«

»Yasmina hieß früher Mandy Schmidt, sie ist also die Schwester«, schickte sie hinterher. Eine Adresse gab es nicht, die junge Frau war als Person ohne festen Wohnsitz verzeichnet.

Der Marinehubschrauber setzte auf, und sie konnten einsteigen. Rike zeigte Harry auf dem Bildschirm die Nachrichten.

»Warum bin ich da nicht draufgekommen? Die junge Frau aus dem Bordkiosk ist die Schwester von Michael Nickau!«, stellte sie fest. Nach einer halben Stunde waren sie in Cuxhaven, dort landete der Helikopter auf einem privaten Landeplatz. Als sie am Hafen ankamen, war die Besatzung dabei, die Leinen der *MS Nordsee* zu lösen. Sie wiesen sich aus, damit der Einstieg nochmals geöffnet und der Steg wieder an das Schiff gestellt wurde.

Rike rannte zur Brücke, wo der Kapitän Kornelius Nymann mit einem anderen Steuermann die Kommandos zum Ablegen erteilte. »Wissen Sie, wo sich Yasmina Pech aufhält?«, fragte sie atemlos.

Er sah sie fragend an. »Im Kiosk vermutlich. Was möchten Sie von ihr?«

»Yasmina ist die Schwester von Michael. Wussten Sie davon?«

Er bat den Steuermann zu übernehmen und stand auf.

»Yasmina und Micha Geschwister? Nein, das glaube ich nicht. Die hatten mal was miteinander, glaube ich. Verwandt sind die auf keinen Fall!«

Die beiden schienen ihre Vergangenheit gut getarnt zu haben. Aber die Verwandtschaft zu ihr erklärte die Reaktion Michaels bei der Vernehmung: Er hatte seine Schwester im Verdacht und wollte sie schützen.

In dem Moment kam Harry die Stufen im Schnellschritt hinaufgesprintet. »Der Kiosk ist geschlossen. Sie ist nicht zu finden. Aber ich habe das entdeckt.« Er reichte Rike eine Handtasche.

Darin befand sich der Personalausweis von Magdalena Pech.

»Wo könnte sie jemanden versteckt halten? Ich habe schon die Kammern der Crew durchsucht, da ist sie nicht.«

Er schüttelte den Kopf. »Das würde Yasmina nie tun, das muss ein Irrtum sein!«

»Wo, jetzt machen Sie schon, sonst gibt es noch eine Tote«, herrschte Rike ihn an.

Er ging mit ihnen zur Bar, wo die Tasche gefunden wurde. Dort befand sich eine kaum sichtbare Tür ins Schiffsinnere.

»Hier befinden sich die Stabilitätsflossen, die bei Wellengang ausgefahren werden, außerdem gibt es weiter unten noch einen Versorgungstunnel mit den Leitungen, der längs durch das Schiff verläuft«, erklärte er.

Die Tür ließ sich nicht öffnen, nach kurzer Zeit kam Nymann mit einem Schlüssel wieder und öffnete diese. Das Licht im Raum war schwach, die Luft stickig und ölig. Die Maschinen dröhnten unerträglich laut.

Ihre Augen brauchten einen Moment, ehe sie erkannte, woher die Stimme kam. Sie hatte sich auf dem Revier eine Dienstwaffe geliehen und ging mit der Walther P99 hinter dem Rücken langsam näher, bis sie die Personen erkennen konnte.

Sie erkannte die junge Frau, dahinter stand eine ältere auf einem Stuhl. Ihr Kopf steckte in einer Schlinge, sie hielt eine Rute in der Hand und war dabei, sich zu schlagen.

»Ich habe Durst«, sagte sie bittend. Vor ihr baumelte eine Flasche von der Decke. Doch jeder falsche Schritt hätte sie das Leben gekostet, aber auch eine stärkere Welle.

»Erinnerst du dich an damals, an den Keller? Die Tage ohne Essen und Trinken, nur voller Prügel?«

»Das tut mir leid«, murmelte die Frau schwach.

»Hier kannst du mal erleben, wie das ist, Durst zu haben. Nimm dir doch zu trinken, aber das wird dein letzter Schluck sein«, hörte sie die Bewacherin. Sie hatte sie nicht bemerkt. Rike atmete tief durch und machte einen Schritt auf sie zu. Die junge Frau fuhr herum.

»Kommen Sie nicht näher, dann ist der Stuhl weg«, warnte sie Rike.

»Hier sehen sie ein veritables Monster. Meine sogenannte Adoptivmutter. Sehr fromm, sehr ordentlich, aber eine formvollendete Sadistin. Für jedes kleine Vergehen wurde ich bestraft. Mit Hunger, Durst, Gewalt, Gemeinheiten.«

Die Frau wimmerte. »Man muss Kinder mit Strenge erziehen, das ist wahre Liebe.«

»Liebe, so etwas kennst du doch gar nicht. Du hast es genossen, mich zu bestrafen. Bei den Prügelorgien ging euch gemeinsam einer ab.« Sie hob die Hand in Rikes Richtung. »Noch genau einen Zentimeter und das Monster stürzt.«

Dann richtete sie sich wieder an das Opfer. Sie weinte jetzt. »Weißt du, wie sich das anfühlt für ein Kind, das beinah verhungert und verdurstet wäre? War das ein Extra-Kick?«

Rike zog sich ein Stück zurück und flüsterte Harry zu.

»Vielleicht können wir Michael fragen, ob er vermittelt.« Dieser nickte und zog sich leise zurück.

»Warum haben Sie die anderen Frauen getötet?«, hielt sie die Geiselnehmerin im Gespräch.

»Weil es den Planeten zu einem besseren Ort macht. Die erste war ein Zufall. Sie hat ein Mädchen so gemobbt, dass die richtig verzweifelt war. Ich wusste genau, wie sie sich fühlte.« Das musste Caroline Maiwald sein. Doch was hatte Yasmina mit Emke Meuren zu tun?

Sie fragte nach der Konditorin. »Dieses Pferd kommt hier hochnäsig reingestampft und behandelt mich wie den letzten Dreck. Der Kuchen schmeckte nicht, es sei nicht sauber und so weiter. Ich bin heute stark, ich lasse mir so etwas nicht mehr bieten, ich habe den Kampf gegen die Drachen aufgenommen.« Sie sagte das nicht triumphierend, sondern eher traurig.

»Birgit Leppien hat sie doch vor dem Verhungern gerettet, oder?«, versuchte Rike, das Gespräch aufrechtzuerhalten, während sie sich millimeterweise voranbewegte.

»Die Leppien war an allem schuld, und sie wollte uns unbedingt wiederfinden. Ich habe die Nachricht von einer Berliner Freundin erhalten, das hat all die Wunden wieder aufgerissen.«

Sie wandte sich ihrem Opfer zu. »Weitermachen, immer schön prügeln. Konntest du doch so gut«, befahl sie, und die Frau schlug sich wieder die Rute an den Körper.

»Warum war sie schuld, Sie wären doch beide gestorben?«

»Sterben wäre eine prima Alternative gewesen, ich bin in der Hölle gelandet, und niemand wollte mir das glauben. Das waren ja ehrbare Leute und ich das Hurenkind«, sagte die junge Frau traurig. Sie stieß ein wenig gegen den Stuhl, der wackelte, und die Pech schrie angsterfüllt auf. Harry kam in den Raum und hielt sein Telefon in der Hand.

»Michael hat extra für Sie angerufen.« Langsam kam er zu ihnen, schaltete den Lautsprecher ein.

»Bitte lass sie gehen, das macht die Vergangenheit nicht ungeschehen!«

Ihre Augen leuchteten auf: »Micha. Du hast es gut getroffen, aber ich bin nicht mehr sauer. Ich habe verstanden, dass du auch nur ein Kind warst. Ich habe dich lieb, Bruderherz. Einmal zum Mond und wieder zurück.«

Ihre Stimme war weich, und Rike hoffte, dass sie zur Besinnung kam. Dann ging alles blitzschnell. Sie war gegen den Stuhl getreten, der gleichzeitig den Zugang zur Treppe nach unten versperrte. Magdalena Pech stürzte in die Schlinge und röchelte, die Geiselnehmerin hatte die Treppe nach unten genommen. Rike erinnerte sich, dass es einen Versorgungsgang längs durch das komplette Schiff gab.

Harry bettete Magdalena Pech in stabiler Seitenlage und rief auf der Brücke an. Der Kapitän ließ einen Arzt ausrufen. Tatsächlich meldete sich ein älterer Herr und übernahm die Wiederbelebung.

Nachdem das Opfer versorgt war, rannten sie hinterher. Der Gang war so niedrig, dass man durchkriechen musste. Die Luft war noch stickiger, der Lärm der Schiffsmotoren kaum auszuhalten. Rike folgte der mutmaßlichen Täterin. »Harry, sicherst du die Lage oben an Bord? Erkundige dich, wo der Ausgang ist«, bat sie.

»Sei vorsichtig, Rike«, rief er, während sie in die Öffnung robbte. Es war dunkel, sie konnte die Frau nicht mehr sehen oder hören. Sie konnte sich nur mit Mühe vorwärtsbewegen. Der Raum war eng und stickig, das versuchte sie auszublenden. Schließlich gelangte sie an das Ende, das in den Maschinenraum führte, wo der Lärm nicht mehr auszuhalten war. Sie quetschte sich aus der Öffnung und traf auf den Schiffsingenieur, der sie erstaunt anblickte. »Was geht denn hier ab?«

»Haben Sie jemanden vorbeirennen sehen?«, presste sie schwer atmend hervor.

Er zeigte nur in Richtung des Achterdecks, Rike rannte hinaus. Die junge Frau kletterte auf die Brüstung, dann sprang sie. Nach einem Victory-Zeichen ging sie unter. Harry kam vom oberen Deck und drückte die Notfalltaste »Man overboard«. Über Funk erklärte er dem Kapitän, was geschehen war. Dieser leitete das Drehmanöver ein und warf den Anker. Er verharrte an der Stelle bis zum Eintreffen des Seenotrettungskreuzers. Die Suche lief bis zum Einbruch der Dunkelheit, von der Täterin gab es keine Spur.

KAPITEL 59

Ein letztes Mal setzte Rike sich vor das Fenster mit der spektakulären Aussicht über Helgoland. Der Himmel war postkartenblau, türkisfarben leuchtete die Bucht vor dem hellen Strand der Düne. Sie freute sich auf ihr eigenes Haus, ihre Freunde in Hamburg, dennoch würde sie die Insel vermissen. In den letzten beiden Wochen hatte sie für den Naturschutzverein gearbeitet und kleine Trottellummen geborgen.

Sie war glücklich, dass es Harry und ihr gelungen war, diesen schwierigen Fall zu lösen. Ihre Täterin hatte keine Überlebenschance, weshalb das Verfahren eingestellt worden war.

Sie hatten nicht nur ihren Fall aufgeklärt, sondern den Kollegen der Drogenfahndung einen wichtigen Hinweis gegeben, um die Bande von Kokainschmugglern zu zerschlagen. Durch einen Zufallsfund bei den Sachen von Caroline Maiwald waren sie auf Unterlagen über ihren Ex-Mann gestoßen. So hatte sie herausgefunden, dass er sein Geld in erster Linie durch den Schmuggel von Drogen verdiente. Im Norden der Insel fischte er mit seiner Jacht die schwimmende Ware aus der Nordsee und lagerte sie in einer unter falschem Namen angemieteten Lagerhalle.

Gegen den Kapitän Kornelius Nymann war nach einer zweiwöchigen Überwachung eine Anklage wegen Drogenhandels erhoben worden. Er hatte alles abgestritten, doch ihm waren zwielichtige Kontakte in das Bremerhavener Clanmilieu nachgewiesen worden. Zudem hatten sie Unterlagen der amerikanischen Drogenpolizei erhalten, die den Weg des Stoffs von Kolumbien aus verfolgte. Die Beweislage schien schwierig, es stand Aussage gegen Aussage. Dennoch war das Netzwerk aufgedeckt und zerschlagen.

Was für einen Unterschied machte es, in einem guten Team zu arbeiten. Das hatte sie beinahe vergessen. Nun hieß es, Abschied nehmen. Sie hatte ihre Habseligkeiten gepackt und schloss die Tür der Ferienwohnung zum letzten Mal. Ein Polizeiauto parkte vor dem Haus.

»Wie könnte ich dich vergessen?«, sagte Harry, der ungewöhnlich ernst wirkte. Rike belud den Wagen. Ihr wurde das Herz schwer, sie hatte sich daran gewöhnt, mit ihm zusammenzuarbeiten. Während der Fahrt zum Hafen schwieg sie und genoss ein letztes Mal den Blick über die Insel.

Er nahm ihren Koffer heraus und hielt ihr die Tür auf.

»Kommst du eigentlich mal wieder?«, fragte er. Rike zuckte mit den Schultern, sie musste sich zusammennehmen, um nicht vor allen Leuten Tränen zu vergießen. Dann gab sie Harry verstohlen ein flüchtiges Küsschen auf die Wange. Er gab ihr mit verlegenem Blick einen Umschlag. »Bitte lies das und melde dich.«

Sie nickte und ging schnell über den Steg auf das Schiff. Von oben winkte sie kurz und gab ihm ein Zeichen, dass er gehen sollte. Sie fand einen Platz an einem Tisch vor dem Achterdeck, wie schon bei ihrer Anreise. Sie bestellte einen Cappuccino, der kein Herz trug. Harry stand noch immer am Kai. Sie rang mit sich, ob sie nochmals nach draußen gehen sollte.

Endlich spürte sie das tiefe Brummen der Motoren, das Schiff entfernte sich vom Anleger. Der Kapitän sprach, eine bekannte Stimme. »Eine gute Überfahrt wünscht Ihnen Ihr Kapitän Michael Nickau«, endete die Durchsage. Ein Mann am Ziel seiner Träume. Rike fragte sich, wohin es sie verschlagen würde.

EPILOG

Good bye, little sister. Manchmal denke ich, das war nur ein böser Film. Es ist nicht passiert, das Ende nicht so endgültig. Du narrst sie alle, bist an Land geschwommen und machst endlich diese Therapie. Du hast es mir versprochen. Wolltest dich stellen, in die Klinik gehen, noch mal neu beginnen.

Doch du hast einen eigenen Weg gewählt, bist in den Kampf gezogen. Hast Rache genommen an den Monstern, die dein Leben zerstört haben. Wer waren die Bösen in diesem Spiel? Nur die Verlierer standen schon immer fest, das waren die Kinder. Verletzliche Seelen, die auf das Böse treffen. Sie haben dich krank gemacht. Hast dich nie erholt von der Hölle.

Überall hast du den Feind gesehen, selbst wenn es keinen gab, konntest nicht mehr vertrauen. Nicht einmal deinem Bruder. Ich hätte dir immer geholfen, auch ohne die Erpressung. Kleinigkeiten warfen dich zurück zu den Qualen, mitten in die Hölle. Sahst nur Feinde, hast um dich geschlagen.

Meine liebste Kleine, hast mir Angst gemacht manchmal mit deiner übermächtigen Wut, dem unbändigen Hass, den Gewaltausbrüchen. Wenn du in Rage warst, konntest du grausam sein. Wolltest nie den bürgerlichen Weg, diese Scheinheiligkeit. Nun bist du gegangen, ich konnte dich nicht retten. Aber ich hoffe, du kommst zur Ruhe, findest den Frieden und die Liebe, schaust zu mir hinab. Beinahe hätte mich das Böse aufgefressen, die Vergangenheit alles zunichte gemacht. Doch ich habe gegen die Dämonen gekämpft. Siehst du meine vier goldenen Streifen auf der Schulter funkeln? Bist du dann ein klein wenig stolz? Wie schön wäre es, wenn du jetzt neben mir stehen würdest, little sister.

DANKSAGUNG

Monsieur K. Merci beaucoup an dich. Dieses Buch wäre ohne deine praktische und seelische Unterstützung nicht möglich gewesen!

Claudia Senghaas vom Gmeiner Verlag gilt mein Dank für den Feinschliff am Manuskript.

Allen unten genannten gilt mein Dank für die Auskunftsbereitschaft und die guten Gespräche auf Helgoland oder am Telefon! Alle örtlichen Gegebenheiten, polizeilichen Vorgänge und die Räumlichkeiten auf dem Schiff wurden akribisch recherchiert. Mögliche Irrtümer gehen allein auf die Autorin zurück. Mit künstlerische Freiheit wurden Dienstvorschriften weiter auslegt, als es in der Realität möglich wäre.

Eine besondere Entdeckung der Insel und der Düne ermöglichte mir der amtlich bestellte Seehundjäger und Inselführer Rolf Blädel, Ex-Polizeichef und ehemaliger Hummerfischer.

Polizeihauptkommissar Lars Carstens, Vize-Polizeichef der Wasserschutzpolizei hat mich mehrmals zur polizeilichen Arbeit auf Helgoland beraten. Danke für die Zeit und die Inspirationen!

Maschineningenieur Jörn Techentin ermöglichte Einblicke in das Innenleben einer Inselfähre. Bei den Räumlichkeiten inspirierte sich die Autorin an verschiedenen Schiffen, alle Vorgänge auf der *MS Nordsee* entspringen der schrägen Fantasie!

Bernd Paul rettete vermutlich mein Augenlicht und trug spannende Örtlichkeiten auf der Insel bei.

Inselkennerin Svenja Lunte steuerte Kontakte und Ideen bei.

Gregor Jeske, dritter Vormann auf dem Seenotrettungskreuzer *Hermann Marwede* der *Deutschen Gesellschaft zur Rettung Schiffbrüchiger*, stand bei strömendem Regen Rede und Antwort zur Arbeit der Retter.

Doktor Manfred Lukaschewski, ehemaliger Leiter einer Berliner Mordkommission, unterstützte durch sein profundes Wissen in der Kriminalistik bei der Planung der Taten auf Papier.

Doktor Rebecca Ballstaedt vom Verein *Jordsand* erklärte den Einsatz der Helfer beim Lummensprung und die Arbeit im Natur- und Vogelschutz auf beiden Inselteilen.

Geschichte und Geschichten aus mehreren Generationen auf Helgoland steuerte Andreas Strutz bei.

Alle Bücher von Susanne Ziegert:

Kommissarin Friederike von Menkendorf ermittelt:

1. Fall: Störtebekers Erben
ISBN 978-3-8392-2266-9

2. Fall: Tod im Leuchtturm
ISBN 978-3-8392-2596-7

3. Fall: Tod vor Helgoland
ISBN 978-3-8392-0202-9

4. Fall: Küstendorf
ISBN 978-3-8392-0368-2

5. Fall: Verrat auf Helgoland
ISBN 978-3-8392-0738-3

6. Fall: Wattrennen in den Tod
ISBN 978-3-8392-0831-1

weitere:

Der kleine Pferdehof am Deich
ISBN 978-3-8392-0573-0

GMEINER SPANNUNG

WWW.GMEINER-VERLAG.DE
Wir machen's spannend